OLGA GRJASNOWA

Die juristische Unschärfe einer Ehe

Roman

Carl Hanser Verlag

1 2 3 4 5   18 17 16 15 14

ISBN 978-3-446-24598-3
© Carl Hanser Verlag München 2014
Alle Rechte vorbehalten
Satz im Verlag
Druck und Bindung: Friedrich Pustet, Regensburg
Printed in Germany

MIX
Papier aus verantwor-
tungsvollen Quellen
FSC® C014889

Für Julia

»*That old joke – you know, a guy walks into a psychiatrist's office and says, hey doc, my brother's crazy! He thinks he's a chicken. Then the doc says, why don't you turn him in? Then the guy says, I would but I need the eggs. I guess that's how I feel about relationships. They're totally crazy, irrational, and absurd, but we keep going through it because we need the eggs.*«

Woody Allen, *Der Stadtneurotiker*

0

Leylas Zelle maß drei mal zwei Meter und sah aus wie der Hauptschauplatz eines schlechten Film Noir. Eine harte Pritsche und ein winziges vergittertes Fenster. Die Luft war stickig, und die Tage dehnten sich schamlos aus. Die meiste Zeit über lag Leyla auf dem Bauch, ihre Hände mit Handschellen auf den Rücken gefesselt. Ihr Körper widerte sie an. Sie hatte seit einer Woche nicht mehr geduscht. Auf ihrem Kleid waren mehrere Schichten Blut und Schweiß übereinander getrocknet.

Sie war wegen illegaler Autorennen in der Innenstadt von Baku festgenommen worden. Die offizielle Anklage hätte »Rowdytum« lauten können, doch eine Anklage wurde nicht einmal erhoben. Autorennen gehörten zu den Hobbys der Goldenen Aseri-Jugend, und sie waren die letzte Möglichkeit der Revolte. Reiche Sprösslinge kauften sich von ihrem Taschengeld alte sowjetische Autos, auf die man einst ein Jahrzehnt warten musste. Die Rennen fanden bei Nacht und ausschließlich in belebten Gegenden statt, nicht selten kamen dabei Fußgänger ums Leben, was den Charme des Ganzen natürlich erhöhte. Niemand wusste, wer diese Autorennen erfunden hatte. Die Inhaftierten gaben nichts preis – und die Wärter fragten nicht nach.

Bei der Präsidentenfamilie waren die Autorennen verpönt und gehörten zu den wenigen Vergehen, die sich nicht mit Geld regeln ließen. Die jungen Fahrer, es war noch nie jemand festgenommen worden, der älter als sechsundzwanzig gewesen wäre, wurden in der Regel auf der Polizeiwache festgehalten und von mehreren Beamten abwechselnd verprügelt. Eine durchaus gängige, ja sogar für diese Breitengrade harmlose Praxis.

Und so wurde Leyla dreimal täglich von einem jungen Polizeischüler abgeholt und in Handschellen ins Untersuchungszimmer geführt. Es war derselbe Junge, der ihr das Wasser und das Essen brachte – schmächtig, von kleinem Wuchs und mit dem traurigen Blick eines ewigen Verlierers. Das Untersuchungszimmer war geräumig und bis auf einen schmalen Tisch und zwei Stühle leer. Er band Leylas Hand- und Fußgelenke fest. Erst während der Fixierung kam der zweite Polizeischüler hinzu: eine operierte Hasenscharte, zwei Goldzähne und ansonsten symmetrische Züge mit zart geschwungenen Augenbrauen, die nicht zum unteren Teil des Gesichts passen wollten. Sie würde ihn wiedererkennen, egal, wann und wo. Seine rechte Hand wanderte langsam über Leylas Oberschenkel, verblieb bei der Scham, fand ihren Weg in ihre Unterhose, richtete dort ruhig und bestimmt ihr Unheil an und ließ nur ab, um sich den Rotz wegzuwischen, den Leyla tief aus ihrer Kehle in sein Gesicht geschleudert hatte. Womöglich gefiel ihm Leylas undurchdringlicher Hochmut. Als er fertig war, schlug er ihr mehrmals und mit solcher Wucht ins Gesicht, dass sie das Bewusstsein verlor. Beim Aufwachen schmeckte sie Blut in ihrem Mund und spürte eine Hand auf ihrer Brust.

Leylas Ballettlehrerin hatte sie schon früh die drei Grundarten des Schmerzes gelehrt: konstruktiv, destruktiv und chronisch. Der menschliche Körper war nicht für Ballett geeignet – um tanzen zu können, musste er sich selbst besiegen. Leyla gewöhnte sich daran, unter Schmerzen zu tanzen, am häufigsten waren es Prellungen, aus Überbeanspruchung resultierende Entzündungen, Schmerzen in der Lendenwirbelsäule und in den Gelenken. Solange er konstruktiv blieb, war der Schmerz nebensächlich. Doch wenn Leyla wegen einer Verletzung nicht auftreten konnte, weinte sie. Alleine und im Bett, wie es die meisten Menschen nun einmal tun.

Mindestens eine halbe Stunde lang passierte nichts. Ein untersetzter Mann kam behäbig mit einem Glas Tee herein. Er hatte kleine, spitze Zähne, die sich in seinem Kiefer dicht aneinanderdrängelten, dicke rissige Lippen und im Kontrast dazu winzige Augen. Während des Verhörs steckte er sich ein Stück Zucker in den Mund, hinter die vergilbte Zahnreihe, und schlürfte seinen Tee durch den Zucker hindurch. Leyla gab keine Antworten und rührte ihre Teetasse nicht an. Sie versuchte nicht, sich herauszureden, sie bat nicht um Vergebung, sie fixierte lediglich die monochrome Wand direkt über dem Scheitel des Polizisten. Leyla sehnte sich nach dem Dreck ihrer Zelle.

Dort, wo keinerlei Bewegung möglich war, erinnerte sich Leylas Körper an ganze Ballette und die Ausschüttung von Endorphinen während einer gelungenen Aufführung. *Schwanensee* war das erste Ballett, das Leyla im Bolschoi gesehen hatte. Mit Vater und Mutter. Leyla hätte am liebsten die Rolle des Prinzen getanzt, der ein ungeheures Verlangen nach einem seltsamen Wesen empfindet, eine nicht vorprogrammierte Liebe. Sie sah sich vor den gemalten Wäldern im sanften violetten Licht. Die Agonie des Schwans befreite sie von ihrer eigenen, sie berauschte sich am Tanz, der Form, dem Pas de deux, selbst den Strumpfhosen und dem Tutu. Sie ging auf Spitze. Ihre Bewegungen wurden schneller, klarer und sie selbst vollkommen. Sie war wieder eine Tänzerin, ihr Partner hob sie hoch. Im dritten Akt dreht der Schwan 32 Fouttés, die berüchtigten einbeinigen Pirouetten. *Schwanensee* hatte sie mehrmals mit Altay gesehen, denn er liebte es, in der Dunkelheit des Theaters die muskulösen Männerkörper ungestraft zu betrachten. An einem Abend im Marijnski-Theater – da waren sie bereits verlobt – fing Altay mitten in der Vorstellung zu kichern an, woraufhin die Sitznachbarn sich empört nach dem Unruhestifter umschauten. »Leyla, der See, die Schwäne, das ist doch die reinste Crusing-Area«, sagte Altay. Leyla brach ebenfalls in Lachen aus, und sie mussten die Aufführung verlassen. An jenem Morgen im Gefängnis hatte Leyla Blutungen und war sich nicht sicher, ob es zum Besseren war oder nicht.

Während der nächsten Befragung wollte der Polizeibeamte über ihren Vater reden, der sich angeblich große Sorgen machte. Außerdem fragte er, ob Leylas Ehemann sie überhaupt noch zur Frau haben wollte, wo sie doch die Ehre ihrer ganzen Familie in den Dreck ziehe. Er sprach atemlos und beugte sich so nah an Leylas Gesicht, dass sie seinen säuerlichen Atem roch. Leyla schrie, er solle ihren Vater und vor allem ihren Ehemann in Ruhe lassen. Daraufhin spürte sie einen Schlag. Der Boden unter ihr schwankte, ihr Gleichgewichtssinn versagte. Leyla konzentrierte sich und schaute in sein gealtertes Gesicht. Sie versuchte darin zu lesen, sah jedoch nichts als Verwunderung. Eine Kakerlakensippe flanierte ungerührt über den Fußboden. Leyla schrie, bis drei Männer ihren Kopf auf den Boden drückten, der voller Rotz, Zigarettenstummel und leerer Sonnenblumenkernschalen war. Die Kakerlaken hasteten dicht an ihrem Mund vorbei. Leyla hatte die zweifelhafte Ehre, die erste verhaftete Frau zu sein, und sie bekam die dazugehörige Behandlung.

Die Direktive zur Festnahme der selbsternannten Rennfahrer sollte signalisieren, dass eine Revolte, ob aus Langeweile oder als Fortsetzung des Arabischen Frühlings, sinnlos war. In der Regel wurden die Kids für zehn Tage eingesperrt, unabhängig von Einfluss, Einkommen oder Clanzugehörigkeit. Während dieser Zeit zerbrach der Kommissar sich den Kopf darüber, wie er den verwöhnten Kindern Reue näherbringen sollte – wo doch die einzigen Werte, die ihnen etwas bedeuteten, Geld und Macht waren. Zehn Tage waren für eine Bekehrung zu lang und für die Umerziehung zu kurz. Der Kommissar wünschte sich die Lager zurück.

Leyla spürte, wie ihre Füße angehoben wurden, und trat mit voller Wucht um sich. Dann vernahm sie eine Flut von Stimmen, schwankend in Lautstärke und Ton. Sie schloss die Augen und horchte auf ihren Atem, um ihn unter Kontrolle zu bringen. Wenn Leyla an *Giselle* dachte, war alles wieder da: Jonouns Geruch stieg ihr in die Nase, sie erinnerte sich an die feinen blonden Härchen auf ihren Oberschenkeln und ihr bernsteinfarbenes Haar, in das sie so gerne eintauchte. Die Sehnsucht nach Jonouns Körper wurde zu einem dumpfen Schmerz. Am Ende des Ganges erklangen spitze Schreie, und Leyla träumte sich zurück in den Tanz der Willis, trat mit der Schuhspitze ein letztes Mal fest ins Kolophonium ein, zog die Bänder ihrer Spitzenschuhe fest und betrat die Bühne des Bolschoi. Nach ebendieser Bühne war sie ihr Leben lang süchtig gewesen, es waren jene zwei Meter Gefälle, unsichtbar für den Zuschauer, ideal für den Klassischen Tanz.

Als der Kommissar den Verhörraum betrat, zitterte ihr Körper. Sie wusste nicht mehr, wo sie sich befand, und bat darum, ein Fenster aufzumachen. In ihrem Kopf rasten Ballettsequenzen in wirrem Galopp herum, Gesichter, die sie schon lange vergessen hatte. Dieses Mal gelang es ihr nicht, eine Erinnerung festzuhalten. Speichel und Blut rannen über ihre Lippen. Der Kommissar wurde rot, hatte Angst, bleibende Spuren in Leylas Gesicht zu hinterlassen, immerhin war ihr Vater ein Mann mit Verbindungen. Er schrie lauter, dann zwang er sich innezuhalten. Schließlich machte er mit frischer Kraft weiter, seine Phantasie ließ ihn nicht im Stich.

Leyla würde nie wieder werden können, was sie einst gewesen war. Eine Ballerina. Das hatte sie gewollt und entschieden. Natürlich hatte sie die Schmerzen einkalkuliert, das war nicht das Problem – Schmerzen und Hunger war Leyla gewöhnt. Womit sie nicht gerechnet hatte, war, dass das Ballett ihr fehlen würde. Nicht wie ein Mensch, nach dem man sich sehnt, sondern wie eine Droge, die dem Körper plötzlich entzogen wird, und Leyla hatte ein ausgeprägtes Suchtgedächtnis. Wenn ihr eine Bewegung besonders gut gelang, wurde sie high. Was sie nun vermisste, war der Triumph über den eigenen Körper. Sie versuchte, ihr Verlangen mit Koks oder MDMA zu überdecken, aber es funktionierte nicht. Sie dachte, es würde ihr Erleichterung verschaffen, nicht mehr tanzen zu müssen – sie hatte die ständigen Schmerzen, die Überforderung und Erschöpfung, die Angst vor Verletzungen, den Konkurrenzdruck und die permanenten Intrigen satt. Was sie wollte, war Ruhe, doch ihr Körper hatte sich an die tägliche Tortur gewöhnt und verlangte nach mehr. Leyla fremdelte im eigenen Körper.

Dann bekam sie ein Handtuch und frische Kleidung ausgehändigt, merkwürdigerweise das T-Shirt und die Hose, die sie vor zwei Monaten in ihrer Berliner Wohnung zurückgelassen hatte. Unter der Dusche schrubbte sie den Dreck von sich, streng beäugt von zwei üppigen Politessen. Anschließend wurde sie in einen neuen Raum geführt: zwei große vergitterte Fenster, abgenutzter Linoleumboden und – Altay.

ERSTER TEIL

- 29

Jonoun stand hinter der Theke einer Kreuzberger Bar, in der sie seit einer Woche arbeitete, und spülte Gläser. Es war nicht viel los, sie ließ den Blick durch den Raum schweifen – und blieb ausgerechnet an einer Frau hängen. Was Jonoun als Erstes auffiel, war deren Körperspannung. Sie saß kerzengerade da und wirkte trotzdem entspannt. Als Nächstes registrierte Jonoun, dass die Frau ungewöhnlich schlank war, einen Nasenring trug und lange schwarze Haare hatte. Jonoun hatte nicht vor, sie anzustarren, es passierte einfach, und die andere bemerkte es. Irgendwann schaute auch deren Begleiter hoch, ein gutaussehender Mann mit Schwimmerfigur. Er grinste und wechselte einige Worte mit der Frau. Sie lachten. Bis dahin hatte Jonoun nur mit Männern geschlafen, aber plötzlich wünschte sie sich nichts anderes, als am nächsten Morgen neben dieser Frau aufzuwachen und eine Schale Müsli mit ihr zu teilen.

Eine Weile später stand Leyla auf, lächelte Jonoun an und ging Richtung Toilette. Jonoun folgte ihr.

Die Toilette war eng und verdreckt, ein Spiegel nicht vorhanden, sodass ihre Besucher die kahle Wand anstarren mussten. Als Jonoun hereinkam, wusch Leyla sich die Hände. An ihrem linken Zeigefinger glänzte ein schmaler Goldring. Sie schaute Jonoun irritiert an, und Jonoun fragte sich, ob sie sich alles nur eingebildet hatte.

»Ich muss dir was sagen«, setzte Jonoun an.

»Ja?«, Leyla schaute sich verunsichert um.

Jonoun kam ihr ein wenig näher und zog gierig Leylas schweres Parfum ein.

»Du bist schön«, zum ersten Mal in ihrem Leben errötete Jonoun, im Wissen um die Peinlichkeit ihres Auftritts. Trotzdem wollte sie ihre Hand nach Leylas Locken ausstrecken und ihren Mund schmecken.

»Das ist süß von dir«, Leyla sah gleichermaßen betroffen aus.

»Wie heißt du?«, fragte Jonoun, da das Gespräch stockte.

»Leyla«, sagte sie. »Und du?«

»Jonoun.«

Leyla nickte, trocknete ihre Hände ab und ging hinaus.

Fortan konnte Jonoun sich nicht mehr auf die Arbeit konzentrieren. Leyla beachtete Jonoun nicht weiter und scherzte mit ihrem Begleiter. Die Bar füllte sich, spanischsprechende Touristen und Menschen in Drag stürmten herein. Die Diskokugel an der Decke sah wie ein großes Missverständnis aus.

Der Mann neben Leyla legte seinen Kopf schräg und machte Jonoun ein Zeichen, noch zwei Gläser zu bringen. Jonoun goss den Whiskey großzügig ein und ging zu ihrem Tisch.

»Willst du ihre Nummer?«, fragte er und hielt Jonoun lachend einen Zettel hin.

Jonoun sagte nichts, schaute stumm auf den Boden, der voller Dreck war und unter den Schuhsohlen klebte. Die Situation wurde unerträglich. Leyla riss ihm den Zettel aus der Hand und steckte ihn sich ins Höschen, woraufhin er versuchte, den Zettel wieder herauszufischen, doch Leyla ließ ihn nicht und beide lachten, wahrscheinlich über Jonoun, die nun ihren Kopf hob und sie anstarrte.

»Das ist mein Ehemann«, sagte Leyla langsam und bestimmt.

Fünf Minuten später suchte Jonoun wieder die Toilette auf und ließ das kalte Wasser über ihre Armrücken laufen. Sie fröstelte in ihrem dünnen T-Shirt.

Die Toilettentür öffnete sich, Leyla kam herein und stieß Jonoun in eine der Kabinen. Sie schloss ab, drehte Jonoun mit dem Rücken zur Wand und drückte sie dagegen. Jonoun presste ihren Unterleib an die Tür und Leyla ihren an Jonoun. Dann griff sie nach Leylas Unterarm, drehte sie wieder zu sich und küsste sie. Leyla küsste zurück, ihre Zunge drang in Jonouns Mund, der Duft ihres Parfums stieg ihr in die Nase, sie küsste ihren Hals, packte sie an den Hüften und dachte darüber nach, wie merkwürdig das doch alles war. Dann wanderte ihre rechte Hand zu Leylas Busen und knetete schüchtern die fremde Brust durch die BH-Schale.

»Wann ist deine Schicht zu Ende?«, fragte Leyla.

»Wenn der letzte Gast geht.«

»Ich hol dich in drei Stunden ab«, sagte Leyla und ging hinaus. Jonoun setzte sich auf den zugeklappten Toilettendeckel und stützte ihren Kopf mit den Ellbogen ab. Ihr Atem ging schnell und schwer.

Jonoun war vor zwei Wochen nach Berlin gezogen, mit einem Master in New Media Art, den sie an einem mittelmäßigen Liberal Art College erworben hatte, aber ohne Geld. Ein Leben in Williamsburg konnte sie sich nicht mehr leisten, war zudem durch die Studiengebühren hoch verschuldet und musste ihr WG-Zimmer räumen. Sie hätte es in der Kunstwelt durchaus zu etwas bringen können, wenigstens redete sie sich das ein, aber ohne ein Atelier und mit drei verschiedenen Jobs, die notwendig gewesen waren, um die Miete für ihr winziges Zimmer und den WLAN-Anschluss zu bezahlen, konnte sie keine Karriere machen. Berlin hatte den Ruf, günstig zu sein, sogar Brooklyn ein wenig zu ähneln, provinzieller natürlich, und schon war sie da, die Sehnsucht nach einem neuen, besseren Leben. In der Schule hatte Jonoun Deutsch gelernt und eine gute Note gehabt. Womöglich könnte sie es in Berlin tatsächlich schaffen, dachte sie damals.

Jonoun hatte schon immer ein nomadenhaftes Leben geführt, und ein weiterer Umzug schien nur konsequent zu sein. Wenn sie nicht mehr weiterwusste oder gelangweilt war, wechselte sie den Ort. Vielleicht kam das von ihrer Mutter, der unehelichen Tochter eines Rabbiners, Enkelin eines Kantors und das Ergebnis eines Purim-Fehltritts. Sie war in der engen Welt der Gelehrten aufgewachsen, in der die größte Gefahr von störrischen Frauen ausging, ihren singenden Stimmen, ihren Schlüsselbeinen, ihrer Menstruation und ihrem unbedeckten Haar. Nach der Heirat wurde das Haar abrasiert und der kahle Schädel mit einer Perücke bedeckt, allerdings sollte diese nicht zu echt aussehen.

Jonouns Mutter hatte damals beschlossen, sich niemals von jemandem Vorschriften machen zu lassen, doch sollte sie sich ihr Leben lang nach jenem Halt und jener Enge sehnen, die das gesetzestestreue Leben in einem Ghetto versprach. Als Erstes hatte sie ihre Krankenschwesterausbildung aufgegeben, um eine Weltreise zu machen. Jonoun wurde in Indien geboren, wo ihre Mutter sich in einem

Aschram der Meditation gewidmet hatte. Ihr Vater war Israeli – ein echter Sabre und Mitglied der israelischen Armee, nach Anne Frank der postpornographische Traum eines jeden jüdischen Mädchens aus mehr oder minder gutem Hause. Die beiden hatten sich in Laos kennengelernt und waren gemeinsam nach Indien gezogen. Oder so ähnlich. Das Einzige, was Jonoun mit ihrem Vater gemeinsam hatte, war ihr Vorname, der eigentlich sein Nachname war. Sie kannte ihn ausschließlich von Fotografien.

Die ersten Jahre ihres Lebens verbrachte Jonoun in einem Kibbuz im Norden Israels, allerdings hatte sie keinerlei Erinnerung an diese Zeit. Als sie drei wurde, heiratete ihr Vater, nicht etwa ihre Mutter, sondern eine Kindergärtnerin, ehemalige Hochleistungssportlerin und Offizierin der Reserve. Jonoun wurde in die Obhut ihrer Großmutter gegeben. Ihre Mutter reiste weiter durch die Welt, und Jonoun hörte nur selten von ihr, meist aus psychiatrischen Anstalten, in die sie aufgrund einer bipolaren Störung und einer leichten Schizophrenie regelmäßig eingeliefert wurde.

In Berlin kannte Jonoun niemanden, und die ersten Nächte verbrachte sie in den Betten fremder Menschen, die sie durch *couch surfing* im Internet gefunden hatte. Einige von ihnen waren recht anständig, andere wollten Sex, und manchmal ging Jonoun darauf ein, denn draußen herrschten Minusgrade. Überhaupt war es einer der kältesten Winter seit der Wetteraufzeichnung. Die Kälte fraß sich durch die Kleidung, der Himmel war konstant mäuschengrau, und selbst das Innere der Nasen gefror. Jonoun hasste die Kälte und wollte am liebsten sterben, aber sie war zu narzisstisch, um es unbemerkt zu tun.

Schon nach ein paar Tagen ging sie dazu über, ihre

Bettgefährten in Kneipen kennenzulernen: Mehrere Nächte hintereinander verbrachte sie wartend in einer Bar. Die Wände waren mit rosarotem Plüsch tapeziert, die Musik laut und elektronisch, wie fast alles in Berlin. Jonoun wartete darauf, ausgesucht zu werden, wartete, bis jemand sie in seine geheizte Wohnung mitnehmen und ihr am nächsten Morgen womöglich einen Kaffee machen würde. Meistens dauerte es nicht sonderlich lange, und es war fast immer eine bestimmte Sorte Mann, deren Aufmerksamkeit sie auf sich zog: schüchtern, unsicher, nicht besonders attraktiv und seltsamerweise nie die eigene Intelligenz anzweifelnd.

Als sie schon die ganze Lebens- und Beziehungsgeschichte des Inhabers sowie die der meisten Stammgäste gehört hatte, wurden ihr ein Job in ebendieser Bar und ein Zimmer in Kreuzberg angeboten. Beides war für sie in Ordnung, denn in diesen Tagen ernährte Jonoun sich überwiegend von 15-Cent-Schrippen.

– 28

Salome, Leylas Mutter, war eine schlanke Frau mit einem ausdrucksstarken Gesicht und leidenschaftliche Ballettomanin. Sie wurde in Tiflis geboren, als Tochter zweier Kriegshelden, ihr Vater war General der sowjetischen Armee und ihre Mutter eine der ersten Kampfpilotinnen im Zweiten Weltkrieg. Das bedeutete, dass die Familie privilegiert war – die Lebensmittel wurden selbst in Zeiten der Essensmarken nach Hause geliefert, sie machte Urlaub auf den Basen für Militärangehörige, hatte Zugang zu Importwaren, ein Auto, Telefon – und vor allem Verbindungen. Salomes Eltern verstanden sich darauf, ihren Genossen in Moskau Pakete mit selbsteingelegtem Gemüse, Marmeladen, georgischem Wein, Trockenfrüchten, aserbaidschanischem Belugakaviar, Nüssen, armenischem Kognak und honigtriefenden Süßigkeiten zukommen zu lassen, und wurden dafür reichlich entlohnt.

Salomes Erziehung war streng und die eines Jungen, wobei auf Werte gesetzt wurde, die aus der Vorkriegszeit stammten. Salome lernte, ihren Rücken gerade zu halten, mit Waffen umzugehen und Fahrzeuge zu lenken. Sie lernte Französisch, Russisch und Georgisch sowie Tanz und Klavier.

Mit zwanzig hatte sie in eine der ältesten Künstlerfamilien der Aserbaidschanischen UdSSR eingeheiratet – ihr Ehemann war Maler, ihre Schwiegermutter Schauspielerin, und in der restlichen Verwandtschaft tummelten sich Jazzmusiker, Plakatmaler und Dirigenten. Sie hatte eine Promotion in Kunstgeschichte und war eine der attraktivsten Frauen in Baku.

Salome war nicht hübsch, sondern eine Schönheit, die keinen Zweifel zulässt, die ein genaues Hinschauen einfordert und schlaflose Nächte bereitet. Betrat Salome einen Raum, entstand Unruhe. Wofür sie absolut kein Verständnis aufbringen konnte, war Disziplinlosigkeit: Hüftspeck, aufgedunsene Bäuche, schlaffe Oberarme, Wollstrumpfhosen zu feinen Stoffen, sonnenverbrannte Nasenspitzen, Hautunreinheiten. Doch Salome hatte auch gelernt, andere nicht auf ihre Fehler hinzuweisen.

Salomes Tochter sollte ebenfalls eine gute Ausbildung bekommen, weshalb Leyla schon im frühen Alter Ballett- und Klavierstunden erhielt. Da die Musiklehrerin keine allzu große Hoffnung in Leyla setzte, beschloss Salome, aus ihrer Tochter eine Ballerina zu machen. Eine von Leylas ersten Erinnerungen war die ans Tanzen, wie sie im Wohnzimmer ihres Hauses stand und sich plötzlich ihres Atems und der Musik bewusst wurde. Da war sie drei.

Salomes Erziehungsmethoden waren indessen zweifelhaft. Ihre Ehe kriselte, und sie war froh, wenn das Kindermädchen ihr die Tochter vom Hals hielt. Nahm sie sich dennoch Zeit für Leyla, wollte sie diese nicht verschwenden und ließ sich detailreich über ihre Fortschritte im Ballett informieren, telefonierte mit den Lehrerinnen und vergaß nicht, ihnen regelmäßig Blumen und französisches Parfum zu schicken. Lehrerinnen waren für sie etwas, das man wunderbar in den Griff bekommen konnte, Ehemann und Tochter dagegen nicht.

Salome vermutete, dass ihr Mann sie regelmäßig

betrog, und verließ ihn genauso regelmäßig mit lauten Szenen und viel Pathos. Sie pendelte deswegen zwischen der Wohnung ihrer Eltern in Tiflis und der ihres Mannes in Baku. Natürlich gönnte sie sich auch Ausflüge in andere Wohnungen, vornehmlich in die Schlafzimmer berühmter Musiker und Maler – immerhin fungierte Salome als die Muse der gesamten südkaukasischen Kulturlandschaft.

Wenn Salome nach mehreren Wochen ihre Tochter wiedersah, überkamen sie Gewissensbisse, und sie versuchte krampfhaft, die verlorene Zeit aufzuholen. Sie flocht Leyla Zöpfe, nahm sie mit ins Ballett, stellte ihre siebenjährige Tochter auf die Waage und fertigte strenge Diätpläne an. Brot und Süßigkeiten waren verboten, genauso Säfte und Nägelkauen. Kurzum, Salome wollte Leyla zu einem verantwortungsbewussten sowjetischen Wesen erziehen.

Leyla boykottierte den guten Willen ihrer Mutter, schwänzte die Ballettstunden, stopfte sich mit Kuchen voll und versuchte immer wieder, von zu Hause wegzulaufen, weshalb Salome ihr drohte, sie ins Kinderheim zu stecken. Dennoch: Leyla liebte das Tanzen und sie hatte tatsächlich Talent. Das war etwas, was alle außer Leyla selbst wussten, denn sie hatten sich im Stillen darauf geeinigt, es dem Mädchen nicht mitzuteilen.

Leylas erste Ballettlehrerin, eine hochgewachsene Frau mit winzigem Bauchansatz und nachlässig blondiertem Haar, lehrte ihre Schülerinnen vor allem, dass Ballett kein Beruf für Schwächlinge war. Leyla wurde dazu erzogen, mehr als andere zu leisten. Der Wille zum Funktionieren wurde allmählich zum Fundament ihrer Persönlichkeit.

Mit zehn Jahren legte Leyla die Aufnahmeprüfung am Choreographischen Institut ab, das zum Bolschoi-Theater gehörte. Sie wusste genau, was sie tat: Das Bolschoi war das russische Staatswappen schlechthin. Die Zaren machten die Tänzer und die Eleven zu Angehörigen der imperialen Familie, und die UdSSR machte aus ihnen ein Propagandawerkzeug. Die Meldungen über die Erfolge der Truppe im kapitalistischen Westen lasen sich wie Frontberichte der Roten Armee nach der Schlacht um Stalingrad. Leyla kannte sie alle. Dafür hatte Salome umsichtig gesorgt.

Die ganze Familie flog nach Moskau, und obwohl es dem Kalender nach Frühling sein sollte, war es in der russischen Hauptstadt unerbittlich kalt. Leyla wohnte zum ersten Mal in ihrem Leben in einem Hotel. Zwei Tage lang durfte sie Eis und Blini essen. Ihr Vater zeigte ihr den Roten Platz und das Lenin-Mausoleum, und später gingen sie in den Gorki-Park, wo sie gewissenhaft alle Fahrgeschäfte ausprobierte, während ihr Vater davon sprach, dass nichts auf der Welt bedeutungsvoller sei als das Bolschoi – älter und traditionsreicher als die USA, zweimal abgebrannt und wieder aufgebaut, das eine Mal gar, während die russischen Soldaten im Krimkrieg verhungerten.

Was sich Leyla am meisten ins Gedächtnis brannte, waren die streunenden Hunde in der Stadt. Wenn es kalt wurde oder zu schneeregnen begann, flohen die Hunde in Unterführungen und wärmten sich aneinander.

Am nächsten Tag brachte ihre Mutter sie zum Institut, wo Leyla sich bis auf die Unterhose ausziehen und vor einer Kommission verschiedene Positionen einnehmen musste. Der Raum war heiß und stickig, von den Wänden bröckelte der Putz. Es roch nach Kinderschweiß und Angst. Leyla wunderte sich über die Porträts der ihr damals noch unbekannten Ballettmeister und die fast identischen weißen Baumwollunterhosen und Zöpfe der Mädchen. Ein älterer Mann mit einem gelblichen Schnauzbart befühlte ihre Muskeln und prüfte, wie weit sich ihr Rücken biegen ließ. Die Kommissionsmitglieder machten Notizen.

Am Abend ging die ganze Familie ins Bolschoi-Theater. Das Gebäude schüchterte Leyla ein – die riesigen Säulen am Eingang, der Marmor, das Avant Foyer, die Kronleuchter des Grand Foyer und die riesigen Spiegel, in denen man seine Figur überprüfen konnte. Leyla wusste schon damals, dass Spiegel nicht lügen, wenn man nur lernt, richtig hinzuschauen. Ihr Vater trug einen Anzug, ihre Mutter einen weißen Pelz und Diamanten. In diesem Augenblick verstand Leyla, dass ihre Mutter vor allem auf Wirkung aus war und dass sie die unzuverlässigste Konstante in ihrem Leben war. Das Ballett hingegen war die einzig verlässliche.

Neben ihnen saß eine Bolschoi-Schülerin mit ihrer Mutter. Das Mädchen war ein paar Jahre älter als Leyla und glich bereits einer fertigen Ballerina. Der Mädchenrücken war gerade, der Körper schmal und lang, genau wie ihre Glieder und der weiße Hals. Obwohl sie nicht besonders schön war, strahlte sie Ruhe und Selbstsicherheit aus.

Als der schwere rote Vorhang hochging, dachte Leyla, ihr Herz würde stehenbleiben. Getanzt wurde *Schwanensee*, Leylas Vater beugte sich zu seiner Tochter, zeigte auf Odette und sagte eine Spur zu laut: »Eines Tages wirst du auch eine Ballerina sein.« Die Mutter des anderen Mädchens lachte laut auf. Die Schamesröte stieg Leyla ins Gesicht.

Die Ironie lag Leylas Meinung nach darin, dass die Drohung ihrer Mutter, sie wegzugeben, in dem Moment wahr wurde, als sie genau das erreicht hatte, was alle von ihr erwartet hatten: Zusammen mit anderen neunundzwanzig Mädchen, von denen im Laufe der nächsten Jahre mehr als die Hälfte eliminiert werden würde, war sie für eine Ballettkarriere auserwählt worden. Ab sofort würde sie am Choreographischen Institut studieren und im dazugehörigen Internat wohnen. Ihr Zimmer würde sie sich mit Nastja teilen, einem älteren Mädchen aus der Ukraine, mit unzähligen Sommersprossen und wässrig grünen Augen.

Leylas Körper funktionierte tadellos, sie hatte den idealen Körperbau einer Ballerina, kleiner Kopf, langer Hals, schmale, lange Gliedmaßen und eine schlanke, feminine Silhouette. Und das Wichtigste: Leyla war süchtig nach Bewegung.
 Die Mitglieder der Eignungskommission erklärten Salome, ihre Tochter verfüge zwar über gute Voraussetzungen, doch kaum jemandem gelänge es, die Versprechen der Kindheit einzulösen. Leyla jedoch schien immer besser zu werden – als Einzige in ihrer Klasse durfte sie ein Schneeflöckchen im *Nussknacker* tanzen. Ihre Eltern waren aus Baku angereist, machten Fotos für das Familienalbum und fuhren wieder, nicht ohne sich zuvor im Foyer laut gestritten zu haben. Doch das machte Leyla nichts aus, denn sie hatte endlich vor Publikum getanzt. Nun wusste sie, dass sie nichts anderes wollte.

– 27

Jonoun saß monatelang einem ihrer Professoren Modell und beobachtete ihn beim Zeichnen. Er war siebenundvierzig Jahre alt, gutaussehend, hatte einen trainierten Körper und einen ausgezeichneten Sinn für Ästhetik. Hauptberuflich war er Galerist, an der Universität lehrte er aus reiner Barmherzigkeit. Sein Wissen, seine Umgangsformen und seine Selbstsicherheit hatten Jonoun von Anfang an imponiert. Bevor sie ihn traf, war sie ein Punk-Kid, wechselte jede Woche die Haarfarbe, trug Piercings, Nieten und Leder, fuhr Skateboard, kiffte, kokste und liebte Hardcore, Jazz und Punk. Die meiste Zeit verbrachte sie in Plattenläden.

Ihr Professor sprach nicht viel beim Zeichnen, nach der ersten Woche machte er ihr zwischendurch einen Tee, den er in feinen Porzellantassen servierte – er hatte mehrere Jahre in Japan verbracht und sammelte asiatische Kunst. In der zweiten Woche fing Jonoun an, zu den Sitzungen Kaffee in Pappbechern mitzubringen, und meistens plauderten sie miteinander, obwohl er die Pappe missbilligte und den milchigen Kaffee niemals anrührte. Er hatte einen guten Sinn für Humor.

Jonoun war nicht verliebt – sie war beeindruckt: Zuerst führte er sie in französische Restaurants aus, die sie sich niemals hätte leisten können und in denen sie immer einen Bordeaux bestellte, weil das die einzige Weinsorte war, die sie bis dahin gekannt hatte. Er bestand stets auf drei Gängen, und Jonoun hatte keinerlei Mühe, sich daran zu gewöhnen: Ihre Großmutter tat Vorspeisen als Geldverschwendung ab, Beilagen und Dessert als den Ruin der schlanken Linie und ließ keine Gelegenheit aus, Jonoun daran zu erinnern, dass sie zu Übergewicht neigte. Davon sprach der Professor hingegen nie.

Bald schenkte er ihr Kleider, die in seine Welt besser hineinpassten, unmerklich kam er für ihre Metro-Card und schließlich auch für ihre Miete auf. Kurz nach ihrem neunzehnten Geburtstag heirateten sie. Als Jonoun bei ihm eingezogen war, wurde nichts in der Wohnung verändert, lediglich ein Schrank ins Schlafzimmer gestellt. Sie wurde seinen Freunden vorgestellt, aber nicht den Eltern.

Die Ehe hielt drei Jahre und war durchaus harmonisch. Der Sex wurde zwar weniger, doch Jonouns Mann hatte keineswegs das Interesse an ihr verloren, manchmal legte er ihr morgens Kleider heraus, die sie tragen sollte, von seinen Geschäftsreisen brachte er ihr teure Geschenke mit, meistens Schuhe oder Schmuck, im Sommer machte er mit ihr Ausflüge aufs Land, wo er Wein, Gemüse, Öl und Käse von Öko-Bauern kaufte, und gelegentlich fuhren sie in europäische Metropolen, deren Sehenswürdigkeiten er ihr vorführte. Oft und insbesondere bei einem Glas Wein sprach er davon, nach Rom ziehen zu wollen. Er lehrte Jonoun Tennis und Reiten, feilte unermüdlich an ihrem Geschmack und kaufte ihr Bücher. Jonoun bekam genau die Bildung, die er für richtig erachtete, zudem materielle Sicherheit und Geborgenheit. Sie war zufrieden.

Seine einzige Bedingung lautete: Keine Kinder, und

Jonoun war mehr als einverstanden, zu sehr genoss sie seine Aufmerksamkeit, um sie mit bedürftigen Säuglingen teilen zu wollen.

Irgendwann sehnte sie sich wieder nach Sex und fing an, mit ihren Kommilitonen zu schlafen. Einer von ihnen war ein vielversprechender Medienkünstler, ein anderer Maler, es folgten ein Synchronsprecher und später ein Schauspieler. Sie erinnerte sich nicht daran, auch nur einen von ihnen nach seinem Namen gefragt zu haben.

Nach dem Bachelor-Abschluss ließ Jonoun sich scheiden und entdeckte in den nächsten Monaten das Leben der vermeintlichen Boheme. Während ihrer Ehe hatte sie kaum Gelegenheit, sich mit Gleichaltrigen auszutauschen, und nun wollte sie alles nachholen, eine Underground-Ikone werden, eine Band gründen, eine Hymne oder einen Roman schreiben, in einem Porno mitspielen und gleichzeitig eine ernst zu nehmende Künstlerin sein. Sie zog in einen hippen Stadtteil, in dem die Erfindungsökonomie florierte, das Geschäft mit Mode, Design, Werbung und teurem Wein. Anfangs wohnte sie in Hausprojekten, zusammen mit Menschen, die den Kauf von Vinyl für ein Statement hielten. Stets war irgendjemand zu Besuch, rollte Joints, zog Lines, mixte Cocktails und legte auf. Um Kunst ging es dabei selten, man unterhielt sich lieber über Mode und Geld.

Von ihrem Mann bekam sie keine Alimente, denn mit neunzehn hatte sie noch an die Liebe geglaubt und einen Ehevertrag unterschrieben. Während ihrer Ehe hatte sie vergessen, wie es war, arm zu sein, und obwohl sie nach der Scheidung in drei verschiedenen Bars arbeitete, war ihr

Konto immer überzogen. Nach einem Jahr hatte sie eingesehen, dass es unmöglich war, als Künstlerin mit den reichen Kids zu konkurrieren. Sie hörten dieselben Bands, lasen dieselben Philosophen, besuchten dieselben Bars, benutzten dieselben Materialien, nur hatten sie es eben nicht nötig, sich um Jobs zu kümmern, und auch sonst nicht um viel. Sie kamen aus weißen, kulturbeflissenen Mittelstandsfamilien, ihre Väter waren Zahnärzte, Rechtsanwälte und Anlageberater, die das Feuilleton am Frühstückstisch ungefragt ihren Gattinnen reichten. Es gab auch Ausnahmen: Kids, die bei jeder Biennale in Venedig gewesen waren, die großen Sammlungen bereits im Grundschulalter gesehen hatten und mit berühmten Kunsthistorikern, Kuratoren und Konzeptkünstlern verwandt waren.

Jonoun war eine gute Studentin gewesen. Obwohl niemals herausragend, hatte sie stets solide Arbeiten abgeliefert und bekam zuweilen Karten von Galeristen zugesteckt. Am Abend ihrer Abschlussfeier verunglückte Jonouns Mutter in Neu-Delhi. Statt zur Beerdigung zu fahren, feierte sie ihren Abschluss und nahm alle Drogen, die sie bekommen konnte.

Nach dem Tod ihrer Mutter ging Jonoun zum ersten Mal in eine Mikwe. Sie fing an, die Tora, den Talmud, den Midrasch und die Halacha zu lesen. Eine Jeschiwa besuchte sie nicht, lernte aber Aramäisch und Hebräisch und amüsierte sich über Lots Inzest mit seinen Töchtern, über Jonathan und David, das erste schwule Paar, die Pornographie des Hohen Lieds, die Bordellbesuche Yehudas und Noahs Alkoholismus. Der biblische Handlungsbogen irritierte sie – die Genesis war noch voll von JHWHs blutrünstigen Taten, danach wurde er zum kritischen Beobachter, der mit alten Männern coelhosierte.

- 26

Leyla kam drei Tage später, im Lederrock, einem fast durchsichtigen Pullover und einem kleinen Blumenstrauß in der linken Hand. Ihr Gang war majestätisch, die Haltung makellos. Jonoun tat so, als hätte sie sich nicht jedes Mal nach der Tür umgedreht, wenn ein Gast hereingekommen war. Schließlich fand sie sich selbst albern und fragte sich, in welchem Moment sich das Verlangen eigentlich festschreibt.
Als Jonoun und Leyla Hand in Hand hinausgingen, dämmerte es bereits, die Straßen waren nass, die Luft regenkalt und Jonouns Libido erstarrt. Die Blumen rochen nach nichts. Leyla bezahlte das Taxi mit einem zerknitterten Zehn-Euro-Schein. Der Fahrer schaute müde in den Rückspiegel, seine Augen waren gerötet, und feine Bartstoppeln überzogen seine Wangen. Leyla legte ihre Hand demonstrativ auf Jonouns Knie und tat weiter nichts.

Leyla wohnte in der dritten Etage eines Kreuzberger Hinterhauses, der Hof war voller Fahrräder, die vor sich hin rosteten. Während sie langsam die steile Treppe hinaufstiegen, dachte Jonoun an die Schmerzen in ihren Beinen. Zwischen dem dritten und vierten Stockwerk fiel ihr ein, dass sie nicht geduscht hatte und nach Schweiß und Zigaretten riechen musste. Unauffällig versuchte sie den eigenen Körpergeruch zu eruieren. Im Flur machte Leyla kein Licht, Jonoun registrierte lediglich, dass der Fußboden knarrte, und schon wurde sie ins Schlafzimmer gezogen, wo Leyla eine überteuerte Duftkerze anzündete und Wein einschenkte.

Jonoun setzte sich auf die Matratze und beobachtete Leyla. Während diese langsam die Schürsenkel ihrer Schuhe löste, redete sie über die Kälte. Eine vollkommen andere als in Berlin oder Kanada, selbst anders als in Alaska – frischer, stechender, natürlicher. Leyla sprach, ohne ihren Blick von Jonouns Gesicht abzuwenden, ihre Fingerkuppen wanderten über Jonouns Seidenkleid aus dem Sonderangebot. Russische Kälte. Langsam den Torso entlang. In Russland gefriere das Blut wortwörtlich in den Adern, in Sibirien sei es die Spucke, und wenn man nicht aufpasste, verschluckte man sich an ihr, sie schlitzte einen von innen auf, wie Glas, das die Speiseröhre sauber in zwei Hälften zerlegt. Die Blutgefäße dehnten sich subkutan aus. Leyla machte eine kurze Pause, schaute Jonoun an und fragte: »Hattest du schon mal eine Russin?«, während sie ihre Strümpfe auszog und in ihren rechten Schuh stopfte. Ihre Beine waren gerade und muskulös, die Füße dagegen verformt und zerschunden, voller Hornhaut und Schwielen.

Jonoun schüttelte ihren Kopf.

»Eine Georgierin?« Leyla zog ihren Pullover aus, sie trug keinen BH.

»Ich hatte noch nie eine Frau«, sagte Jonoun.

Leyla sah sie forsch an und sagte: »Das kann doch nicht wahr sein«, wobei sie die Hände von Jonouns Haut nahm.

»Ist das ein Problem?«, fragte Jonoun. Ihre Stimme zitterte.

»Ich will nicht mit Frauen schlafen, die sich ausprobieren wollen.«

»Kann ich trotzdem heute Nacht hierbleiben?«

Leylas Stirn legte sich in Falten. Die Kerzen flackerten. Jonoun stand auf, aber Leyla zog sie wieder zu sich, berührte den Ausschnitt ihres Kleides, streichelte über ihre Oberschenkel und flüsterte weiter: Hypothermie, das Erfrieren, zuerst komme das Muskelzittern, der klägliche Versuch des Körpers, seine Temperatur durch Bewegung konstant zu halten, darauf folge das Erschöpfungsstadium. Leyla streichelte Jonoun erst zärtlich, dann fordernder. Das Bewusstsein trübe sich, der Puls schwäche sich ab, und schließlich erfolge der Herz- und Kreislaufstillstand. Leyla roch nach Zigaretten, Karamel und Minze, ihre Hände wanderten über Jonouns Bauch. Jonoun fühlte, wie ihr Blut immer schneller floss, während sich darin kleine Eiskristalle bildeten. Sie ließ ihren Oberkörper fallen, und Leyla beugte sich über sie, küsste ihre Brüste und zog ihre Unterhose herunter. Ein wenig später erzitterte Jonouns Körper, der Orgasmus war heftig und unerwartet.

Als Jonoun aufwachte, war sie alleine. Ein Lichtstrahl fiel aufs Bett. Sie hob ihre Sachen vom Boden auf und zog sich an. Eigentlich hatte sie vor, sich leise aus der Wohnung hinauszuschleichen, doch die Tür zur Küche stand sperrangelweit offen. Dort saß jemand am Küchentisch und frühstückte. Es war Leylas vermeintlicher Ehemann.

»Willst du ein paar Cornflakes?«, fragte er, schaute auf die Packung und korrigierte sich schnell: »Müsli, meine ich.« Er sah müde und abgekämpft aus, außerdem trug er ein merkwürdiges weißes Shirt, das bei Jonoun eine ungute Konnotation weckte.

»Nein danke«, antwortete Jonoun.

»Setz dich«, sagte er.

Sein Ton kam Jonoun scharf vor. Sie sah ihn irritiert an,

doch er lächelte und sagte: »Ich komme gerade von der Nachtschicht und hasse es, alleine zu frühstücken.«

Sie nickte und setzte sich an den Tisch, der groß und oval war. Der Mann stand auf, spülte hastig eine Schüssel und einen Löffel und stellte beides vor sie hin. Jonoun griff nach der Müslipackung, schüttelte ein paar Haferflocken in die Schale und übergoss sie mit Milch.

»Wo ist Leyla?«, fragte sie unsicher, während sie seine Hände anstarrte. Der Mann im seltsamen Shirt hielt seine Schüssel mit beiden Händen fest, seine Finger waren kurz und behaart. Die Hautlinien um die Gelenke sahen aus wie Kerben und bildeten unregelmäßige Muster. Alles in allem hatte er vertrauenerweckende Hände, beschloss Jonoun und sah ihm wieder ins Gesicht. Er lächelte.

»Beim Training.«

»Was trainiert sie?«

»Ballett.« Er lächelte und fragte sanft: »Wie heißt du?«

»Jonoun. Und du?«

Er schaute sie konzentriert an. Dann antwortete er: »Altay.«

»Das ist doch ein Gebirge und kein Name.«

Altay lachte: »Meine Mutter ist ein wenig exzentrisch.«

Wieder stockte das Gespräch. Altay las das Kleingedruckte auf dem Milchkarton.

»Weißt du, wann Leyla wiederkommt?«

»An deiner Stelle würde ich nicht auf sie warten. Ich meine, kannst du schon, aber ich werde mich gleich schlafen legen und du gehst oder bleibst, wie du willst. Zieh einfach die Tür hinter dir zu.«

Jonoun nickte. Im Hof schrie eine räudige Katze.

»Diese Nachtschichten machen mich fertig.« Er stand auf und legte beide Hände auf sein Gesicht.

»Was machst du denn?«
»Ich bin Arzt.«
Erst jetzt wurde Jonoun klar, dass er noch seine Arztuniform trug.

Altay ging zum Waschbecken, füllte ein Glas mit Leitungswasser, trank es in einem Zug leer, goss nach, stellte den Milchkarton wieder in den Kühlschrank und sagte: »Mach was du willst, Hauptsache leise, okay?«

Jonoun ging zurück in Leylas Schlafzimmer und schaute sich um. Nichts passte in diesem Raum zusammen: Leyla hatte ein weißes Ikea-Regal, in dem nur wenige Bücher standen, ein Paar zerlesene russische Hardcover, ziemlich alles, was Judith Butler jemals geschrieben hatte, *Middlesex* von Jeffrey Eugenides, Suzanne Brøggers *Erlöse uns von der Liebe*, Michel Houellebecq – das meiste im Original. Auf dem Boden lag die breite Matratze, über dieser hing ein großformatiges Aktbild von überraschender Qualität der Komposition und Pinselführung. Die abgebildete Frau war auf eine konventionelle Weise hübsch, ganze Kaskaden von dunklem Haar und weiß leuchtende Haut.

In Leylas Schrank lag dicht aufeinandergepresst gebügelte Bettwäsche, Jonoun steckte ihre Nase zwischen die Laken, doch sie hatten keinen Eigengeruch. Leyla besaß viel Sportkleidung, mehrere Jeanshosen, Männerhemden, Pullover und T-Shirts, in Kindergrößen und aus weicher Baumwolle, die schon tausendmal gewaschen worden war. Jonoun nahm die Hemdkragen in die Hände, befühlte den Stoff von Leylas Kleidern, die meisten waren aus Seide und von teuren Designer-Labels. Die Schalen ihrer BHs waren ineinandergelegt, schwarze und weiße Spitze, manchmal ein zartes Altrosa. Negligees. Daneben lagen ordentlich zusammengefaltete Höschen, keine Tangas, und auf einem verwaschenen Paar stand *Girls wanted*. Sie alle hatten nichts mit den spitzenbesetzten Büstenhaltern zu tun.

Irgendwo draußen bellte ein Hund, Jonoun nahm einen Zettel vom Schreibtisch und schrieb: »Ich mochte es, als deine Lippen mich berührten.« Darunter kritzelte sie ihre Telefonnummer.

– 25

Leylas bisheriger Erfahrung nach resultierte Liebe aus Leistung, und sie hatte früh begriffen, dass sie tanzen musste, um geliebt zu werden. Also tanzte sie, und solange sie tanzte, wurde sie wie eine Prinzessin behandelt. Leyla kam nicht auf die Idee, dass es mehr als diese eine Rolle geben könnte. Der freie Wille ist eine schwierige Sache.

Das erste halbe Jahr verging für Leyla in ermüdender Langeweile – beide Hände an der Stange, anderthalb Stunden strecken ohne Pause. Nach sechs Monaten durfte sie sich zur Seite drehen. Am Ende des ersten Jahres stand sie auf Zehenspitzen. Leylas Ballettlehrerin, eine ehemalige Solistin des Kirow-Theaters mit fahler Haut und rötlichem Haar, wusste vom Ballett nur das Nötigste. Sie war zwar durchaus in der Lage, festzustellen, was richtig oder falsch war, aber den Weg zur Präzision aufzuzeigen vermochte sie nicht.

Die Anforderungen stiegen Jahr für Jahr: Proben, Auftritte, jährliche Prüfungen. Ballett basiert auf Auslese, nur die Besten bestehen, ein paar wenige werden übernommen, und nur ein Bruchteil von ihnen hat tatsächlich eine Karriere vor sich. Das Wissen darum machte es nicht einfacher, Freundschaften zu schließen. Obwohl oder gerade weil man den ganzen Tag mit denselben Leuten verbrachte, gemeinsam lernte, trainierte und tanzte, hatte Leyla oft das Gefühl, ausbrechen zu müssen. Schon im Herbst konnte sie den Sommer kaum erwarten. In den ersten Sommerferien ließen ihre Eltern sich scheiden. Leyla flog trotzdem nach Baku und bekam privaten Unterricht. Diesen schwänzte sie meistens und lief stattdessen die Meerespromenade auf und ab. Ihrer Nachhilfelehrerin erzählte sie, Salome sei ihre Stiefmutter, ihre richtige Mutter sei bei ihrer Geburt gestorben. Zurück in Moskau, beschwerten sich die Lehrerinnen über ihre Bräune und ermahnten sie, besser aufzupassen.

Jeder am Bolschoi träumte von einer internationalen Karriere, von Tourneen, großen Bühnen und Ruhm. Vor allem Ruhm. Das Bolschoi war Russland, zumindest das Einzige, was davon übriggeblieben war – während die UdSSR zusammenbrach, die meisten Menschen verarmten und nur ein paar sehr reich wurden, während der Kapitalismus und Putin alles an sich rissen, hatte das Bolschoi-Theater nichts von seiner Größe eingebüßt.

In den Jahren nach dem Zerfall gab es kaum einen Gnadenmoment, nur Elend dickensschen Ausmaßes. Kränklich aussehende, mit Orden behängte Alte verkauften auf den Straßen den Hausstand, ihre Kinder boten Plastiktüten aus dem Westen feil, während die Enkel verwilderten und das ganze Land sich zu Tode soff. Daneben die *neuen Russen*: blonde Frauen im Zentrum von Moskau, die kollektiv Pamela Anderson kopierten und auf Pelze, Blutdiamanten und It-Bags setzten. Ihre kastenförmigen, kurzgeschorenen Männer, die es unter dem neuen Regime immerhin zu Managern gebracht hatten, signalisierten ihrer Umwelt, dass Manieren ab sofort der Vergangenheit angehörten. Straßenhändler verkauften Stalin-Plakate, antisemitische und rassistische Broschüren. Und in allen, wirklich allen Gesichtern waren Groll und Bitterkeit als einzige Emotionen eingeschrieben.

In Leylas Klasse wurden Kinder unterschiedlichster Herkunft unterrichtet. Vor den Schultoren reihten sich verdunkelte Limousinen mit Panzerglas, denen blasse reiche Erben in Pelzen und Designerkleidung entstiegen. Manche gehörten der ökonomischen und politischen Elite an, andere waren Töchter ehemaliger Dissidenten, die sich nach der Perestroika über Nacht von Demokraten in Oligarchen verwandelt hatten, und wieder andere waren Nachkommen berühmter Ballettdynastien. Nur die wenigsten kamen scheinbar aus dem Nichts, so wie Nastja.

Nastjas Großmutter, obwohl überzeugte Kommunistin und Heldin der Arbeit, war dem imperialen Glanz des klassischen Tanzes verfallen. Sie war Brigadeführerin eines großen Milchkombinats und liebte die Musik, die großen Hallen, den schweren Samt und die Kronleuchter. Sie hatte eine laute, kehlige Stimme, einen festen Händedruck und einen massigen Körper. Doch als Nastja ans Choreographische Institut wechseln sollte, war ihre Großmutter nicht mehr am Leben. Ein Lastwagen hatte sie erfasst und mitgeschleift.

Abends kroch Nastja in Leylas Bett, sie schmiegten sich aneinander und erzählten sich ihre Geheimnisse. Das war ihr abendliches Ritual im überheizten Internatszimmer, das mit zwei kleinen Schränken, zwei Schreibtischen, zwei Stühlen und zwei knarzenden Betten möbliert war. Sie redeten über die anderen Mädchen und manchmal auch über Jungs. Nastja war oft verliebt, und Leyla suchte sich einen Jungen aus ihrer Klasse aus und tat so, als sei sie ebenfalls verliebt.

Eines Tages verkündete Nastja, sie würde niemals heiraten, Leyla war erleichtert, denn das bedeutete, dass sich niemals ein Mann zwischen sie drängen würde. Zwei Wochen später machte Leyla ihrer Freundin einen Antrag. Nastja nickte und sagte: »Ich denke darüber nach.« Am nächsten Morgen stimmte sie zu. Damals fühlten sie sich unbesiegbar, die Welt lag ihnen zu Füßen.

Im vierten Schuljahr wurde die berüchtigte Schuldirektorin Anna Morosowa auf Leyla aufmerksam. Vor Morosowa hatten alle Angst, sowohl die Eleven als auch die Ballettmeister. Sobald sie den Raum betrat, erstarrte alles, und erst nach einem kurzen Moment der Stille ging das Leben weiter. Die Übungen wurden präziser, die Haltung aufrechter, das Lächeln auf den Lippen echter. Gefallsucht verwandelte sich in Demut. Kein Wunder, dass Ballett vor allem unter repressiven Regimen blühte.

Morosowa hielt Leyla für talentiert und faul. Den zweiten Teil hatte sie ihr vor der versammelten Klasse ins Gesicht geschleudert, den ersten verschwiegen.

Entgegen allen Erwartungen wurde Leyla in Morosowas Klasse aufgenommen, und von dem Moment an änderte sich alles.

Indessen entwickelte Nastja ein Faible für Lebensläufe berühmter Ballerinen. Abends, bevor die beiden Mädchen nebeneinander einschliefen, ratterte sie die Lebensdaten von Pawlowa, Fonteyn, LeClerq, Farrell und sogar von Balanchine, Baryshnikow und Nurejew herunter, während sie Leyla zärtlich streichelte.

Ihre Füße schmerzten und vernarbten, die Zehennägel wurden blau, die Haut scheuerte sich ab und die Muskeln rissen. Ältere Mädchen erzählten, dass Ballerinen einander Glassplitter in die Schuhe steckten, um eine bessere Rolle zu ergattern. Nastja weigerte sich, solche Geschichten zu glauben, und beharrte stets auf Gerechtigkeit. Leyla dagegen verstand, dass sie weit gekommen war – aber noch nicht weit genug. Ihr Leben lang wurde sie darauf vorbereitet, eine Art Übermensch zu werden. Keiner sagte ihr, was passieren würde, wenn sie es geschafft hätte.

In der fünften Klasse, ein Jahr vor Nastjas Abschluss, küssten Leyla und sie sich zum ersten Mal. Die Etagenaufpasserin im Internat hatte den Kuss in all seiner unschuldigen Länge beobachtet und sofort die Direktorin benachrichtigt. Es erfolgten eine Vorladung und eine Predigt über Moral und Ehehygiene. Leylas Mutter wurde informiert und nach Moskau bestellt, wo sie viel weinte, noch mehr einkaufte und Leyla anflehte, *es seinzulassen.*

Was genau sie seinlassen sollte, das konnte Leyla sich nicht erklären. In der sowjetischen Öffentlichkeit existierte kein Sex, weder vermeintlich normaler noch vermeintlich perverser. Nacktheit wurde mit Pornographie gleichgesetzt, Homosexualität stand unter Strafe und galt vor nicht allzu langer Zeit noch als Geisteskrankheit. Leyla hatte nicht einmal gewusst, dass so etwas wie Homosexualität existierte, und dennoch musste sie ständig an Nastjas weiche Haut denken, die Wölbung ihres Halses und die Rückenwirbel, die sich unter ihrer Haut abzeichneten.

Dann wurden sie wieder erwischt, diesmal beim Sex. Die Mädchen wurden in das Büro der stellvertretenden Schulleiterin geschleift, die ihnen pro forma zu erklären versuchte, dass Sex zwischen Frauen unnatürlich sei, woraufhin Leyla in lautes Lachen ausbrach, obwohl sie eigentlich Angst hatte, und sich an die Stuhllehne klammerte: »Schauen Sie sich mal meinen Körper an, ist der etwa natürlich? Habe ich in den letzten Jahren an dieser Schule irgendetwas getan, was natürlich wäre?«

Sie durften nicht mehr in einem Zimmer schlafen, und weil Nastjas Eltern weitaus weniger Einfluss hatten als Leylas, musste Nastja ihre Ausbildung in Kiew fortsetzen. Leyla war zudem bereits für den Prix de Lausanne angemeldet worden, und ihre Suspendierung hätte einen Gesichtsverlust für das Institut bedeutet. Sie bekam ein Einzelzimmer und behielt es bis zu ihrem Diplom.

- 24

Altay stand am Herd und konnte sich nicht mehr an das Crêpes-Rezept erinnern. Es war ein simples Rezept, das er schon tausendmal zubereitet hatte.

Leyla war unter der Dusche, Jonoun saß am Küchentisch, rauchte eine Zigarette und machte Konversation. Altay sah zu ihr hinüber und wünschte sie fort. Sie war ein Eindringling und hatte in seiner Wohnung nichts zu suchen. Dann verwarf er den Gedanken wieder und griff ins Regal mit den Kochbüchern. Irgendwo zwischen den lebensgroßen Gesichtern von Jamie, Yotam, Donna und Julia musste doch ein Rezept für Pfannkuchen zu finden sein. Nur einen Augenblick später beschloss er, dass es zu peinlich wäre nachzuschauen, und vermengte wahllos Milch, Eier, Zucker und Mehl.

Das Kochen hatte er sich selbst beigebracht. Als Kind hatte er seiner Mutter in der Küche geholfen, doch bald verjagte sie ihn aus ihrem Reich. Altay sollte sich lieber eine Beschäftigung suchen, die zu einem Jungen passte. Im Studentenwohnheim kam Kochen aus hygienischen Gründen nicht in Frage, aber in seiner ersten Moskauer Wohnung, die er mit Leyla teilte, richtete er sich schnell ein und verpflegte nicht nur seine Ehefrau, sondern auch eine ganze Schar an Gästen, Liebhabern, Freunden und flüchtigen Bekannten.

Langsam goss er den Teig in die Pfanne, schwenkte

diese, wartete und wendete schließlich den Crêpe. Am Vorabend waren sie tanzen gewesen, im weißen Schöneberg mit seinen gutsortierten Clubs, in denen es für jeden Fetisch einen Keller oder zumindest ein Loch gab und in denen rumänische Jungs unauffällig anschafften. Sie waren auf einer Party voller Glitzer und opulent geschminkter Drag-Queens gelandet, wo sie zwischen zarten Jungs und robusten Lesben getrunken, getanzt, gelacht, Rauschmittel konsumiert und geraucht hatten.

Leyla und Jonoun hatten angefangen, sich auf der Tanzfläche zu küssen, als es zum Tanzen zu voll wurde, und auch Altay hatte schnell einen Liebhaber gefunden, der zwar schön, aber ein wenig debil war, mit stechend grünen Augen, blondem Haar und einer Riviera-Bräune, die im berlinerischen Grau seltsam anmutete. Altay konnte sich nicht mehr genau an seinen Namen erinnern, er hieß entweder Niko, Nikolai oder Nigel. Sein Mund schmeckte nach Zigaretten und künstlichen Kaugummiaromen.

Altay fragte ihn ohne Umschweife: »Kommst du mit zu mir?« An der U-Bahn-Station küssten sie sich, während sie plötzlich von einer Gruppe Jugendlicher umzingelt wurden.

Die Jungs waren nicht älter als zwölf, drei von ihnen hatten einen schmächtigen Körper, einer war dick. Sie hatten zwei Mädchen dabei, das eine trug eine sehr kurze und für die Jahreszeit zu dünne Jacke, das andere ein rotes Kopftuch aus Polyester.

Ihr Anführer war ein dürrer, knochiger Junge mit Bartflaum und einer Lücke statt des linken Vorderzahns. Er redete energisch auf das Mädchen in der zu kurzen Jacke ein und griff an ihre Brust. Das Mädchen wendete ihr Gesicht ab, ließ ihn jedoch gewähren.

Altay hörte auf, seine Bekanntschaft zu küssen, und sah zu den beiden hinüber.

»Was ist, Schwanzlutscher?«, rief der Anführer der Gang.

»Lass die Finger von der Frau«, sagte Altay ruhig und bestimmt. Er stand mit aufgerichteter Wirbelsäule vor ihnen und verspürte keinerlei Angst. Nach einschlägigen Erfahrungen in Moskau machte er seit Jahren jeden Morgen Yogaübungen, die ihm Kraft und Ruhe gaben, darüber hinaus hatte er diverse Kampfsportarten erlernt, die er zwar nicht mochte, aber als seine Lebensversicherung betrachtete. Schießen konnte er auch.

»Du hast mir nichts zu sagen, Schwuchtel«, sagte der Junge, stand auf und ging auf Altay zu. Dann spuckte er ihn an. »Gottverdammte Schwuchtel!«

Die anderen Jungs zögerten einen Moment, dann folgten sie seinem Beispiel.

Altay schrie sie an und wollte auf den Jungen losgehen, doch Niko/Nikolai/Nigel hielt ihn zurück. Altay schüttelte seine Hand ab und rannte zum Jungen. Er konnte nun seinen Atem riechen, dann rammte er ihm den Ellbogen in den Magen, stellte sich seitlich von ihm auf, spürte seine Angst, legte die rechte Hand auf seinen Nacken, zog den Jungenkopf nach unten und warf ihn schnell auf den Boden, während die U-Bahn einfuhr. Altay sprang hinein und zog Niko/Nikolai/Nigel hinter sich her. Die Türen des Waggons schlossen sich. Ohne ein Wort zu sagen, starrten die anderen Passagiere sie an.

Die Jungs rannten weg. Was blieb, war der Speichel auf Altays Gesicht. Und Scham, viel Scham.

Später hatten sie Sex, wenn auch nicht mehr aus Leidenschaft, sondern um einander zu beweisen, dass alles in

Ordnung war. Anschließend lagen sie lange wach, beide ihren Gedanken nachhängend.

»Ich verstehe es nicht«, sagte Niko/Nikolai/Nigel.

»Was verstehst du nicht?«, fragte Altay und machte Licht.

»Es blendet.«

»Okay, sorry«, murmelte Altay und löschte das Licht.

»Es ist nicht PC, so etwas zu sagen, aber«, setzte der andere an.

»Was – aber?«, fragte Altay und richtete seinen Oberkörper auf.

»Ich meine, warum sollten wir so was länger hinnehmen?«

»Was hat das denn mit PC zu tun?«, fragte Altay und bemerkte, dass seine Stimme lauter war als nötig.

»Na, du weißt schon. Es waren doch Moslems.«

»Du hast meinen Schwanz gelutscht. Ich bin auch Moslem.«

»Ich dachte, du wärst Jude.«

»Und das ist besser?«

»Schon irgendwie.«

»Ich bin Moslem«, sagte Altay.

»Hast du den Jungen deswegen auf den Boden geschmissen?«, fragte Niko. Seine Stimme klang aggressiv.

»Bitte?«

»Hast du den Jungen deswegen auf den Boden geschmissen?«

»Du kannst hier nicht schlafen«, sagte Altay.

»Was?«, fragte der andere.

»Ich möchte, dass du gehst.«

»Da hast du es!«

»Was habe ich?«

»Unsere Kulturen passen einfach nicht zusammen.«

»Du hast dich gerade von mir vögeln lassen«, sagte Altay, dem plötzlich eingefallen war, wie der andere hieß.

»Und wennschon.« Niko stand auf, sammelte seine hingeworfenen Kleidungsstücke zusammen, zog sie hastig an und verließ die Wohnung, nicht ohne die Tür hinter sich laut zuzuschmeißen.

Altay stand ebenfalls auf, streifte seine Boxershorts über und ging im Dunkeln zu Leylas Zimmer. Neben ihr schlief Jonoun, zusammengerollt wie ein zufriedenes Haustier. Altay ging wieder in sein Bett, lag mit offenen Augen im dunklen Zimmer und dachte an all die Demütigungen, die er seit seinem zehnten Lebensjahr erdulden musste.

»Altay, ich könnte auch mal was für euch kochen«, sagte Jonoun.

»Lass mal. Weißt du, es ist gut, die Freiräume der anderen zu respektieren«, antwortete Altay, und als er Jonouns beleidigten Gesichtsausdruck sah, bekam er ein schlechtes Gewissen und fügte hinzu: »In unserem Keller hat sich mal jemand aus Liebeskummer erhängt, ein russischer Maler. Angeblich können ihn Kinder sehen, aber keine Erwachsenen. Die Mütter setzen besorgte Gesichter auf und erzählen allen Nachbarn von ihren hochbegabten Waldorf-Kindern, die Gespenster sehen«, sagte Altay, während er die Crêpes auf den Tisch stellte. Sie waren wider Erwarten knusprig und fadendünn. Ihn ärgerte, dass er sich nicht gemerkt hatte, wie er den Teig zusammengerührt hatte.

»Was für ein Scheiß«, rief Jonoun und blies Rauch durch die Nase aus.

»Das stärkt die Hausgemeinschaft«, Leyla stand plötz-

lich im Türrahmen, im Bademantel und mit nackten Füßen. Sie setzte sich. »Altay, wir wollten dich was fragen.«
»Ihr?« Altays Stirn legte sich in Falten.
»Jonoun kann diesen Monat ihre Miete nicht zahlen.«
»Wieso nicht?«, fragte Altay scharf.
»Das tut nichts zur Sache«, sagte Leyla und sah Altay wütend an. »Sie braucht was für den Übergang.«
»Zwei Wochen, maximal«, beeilte sich Jonoun zu sagen und lächelte süß.

Schon am nächsten Tag zog Jonoun ein und mit ihr das Chaos. Sie ließ überall ihre Sachen liegen, im besten Fall waren es ihre Kleidungsstücke, im schlimmsten Kerngehäuse von Äpfeln, die Altay Tage später irgendwo fand. Wenn Altay den Fußboden gewischt hatte, konnte er sich sicher sein, dass Jonoun im nächsten Augenblick mit schlammverkrusteten Stiefeln auftauchen würde. Sie zertrümmerte sein Porzellan. Sie kaufte schlechten Wein und billigen Käse. Sie schenkte Altay einen Band über das Altai-Gebirge, welchen er gut sichtbar neben der Toilettenschüssel deponierte. Doch das Schlimmste war, dass sie Leyla liebte, und das konnte Altay nicht zulassen.

– 23

Altay hatte Blumen und eine Schachtel Pralinen mitgebracht und innerlich seine ganze Familie verflucht. Die Blumen hatten ein Vermögen gekostet und welkten bereits. Die Pralinen waren von der Schokoladenfabrik *Roter Oktober*, das Geschenk eines Patienten, der dort als Ingenieur arbeitete. Altays Mutter hatte ihn am Telefon beschworen, die Einladung anzunehmen, die armen Alten ganz alleine, der Mann blind, die Frau überfordert und kinderlos. Abgesehen davon sei es Verwandtschaft, und ein Mädchen würde auch kommen. Also mehr als genug Gründe, nicht hinzugehen, und dennoch stand Altay eine Woche später mit geradem Rücken und eingezogenem Bauch im niedrigen Flur der Familie Aslan und betrachtete sein eigenes debiles Lächeln im Spiegel neben der Garderobe. Es war nicht der erste Versuch von Altays Eltern, ihn zu verheiraten.

Frau Aslan schubste ihn regelrecht ins Wohnzimmer. Durch die staubigen Fenster fiel fahles Licht auf die alten Möbel. Leyla saß in einem Sessel, die Beine übereinandergeschlagen, das Gesicht ausdruckslos.

Leylas Unglück drängte aus jeder Pore hinaus und war nicht zu übersehen. Altay, dessen erste Liebe gerade zu Ende gegangen war, verstand das unsichere, dünne Mädchen mit dem langen schwarzbläulich schimmernden Haar und abgekauten Fingernägeln auf Anhieb.

Leylas Teller wurde immer wieder vollgeladen, doch sie rührte ihr Essen nicht an. Dafür wurde sie gemäß der aserbaidschanischen Tradition gerügt, wieder zum Essen aufgefordert und wieder gerügt. Es war ein soziales Schauspiel, dessen Choreographie penibel eingehalten wurde. Das alte kinderlose Ehepaar, mit dem, wie sich später herausstellte, weder Leyla noch Altay verwandt war, hatte fast ein ganzes Lamm verkocht und versuchte in beide so viel Essen hineinzustopfen, als stünde die nächste Hungersnot bevor. Sie saßen um einen runden Tisch in der engen Einzimmerwohnung und wurden nach ihren Eltern, Tanten, Onkeln, Cousins und Cousinen ausgefragt. Der blinde Mann aß sehr ordentlich – nur wenige Bissen gingen daneben. An den Wänden hingen seidene Teppiche aus dem Karabach, in der Vitrine stand zwischen Weingläsern aus tschechischem Kristall eine ungelesene Edelausgabe des Korans.

Nach dem Essen war Altay so voll, dass er sich am liebsten übergeben hätte, und fragte dennoch nach Leylas Nummer. Sie freundeten sich an und gingen immer regelmäßiger miteinander ins Kino oder in neueröffnete Bars. Altay genoss Leylas Gesellschaft, sie war klug, schön, witzig und hatte zudem den gleichen sozialen Hintergrund wie er selbst, und natürlich gefiel es ihm, in der Gesellschaft einer angehenden Ballerina gesehen zu werden.

Ungefähr einen Monat nachdem sie sich kennengelernt hatten, saßen sie einander in einem Restaurant gegenüber. Sie wurden von einem jungen Kellner bedient, der Altay eine ungebührlich große Aufmerksamkeit schenkte. Er hatte feingeschnittene Gesichtszüge und glänzendes blondes Haar. Leyla folgte Altays Blick und verstand. Sie schloss für einen Moment ihre Augen, holte tief Luft und bat ihn, sie zu heiraten.

Drei Wochen später waren sie verheiratet. Die Hochzeit fiel klein und bescheiden aus, untypisch für ihre jeweiligen Familien. Beide Seiten hatten auf eine lange Vermählungszeit gehofft, denn die Mütter träumten von einer großen Feier und überboten sich gegenseitig mit absurden Vorschlägen. Doch die Kinder hatten es eilig, Salome vermutete eine Schwangerschaft und gab nach.

Leyla trug ein langes Kleid aus Spitze, Altay einen Anzug, und beide strahlten, als sie die Eheurkunde unterschrieben. Das Ehebett, eine Antiquität, die seine Schwiegermutter ausgesucht hatte, überließ Altay Leyla und richtete sich in einem der potentiellen Kinderzimmer ein. Die Fenster gingen zu einer Milchfabrik hinaus, und jeden Morgen, kurz nach dem Aufwachen, zählte Altay die kleinen Tanks mit der Aufschrift MILCH auf ihren gewölbten Bäuchen, die geschäftig das Tor der Fabrik passierten. Leyla mochte dieses Zimmer nicht, die Fabrik stimmte sie immer melancholisch.

Ihre Ehe war glücklich, gegenüber der Verwandtschaft versuchten sie, den Eindruck einer normalen Familie zu wahren, und da zwischen Moskau und Baku 1927 Kilometer lagen, gelang es ihnen erstaunlich gut. In Moskau ging zwar jeder seinem eigenen Vergnügen nach, doch behandelten sie einander mit zunehmender Zärtlichkeit.

Eines Nachts wachte Leyla auf, und Altay lag schlafend neben ihr. Er hatte nicht um Erlaubnis gefragt, doch das machte nichts. Es war richtig.

- 22

Zu Hause fand Jonoun sie eng umschlungen auf dem Sofa, sie hörten konzentriert Schostakowitschs *Leningrader Symphonie*, und als sie die beiden zusammen sah, wünschte sie sich nichts sehnlicher, als alleine zu sein. Unsicher, ob sie einfach in Leylas Schlafzimmer gehen und sich hinlegen sollte, zog sie ihre Schuhe aus und lief auf Zehenspitzen durch die Wohnung. Ihre Socken waren pink, und die rechte hatte ein Loch am großen Zeh. Leyla küsste sie auf den Mund, sagte aber kein Wort, denn sie hörten ja Klassik und nicht etwa Minimal-Techno. Jonoun goss sich ein Glas Wein ein und setzte sich dazu.

Altay sah sie böse an. Jonoun wusste nicht, weshalb: Hatte sie zu lange geschwiegen oder etwas Falsches gesagt? War ihr Kleid unangemessen? Hatte sie Unterwäsche im Bad vergessen oder irgendetwas nicht aufgeräumt?

Jonoun trank ihr Glas leer und lehnte sich an Leyla, die jedoch unsanft von ihr abrückte. Jonoun fühlte sich in die Anfangsjahre ihrer Ehe zurückversetzt, als ihr nach und nach die Kollegen ihres Exmannes präsentiert wurden. Sie wusste nie, wie sie sich benehmen, was sie tragen oder worüber sie reden sollte. Ihre soziale Herkunft schien sich in jede ihrer Poren eingeschrieben zu haben. Dann fing ihr Exmann an, sie zu modellieren. Jonoun hatte ihren Mann niemals hinterfragt, lediglich ihre Ehe. Nun wusste sie, dass genau dies ihr eigentlicher Fehler gewesen war.

Altay ließ sie nicht aus den Augen, beäugte jede ihrer Bewegungen, und Leyla tat nichts, als sich permanent selbst zu kontrollieren. Die Musik war zu Ende. Leyla und Altay schwiegen, spürten der Musik nach, und Jonoun wurde wütend. Noch war die Wut ungerichtet.

Etwas später setzten Leyla und Altay sich an den Flügel und spielten vierhändig Debussy. Oder etwas anderes, sie konnte es ohnehin nicht zuordnen. Jonoun verstand nicht, wozu die beiden sie überhaupt brauchten. Sie waren die reinste Symbiose der Caviar Gauche. Gleichzeitig fehlten Jonoun das Geld und die geschmackvoll eingerichtete Wohnung ihres Mannes. Sie goss sich Wein nach und spielte mit ihrem Handy.

Altay stand auf und fragte in die Runde, ob jemand Espresso wolle. Auf dem Weg in die Küche streichelte er Jonoun über den Kopf und zog ihr die Socken aus.

Im Bett wagte Jonoun keine Bewegung auf Leyla zuzumachen, die verschlossen wie eine Schweizer Bank war. Jonoun schwor sich, so schnell wie möglich aus dieser Wohnung zu fliehen. Am nächsten Morgen fand sie ihre Socken im Biomüll.

- 21

Wenige Tage nach ihrer Abschlussprüfung am Choreographischen Institut war Leyla achtzehn geworden und nahm zum ersten Mal am Training im Bolschoi-Theater teil.

Sie war 1,65 Meter groß und wog 41 Kilo, denn wer mehr als 45 Kilo wog, galt als schwer vermittelbar. Sie hatte stets Watte, Pflaster, Salben und Lidocain bei sich. Am linken Fuß hatte sie eine offene Wunde und am rechten eine eiternde Blase. Leyla übte mehr als zehn Stunden täglich, sechs Tage die Woche, für ein Grundgehalt von ungefähr fünfhundert Euro. Dabei war allein ihre physische Leistung mit der eines Olympioniken vergleichbar.

Nach den ersten Monaten im Bolschoi glaubte sie nicht mehr an ihren Aufstieg. Sie tanzte auf einer der besten Bühnen der Welt, mit den besten Tänzern der Welt und verstand allmählich, dass sie ziemlich gut war, aber bei weitem nicht die beste. Davon konnte sie sich jeden Morgen um elf Uhr beim gemeinsamen Training im Uljanowa-Saal überzeugen.

Drei Jahre später war sie nicht viel weiter gekommen. Sie hatte zwar einige kleine Solistenrollen ergattert, doch meistens wurden andere bevorzugt. Vielleicht lag es nicht an ihrem Können, sondern an internen Intrigen – Leyla wusste es nicht, was sie jedoch wusste, war, dass sie noch immer vom Geld ihres Ehemannes und ihres Vaters abhängig war, obwohl sie eine bessere Ausbildung, längere Arbeitszeiten und einen prestigeträchtigen Arbeitsvertrag hatte. Daneben stand die Liebe zu ihrem Beruf. Leyla war bereit, alles zu tun, um größere Rollen zu bekommen – und sie zahlte tatsächlich, allerdings in einer anderen, abstrakteren Währung, nämlich mit ihrem Körper und ihrer Jugend.

Bevor Leyla aufgehört hatte zu tanzen, fühlte sie sich vor allem müde. Sie bereitete sich mit zusätzlichem Training und einer strengen Diät auf eine Neuinszenierung vor, bis sie sich wegen Übermüdung und Unterzuckerung schlicht nicht mehr konzentrieren konnte und stürzte. Sie erlitt einen Muskelfaserriss und musste operiert werden. Obwohl die Verletzung nur langsam heilte, hätte Leyla nach der Reha weitertanzen können, doch sie hatte ihre Selbstsicherheit verloren. Der Tänzer wird stets von außen beurteilt, zuerst sind es die Eltern, dann Mitschüler und Lehrer, Kritiker, Intendanten und Ballettmeister. Das Selbst ist vom Körper bestimmt. Der Körper hingegen unterliegt Geschmäckern, Moden und Werturteilen. Er steht zur Disposition und zum Verkauf.

Nach der Operation zerschellte ihr Körper, wurde still. Unbeweglich. Bis dahin war sie nichts anderes gewesen als ihr Körper, und nun wollten alle mit ihr über ebendiesen reden, es war ihr jedoch nicht möglich, etwas zu erwidern.

Sobald Leyla aus der Narkose aufgewacht war, wurde sie von allen umschmeichelt, man schickte Blumen, Süßigkeiten, DVDs und Bücher. Zum ersten Mal seit Jahren aß sie eine ganze Tafel Schokolade und erbrach sie gleich wieder, als ihr klar wurde, was sie getan hatte. Ihre Schmerzen waren erst einmal weg, doch die Gesichter um sie herum strahlten Besorgnis aus. Ihre Mutter kam für eine Nacht, gab sich optimistisch und redete beschwingt und unkonkret von Leylas Karriere. Doch Leyla hatte bereits einen Entschluss gefasst.

Das Schwierigste war, die Entscheidung zu verbalisieren. Altay musste sie nichts sagen, er nickte nur, und Leyla wusste, dass er sich insgeheim freute. Dem Bolschoi hatte sie einen Brief geschrieben, in dem sie ihre Kündigung mitteilte. Und ihr Vater erinnerte sie in einer SMS daran, dass sie erst zwanzig Jahre alt war und niemals eine andere Ausbildung genossen hatte.

Es blieb ihre Mutter. Als sie ihr am Telefon erzählte, sie wolle nicht mehr tanzen, legte Salome auf. Die nächste Woche war sie nicht zu sprechen. Salomes neuer Lebensabschnittsgefährte rief Altay zurück und schlug ihm die teuersten Behandlungen vor, Kliniken in der Schweiz, Deutschland und den USA. Für die Kosten würde er selbstverständlich aufkommen. Nun legte Altay wütend auf.

− 20

Als Leyla in Berlin wieder mit dem Training angefangen hatte, war sie schockiert – sie war noch nie so schlecht in Form gewesen. Sie hatte Angst vor Sprüngen und traute sich nichts zu. Es dauerte acht Monate, bis sie wieder einigermaßen tanzen konnte.

Sie wollte andere Tanzstile ausprobieren und bewarb sich um eine Gastrolle in der Produktion eines katalanischen Choreographen, der den Zenit seiner Berühmtheit hinter sich gelassen hatte wie Moses einst Ägypten. Er war groß und glatzköpfig, hatte lange, muskulöse Gliedmaßen und einen breiten Hals. Leyla faszinierte die kinetische Wildheit des Stücks, doch mit den unstrukturierten Bewegungsformen kam sie nicht zurecht.

Sie bekam ein kurzes Engagement. Vielleicht weil sie eine der wenigen war, die sich bereit erklärt hatten, auf ein Gehalt zu verzichten. Schon am ersten Tag musste sie sich mit der neuen Kunsttheorie vertraut machen: Der Katalane stellte sich vor seine frisch zusammengestellte Kompanie und erklärte mit lauter Stimme, der Tanz und der Mensch seien ein Pferdewagen, wobei das Pferd die Emotionen und der Wagen den tanzenden Körper darstellte. Sein Gesichtsausdruck war sakral. Die Augen flackerten. Was sie selbst in jenem System zu suchen hatte, bekam Leyla nicht mit, denn sie hatte bereits ihre Sachen gepackt und war in einem immer schneller werdenden Laufschritt aus dem Probenraum geströmt. Von da an hatte sie Angst vor der freien Szene mit ihren größtenteils obskuren Inszenierungen. Sie wollte Teil einer staatlichen Kompanie sein, mit einem festen Gehalt und einem Stab an Ballettmeistern, Kostümbildnern, Pförtnern, Technikern, Masseuren und Physiotherapeuten.

Nun war sich Leyla sicherer denn je, dass es nichts außer Ballett für sie gab, sie brillierte im klassischen Ballett, weil sie sich dort auf klare Linien, feste Techniken und die Erhabenheit der Bewegungsabläufe verlassen konnte. Sie meldete sich bei einer offenen Audition in Hannover an. Nachdem sie ihre Bewerbung und ihren Lebenslauf losgeschickt hatte, konnte sie vor lauter Nervosität kaum ein Auge zumachen, tigerte stundenlang durch die Wohnung, ging im Geist die einzelnen Schritte aller Choreographien durch, die sie jemals getanzt hatte, dann versuchte sie es mit Lesen, zuerst Kostümkunde, später Kirchengeschichte und schließlich Philosophie, aber nichts half. Präsenile Bettflucht, scherzte Altay. Insomnie, antwortete Leyla gelangweilt. Sie räumte auf, spülte Geschirr, reinigte den Kühlschrank, versuchte im warmen Badewasser einzuschlafen.

Zwei Tage vor der Audition hatte sie zufällig erfahren, dass Hannover aus Einsparungsgründen keinen Vertrag mehr anbieten konnte – um nicht unprofessionell zu wirken, wollte die Direktion das Vortanzen trotzdem stattfinden lassen. Nach dieser Nachricht schlief Leyla zwölf Stunden am Stück, ohne auch nur einmal aufzuwachen. Dann beschloss sie, dennoch hinzufahren. Am Bahnhof kaufte sie von einer drallen Blonden Kaffee und eine Brezel und ging kauend und trinkend auf die Staatsoper zu. Der moderne Bau glitzerte verheißungsvoll in der Sonne. Am Himmel war keine einzige Wolke zu sehen.

Vor ihr lief eine Schar blutjunger Ballerinen, die Haare zu einem Dutt hochgenommen, die Haltung makellos. Ihre Gesichter waren ernst und voller Hoffnung, welche zumindest an diesem Tag unerfüllt bleiben sollte, und Leyla dachte daran, wie viele Enttäuschungen auf diese Mädchen noch zukommen würden. Keiner hatte sie darauf vorbereitet, mit Niederlagen umzugehen. Leyla rauchte schnell eine weitere Zigarette und ging sich umziehen. Die Halle war überfüllt mit Mädchen, die ihre Muskeln massierten und die Körper streckten. Die meisten trugen Fußwärmer, Pullover und mehrere Schichten Kleidung übereinander.

Leyla bekam die Nummer 205 und heftete sie sich ans Trikot. Sie stellte sich zu den jungen Frauen, die sie kurz zuvor draußen gesehen hatte, und wärmte sich auf. Die Baby-Ballerinen machten sich gegenseitig nervös und erzählten Geschichten von Tänzerinnen, die gefeuert wurden, weil sie für die Kompanie zu groß oder zu klein waren. Leyla las in ihren Gesichtern und sah sich selbst, nur wenige Jahre zuvor, als sie noch voller Illusionen und Angst war, als sie jeden Rückschlag, jede Bemerkung und jede Demütigung auf sich bezogen hatte.

Zuerst machten alle Bewerberinnen Exercises an der Stange. Leyla führte sie zwar akkurat aus, gab sich aber keine besondere Mühe. Eine halbe Stunde später waren bereits einige Tänzerinnen aussortiert worden. Die Stangen wurden zur Seite geschoben, und die verbliebenen Kandidatinnen sollten Schrittkombinationen vorführen, bevor wieder einige von ihnen gehen mussten. Nach einer kurzen Pause tanzten die Bewerberinnen kleine Sequenzen aus dem Repertoire der Staatsoper, was sich bis in den späten Nachmittag hineinzog. Schließlich blieb nur ein Dutzend Tänzerinnen übrig – erschöpft und vollkommen verschwitzt.

Auch Leyla war so außer Atem, dass sie sich mit den Händen auf den Knien abstützen musste. Eine Frau in den mittleren Jahren kam auf sie zu. Sie war angezogen, als würde sie ein internationales Unternehmen leiten, und erklärte in einem Ton, der bemüht liebenswürdig klingen sollte, dass sie nun eine Videoaufnahme machen würde. Leyla fragte sie ruhig, ob sie diese Videoaufnahme jetzt sofort machen könnte, ihr sei nämlich durchaus bewusst, dass es keine Stelle gäbe, und sie würde nur ungern ihren Zug verpassen. Die Business-Frau nickte verblüfft.

Schon bald bekam Leyla einen Brief, in dem stand, dass man ihr leider keine Stelle in Hannover anbieten könne, und eine Mail, in der man sie zu einer geschlossenen Audition am Staatsballett Berlin einlud.

In der Nacht vor der Audition konnte Leyla wieder nicht einschlafen. Sie wusste, dass es sinnlos sein würde, es auch nur zu versuchen, und überredete Altay stattdessen, mit ihr in eine Bar zu gehen. Es war ein gemütlicher Sonntag, die meisten Stammgäste saßen zu Hause vor dem Fernseher oder beim Familienessen. Hinter dem Tresen stand eine Frau, die Leyla anstarrte. Altay mochte sie auf Anhieb nicht. Um Altay zu ärgern, flirtete Leyla mit der Frau, bis diese ihr aufs Klo folgte. Zu Hause bekam sie sogar Lust, mit ihrem Ehemann zu schlafen, aber Altay war von der Idee weniger angetan, streichelte sie ein wenig, bekam keine Erektion und ließ sie in seinem Bett schlafen.

Am nächsten Tag wachte Leyla im Morgengrauen auf, lockerte und streckte ihren Körper, übergab sich dreimal aus Nervosität und nahm schließlich die U-Bahn zum Richard-Wagner-Platz. Diesmal war es Leyla ernst, sie wollte tanzen, eine Ballerina und vor allem wieder sie selbst sein. Sie nannte dem Pförtner ihren Namen und wurde von einer Frau abgeholt. Die Frau plauderte kurz mit Leyla, da sie deren Aufregung spürte, und führte sie durch ein langes Labyrinth aus Treppenhäusern und Gängen. Sie zeigte ihr die Umkleide und den Trainingssaal. Es waren bereits fünf andere Tänzerinnen im Raum, die Stimmung war entspannt, man tuschelte miteinander auf Russisch, denn alle kamen entweder aus Russland oder hatten dort länger gelebt. Schließlich trat die Pianistin herein und setzte sich ans Klavier. Das Training fing mit den Exercises an: Plié, Tendu, Rond de Jambe, Fondu, Frappé, Adagio, Grand Battement. Am Ende glitten Leylas schwitzende Hände von der Stange ab. Doch die Muskeln waren warm und bereit.

Die Möbel im kleinen und sonnigen Büro des Intendanten sahen aus wie teure Ikea-Duplikate, überall standen Pflanzen und Blumen herum. Ein Kanarienvogel zwitscherte in seinem Käfig.

»Nehmen Sie Platz.« Der Intendant deutete auf einen Sessel gegenüber seinem Tisch. Leyla folgte seiner Anweisung und hielt sich selbst im Sitzen kerzengerade.

Eine ganze Weile lang sprach keiner. Ihr Gegenüber musterte neugierig Leylas Gesicht und sagte schließlich: »Sie sind vierundzwanzig.«

Leyla nickte und musste eine Träne hinunterwürgen.

»Eigentlich nehmen wir niemanden mehr in diesem

Alter auf«, seine Augen ruhten nun auf ihren. »Aber Sie sind gut, Sie haben bereits im Bolschoi getanzt, wenn auch nur im Corps de Ballet.«

»Ich hatte kleine Solistenrollen«, antwortete Leyla leise. Ihr wurde schlecht, und sie hatte die nicht ganz unberechtigte Angst, auf den Intendanten-Schreibtisch zu kotzen.

»Ich weiß, ich habe mich bereits erkundigt, und ich habe Sie beim Prix de Lausanne gesehen, wie alt waren Sie damals?«

»Fünfzehn«, die Erinnerung an eine nicht mehr enden wollende Müdigkeit übermannte Leyla. Zusätzlich zum normalen Training und Schulunterricht wurde sie mit Einzelstunden auf den Wettbewerb vorbereitet. Damals verlor sie zum ersten Mal die Freunde am Tanzen, und danach blieb von ihr nicht mehr übrig als eine leere Hülle. Alle Emotionen wichen der Erschöpfung, sie konnte sich nicht überwinden, wieder zum Training zu gehen, weiterzumachen, doch sie hatte keine andere Wahl: Ihr Leben war bereits vorgezeichnet, eine andere Aussicht, als Ballerina zu werden, existierte nicht, vor allem nicht, nachdem sie den Preis gewonnen hatte.

»Das ist fatal, nicht? Wenn man tanzt, hat man mit achtzehn bereits ein ganzes Leben hinter sich und mit zweiundzwanzig eine Kariere, von Nichttänzern wird man mit Respekt und Anerkennung überschüttet, die Männer sind hinter einem her und man steht immer im Mittelpunkt, oder zumindest auf der Bühne, aber man selbst hat das Gefühl, vorzeitig gealtert zu sein. Es ist der kurze Augenblick der völligen Balance zwischen der Psyche und der Physis, der zählt. Noch hat man die Technik und die Beine, man wird immer reifer, kann sich besser in die Charaktere hineindenken, das Ballett ist nicht mehr reine Gymnastik, wie am Anfang. Von da an dauert es nur wenige Sekunden, und mir wäre es recht, wenn Sie diese hier vertanzen würden.«

»Was heißt das?«, fragte Leyla zaghaft und wagte es nicht, ihr Gegenüber anzuschauen.

»Nun, wenn Ihre Verletzungen tatsächlich verheilt sind und der Physiotherapeut nichts dagegen einzuwenden hat, werden Sie wieder im Corps de Ballet anfangen.«

Eine Welle des Glücks überschwemmte Leyla, und mit einem gutmütigen Lächeln auf den Lippen fügte der Intendant hinzu: »Man kann nicht sofort alle Rollen tanzen. In manche Positionen muss man erst hineinwachsen.«

- 19

Vierundzwanzig Stunden später unterschrieb Leyla ihren Arbeitsvertrag. Als sie durch den Pförtnereingang der Deutschen Oper zur Verwaltung lief, sah sie auf einem der Trainingspläne Nastjas Namen. Sie hatte einen neuen Nachnamen, doch Leyla wusste, dass es ihre Nastja sein musste. Sie rannte wieder hinaus, zündete sich eine Zigarette an und lief langsam in Richtung der U-Bahn. An diesem Abend holte sie zum ersten Mal Jonoun aus der Bar ab, obwohl sie es nicht vorgehabt hatte.

Was folgte, war ein Monat der kompletten Desillusionierung. Die Proben fingen merkwürdigerweise an einem Freitag an. Die Stimmung war entspannt, denn erst wenige Tage zuvor hatte das Ballett eine große Premiere gefeiert. Selbst der Ballettmeister scherzte. Allerdings war Leyla alles andere als entspannt, an ihr nagten Selbstzweifel, denn sie hatte seit drei Jahren nicht mehr in einer Kompanie getanzt und wusste nicht, ob sie mithalten konnte. Zudem fürchtete sie sich vor der Begegnung mit Nastja.

Das World Wide Web hatte es Leyla ermöglicht, Nastjas Werdegang nachzuvollziehen: Nach ihrer Suspendierung vom Choreographischen Institut hatte sie weiterstudiert, an einigen internationalen Wettbewerben teilgenommen und schließlich ein Stipendium in Stuttgart bekommen. Dort war sie schnell zur Solistin aufgestiegen, musste irgendwann den ersten Demi-Solotänzer des Berliner Staatsballetts, einen Amerikaner, geheiratet haben und war wegen ihm nach Berlin gewechselt, wo sie nun selbst Solotänzerin war. Leyla wusste nicht, wie sie sich Nastja gegenüber verhalten sollte. Vorerst konnte sie ohnehin nichts tun.

Der Raum füllte sich allmählich, die Tänzer kamen herein, bepackt mit Taschen, Trainingsjacken, Fußwärmern, Pilatesrollen, Wasserflaschen, Handtüchern. Sie war eine der Ersten im Ballettsaal und hatte einen Platz ganz hinten im Raum eingenommen. Schnell warf sie ihre Sachen in die Ecke, massierte ihre Waden, streckte sich und wartete.

Nastja kam als Letzte. Sie sah besser aus als jemals zuvor: Ihr Körper war dürr, was für sie kein natürlicher Zustand war, die Beine muskulös, die Haut gepflegt und das Haar nachblondiert. Leyla empfand nichts, ihre Hände waren ruhig, der Atem ging gleichmäßig.

Während des gesamten Trainings ließ Leyla sie nicht aus den Augen: Nastja war inzwischen zu einer technischen Perfektion gelangt, die Leyla ihr nicht zugetraut hätte. Sie entdeckte ein für sie neues Gefühl: Eifersucht. Als ihre Blicke sich trafen, nickte Nastja Leyla zu.

Abends in der Wohnung angekommen, brach Leyla in Lachen aus. Das Wohnzimmer war mit roten Rosen überflutet. Altay kam aus seinem Schlafzimmer und sang Alla Pugatschowas Klassiker *Eine Million roter Rosen*. Das Lied handelte vom georgischen Maler Pirosmani, der an Schizophrenie gelitten und sich eines Tages in eine französische Schauspielerin verliebt hatte. Die Schauspielerin ignorierte seine Avancen, bis er eines Tages sein Haus verkauft, von dem Geld eine Million roter Rosen erstanden und vor dem Haus der Angebeteten ausgebreitet hatte.

Das erste Mal sang Pugatschowa das Lied 1982 bei einem Neujahrs-Varieté – Leylas Eltern hatten sich gerade kennengelernt, und Altays Mutter operierte zum ersten Mal am offenen Herzen. Pugatschowa sollte das Lied auf einer Schaukel singen, und sie hatte heimlich einen Assistenten überredet, die Schaukel bis zur Kuppel des Zirkuszeltes hinaufzuziehen, um einen besseren Effekt zu erzielen. Eines hatten die beiden jedoch in der Eile vergessen, nämlich die Schaukel zu sichern, und so wurde Alla Pugatschowa zur Kuppel gezogen und wusste im selben Moment, dass das ihr letzter Auftritt sein könnte. Dementsprechend sang sie. Die Single wurde zur Schattenhymne der Sowjetunion, Leylas Vater sang sie, als er auf seine Braut wartete, und Altays Mutter bekam jedes Jahr von ihrem ersten Patienten am Jahrestag seiner Operation einen Strauß roter Rosen. Kein Pugatschowa-Konzert kam ohne dieses Lied aus, und Pugatschewa war größer als Gott.

- 18

Es war einer der seltenen Tage, an dem alle drei zusammen frühstückten. Leyla wog wie jeden Morgen ihre Haferflocken ab, und als sie sah, dass die Küchenwaage statt fünfzig sechzig Gramm anzeigte, schüttelte sie die überflüssigen Flocken zurück in die Packung. Anschließend schnitt sie einen Apfel klein, warf die Stückchen in die Müslischale und übergoss das Ganze mit Milch, die einen Fettgehalt von 0,1 Prozent hatte.

In den letzten Wochen hatte sich zwischen ihr und Nastja ein erbitterter Konkurrenzkampf entwickelt, Nastja war zwar weiterhin erste Solistin, doch Leyla hatte ihren Ehrgeiz wiederentdeckt. Sie hungerte nicht nach Nahrung, sondern nach Bewegung und Erfolg, und war auf die Ballerinen eifersüchtig, die nur zwei oder drei Jahre älter als sie waren und bereits zwischen den Bühnen von London, Tokio, Paris und Moskau pendelten. Auch Nastja und der Rest des Ensembles spürten den Druck. Alle gingen jenseits ihrer körperlichen Grenzen.

Altay blätterte durch die Zeitung, ohne auch nur einen einzigen Artikel zu lesen. Jonoun schaltete das Radio an, es war auf *Deutschlandradio Kultur* eingestellt, doch da gerade keine Nachrichten gesendet wurden, schaltete sie weiter, bis sie einen halbwegs erträglichen Popsong fand. Altay sah von seiner Zeitung auf und sagte: »Ich lese.«

Aus den anfänglichen zwei Wochen, die Jonoun in der

Wohnung bleiben wollte, wurden zwei Monate und dann zwei weitere. Jonoun und Altay stritten sich unentwegt, und Leyla stand dazwischen. Sie stritten im Treppenhaus darüber, wer vergessen hatte, den Müll hinauszubringen, sie stritten beim Abendessen darüber, welchen Wein sie entkorken sollten, im Schlafzimmer stritten sie darüber, dass sie ihnen nicht genügend Zeit widmete. Sie stritten und stritten und stritten und riefen Leyla permanent und unabhängig voneinander auf dem Handy an und schlugen absurde Treffen vor, die nicht in ihren Trainingsplan passten.

»Du blätterst lediglich durch die Zeitung«, stellte Leyla fest.

»Deswegen müssen wir noch lange nicht diesen Schrott hören«, sagte Altay. Normalerweise war Altay sanft und zurückhaltend, doch genau das machte seine verborgene Grausamkeit so gefährlich.

»Es wird dich schon nicht umbringen«, konstatierte Jonoun und setzte sich hin.

Leyla kaute konzentriert ihr Müsli. Jeden Bissen genau vierzigmal, damit sich ein Sättigungsgefühl einstellte.

»Orangensaft?«, fragte Altay betont freundlich. Er war nicht nur von Jonoun genervt, sondern auch von seinen Patienten, den Liebhabern der Gamma-Hydroxybuttersäure, die er zärtlich GHBetiker nannte. Altay hatte wochenlang einen Einundzwanzigjährigen behandelt, der zwei Jahre lang regelmäßig GHB eingenommen hatte. Im Laufe von drei Monaten war es Altay gelungen, den Patienten mit einer fortlaufenden Reduktion des GHB, einer Mischung aus Diazepam, Olanzapin und Baclofen, suchtfrei zu bekommen. Es war eine Leistung, die Altay einigen Respekt seitens seiner Kollegen eingebracht hatte. Während dieser Zeit blieb der Patient auf der Chirurgie, da er eine Fraktur hatte, die immer wieder operiert werden musste. An jenem Tag, an dem der Patient von der Chirurgie auf die psychiatrische Station verlegt werden sollte, um mit dem Entzug fortzufahren, sagte der Junge nein. Er wolle nach Hause gehen und es alleine versuchen. Altay wusste, dass er es nicht schaffen würde. Niemand schaffte es. Der Patient unterschrieb ein Formular, das ihn gegen ärztlichen Rat entließ, nahm seine Tasche und verschwand, ohne sich zu verabschieden.

Leyla schüttelte den Kopf und las aufmerksam in Altays Gesicht.

»Danke«, sagte Jonoun und goss sich langsam ein Glas Orangensaft ein.

Altay blätterte weiter durch die Zeitung, Leyla starrte auf ihr Essen, und im Radio kam ein Song von Rihanna. Jonoun kramte im Gefrierfach nach dem Espresso, spülte die Kaffeekanne aus, füllte sie mit Wasser und Kaffeepulver und stellte sie auf den Herd. Sie blieb daneben stehen und wartete.

»Wann kommst du heim?«, fragte Jonoun Leyla.

»Ich weiß nicht«, antwortete Leyla träge, und Altay zuckte merklich zusammen, als er Jonoun das Wort »heim« aussprechen hörte.

Die Kaffeekanne pfiff, Altay stand auf, nahm sie in die Hand, schenkte zuerst Jonoun ein, dann sich selbst, und schaltete das Radio aus.

»Haben wir noch Mineralwasser im Kühlschrank?«, fragte Leyla.

Altay und Jonoun machten beide einen Schritt auf den Kühlschrank zu, doch Jonoun war schneller. Sie holte eine

Flasche heraus, hielt sie triumphierend hoch – und ließ sie fallen. Das Geräusch des zerspringenden Glases schreckte Leyla auf, unwillkürlich zuckte sie zusammen und legte beide Hände an die Ohren.

Altay schaute Jonoun vernichtend an. Zu dem Zeitpunkt hatte er es längst aufgegeben, sie in den Haushalt zu integrieren. Sie lebte von Improvisation. Putzen, Aufräumen, Einkaufen, Abwasch und Rechnungen kamen in ihrem Vokabular nicht vor. Mit Leyla hatte er dagegen ein Gentleman's Agreement: Er kochte und kaufte ein, sie kümmerte sich um Rechnungen, Steuern und Konten, er putzte, sie räumte auf. Für Jonoun zu sorgen gehörte nicht zu seinen Aufgaben.

Jonoun entschuldigte sich, Leyla sagte nichts, und Altay bemerkte umso gehässiger: »Ich hol den Besen.«

»Ich mach schon«, murmelte Jonoun, doch Altay ignorierte sie, sammelte die größten Scherben ein, saugte und wischte den Boden. Jonoun stand daneben und tat nichts. Wie immer in Altays Anwesenheit kam sie sich tolpatschig und dumm vor. Er umsorgte Leyla wie eine Prinzessin und machte alles tausendmal besser als Jonoun: kochen, putzen, ficken.

Altay trank den letzten Schluck Kaffee, nahm seinen Rucksack und nickte Leyla zu, woraufhin sie ebenfalls aufstand, nach ihrer Tasche griff und aus dem Haus rannte. Erst in der Tür schaute sie sich nach Jonoun um, ging zu ihr zurück, gab ihr einen flüchtigen Kuss und verschwand.

Als sie endlich gegangen waren, machte Jonoun sich einen Toast und holte die Erdnussbutter heraus, die sie tief im Küchenschrank versteckt hielt, weil sie sich schämte, neben Leyla zu essen. Leyla hingegen hatte sich so gut unter Kontrolle, dass es in ihrem Leben für niemanden mehr Platz gab. Um diesen Gedanken zu vertreiben, schnappte Jonoun sich Altays Zeitung, biss in ihr Toastbrot und fing an, die Immobilienangebote zu studieren.

- 17

Jonoun machte Performances, die von vielen als nuttig, von ihr selbst jedoch als feministisch bezeichnet wurden. Obwohl sie von Marina Abramović und Chris Burden beeinflusst war, fügte sie sich selbst weder Schmerzen noch Narben zu. Sie hungerte nicht einmal. Wie die meisten Kunststudentinnen ihrer Generation liebte sie Frida Kahlo, Tracey Emin, Sophie Calle und Amrita Sher-Gil.

Ihren ersten Abschluss machte Jonoun in Malerei, an der sie jedoch schnell das Interesse verlor. Sie zeichnete gegenständliche Porträts von ihrer Oma und deren Liebhabern. Selbstverständlich als Akte. Jonoun betrachtete dies als eine freundliche Geste gegenüber den jungen Männern. Immerhin kamen sie unwissentlich für ihre künstlerische Ausbildung auf.

Im Laufe der Jahre hatte ihre Großmutter eine lukrative Methode entwickelt, um Jonoun unter die Arme zu greifen. Sie war eine schöne und schlanke Frau im allerbesten Alter und liebte es, in einem Kokon aus Pelzen, altmodischen, aber teuer aussehenden Kleidern, mit viel Schmuck und schwerem Parfum durch New Yorker Nobelrestaurants, Boutiquen und Hotels zu flanieren, wo Männer auf sie aufmerksam wurden. Viele von diesen waren gar nicht mehr so jung und versuchten dennoch, als Toy-Boys durchzukommen. Man traf sich unverbindlich auf ein Glas Champagner, Whiskey oder auch nur einen

Nachmittagskaffee, wobei Jonouns Großmutter stets darauf achtete, diskret die Rechnung zu begleichen. Sobald das Objekt der Begierde sich in Sicherheit wog und eine gemeinsame Nacht im Hotel vorschlug, nickte sie kurz und fragte nach der Adresse – sie würde einen Wagen schicken. Und während sie so gemütlich dasaßen und der unbedarfte Mann zaghaft nach dem Arm der Dame griff, wurden seine Kreditkarten geplündert. Das übernahmen zwei Mitarbeiter.

Als Jonoun ihren Mann kennengelernt hatte, riet ihr die Großmutter, am Ball zu bleiben. Es sei nicht verwerflich, jemanden an seiner Seite zu haben, der für einen sorge. Selbstverwirklichung sei gut, sogar sehr gut, aber leider noch immer das Schlagwort privilegierter Frauen. Daran solle Jonoun immer denken und sich erinnern, dass hinter jedem Mickymaus-Kostüm ein arbeitsloser Schauspieler stecke. Frauen dagegen brauchten Geld und Macht.

− 16

Altay saß in der Krankenhauscafeteria, auf dem Tablett vor ihm ein kleines Wiener Schnitzel und Kartoffelsalat aus der Plastikdose. Sein Gesicht war unausgeschlafen. Mit verschwommenem Blick blätterte er durch eine Krankenakte.

Psychiatrische Anamnese:

Fremdanamnestisch und durch Arztbriefe ließ sich herausfinden, dass der Patient an schweren depressiven und manischen Episoden gelitten hat. Wiederholte stationäre Behandlungen seien erfolgt. Daneben sei der Patient im Krankenhaus 2004 ebenfalls mit einer mittelschweren depressiven Episode behandelt worden. Eine psychotrope Medikation erfolgte in der Vergangenheit mit Mirtazapin, Sulpirid, Anafranil, Opipramol sowie Chloraldurat. Aktuell nehme er 5 mg Olanzapin nach Bedarf ein.

Der Patient selbst gibt an, 2008 erstmals eine manische Episode mit psychotischen Symptomen sowie massiven Größenwahnphantasien erlebt zu haben. Nur kurze Zeit später sei er in eine depressive Episode gewechselt, die damals klinisch behandelt wurde.

Die aktuell manische Episode beschreibt er als seit etwa 6 Wochen zunehmend bei massiver Schlafreduktion von 2−3 Stunden am Tag, Größenwahn, fiktive Stimmen, massive finanzielle Verschuldung sowie starke Antriebssteigerung mit euphorisch gereiztem, teilweise aggressivem Affekt. Der Patient verneint glaubhaft den Konsum von Alkohol, Nikotin sowie anderen Suchtstoffen. Vor vielen Jahren habe sich der Patient wiederholt psychotherapeutischen Interventionen im Rahmen von mehrjährigen Psychoanalysen unterzogen.

Altay dachte an George. George wurde während des Höhepunktes seiner manischen Phase eingeliefert und verweigerte jegliche Behandlung. Auf den ersten Blick wirkte er harmlos: Er sprach im leisen Singsang, der niemals aufhörte und nur selten in Ausbrüchen kulminierte, während derer er die Krankenschwestern und Pfleger anbrüllte. Seine ganze Erscheinung strahlte Fragilität aus, die im Widerspruch zum Geruch seines ungewaschenen Haares stand, das nach Zwiebeln und altem Schweiß roch. Er war klein und hatte einen schmalen Körper, das Haar war zerzaust, die Gesichtszüge weich, und George hatte sich in Altay verliebt. Als er eingeliefert wurde, hatte Altay 150 ml Lithium verordnet. Danach ein Bad oder irgendetwas, was dem nahekam.

Während Altay ihm Blut abnahm, redete George schnell und auf Englisch von einer Oper, die er komponieren wollte, vom Katholizismus an sich und Proust insbesondere. Altay nickte ab und zu zur Bestätigung, hörte aber nicht hin. George fasste Altay am Arm. Sein Griff war stark und bestimmt.

George beugte sich vor, sein Atem war nicht mehr ganz frisch, und sagte langsam, auf jedes Wort bedacht: »Ich weiß alles über dich.«

»Ach ja?«, murmelte Altay. George hielt noch immer seinen Arm umklammert.

»*Alles*«, wiederholte George mit Nachdruck.

Er schaute Altay in die Augen und drückte seinen Arm noch fester.

»Lass mich los«, sagte Altay.

»Ich liebe dich«, sagte George und ließ Altays Arm los.

Ein paar Tage später hatte George Altay auf Facebook ausfindig gemacht und ihm pornographische Aufnahmen von sich in einer SM-Ledermaske und einem Harness-Body geschickt, woraufhin Altay erst seinen Namen änderte und, als dies nichts brachte, sein Account löschte.

Nach zwei Wochen wurde George schließlich entlassen, und Altay hatte ihn bald vergessen. Mehrere Monate vergingen, Leyla lernte Jonoun kennen, der kälteste Monat des Jahres war fast überstanden, der Frühling kündigte sich an. Altay fand in seinem Arztzimmer einen Strauß gelber Rosen und eine Flasche Champagner. Zuerst verdächtigte er eine der Krankenschwestern, doch der Gedanke erschien ihm absurd. Ein paar Tage später folgte ein weiterer Blumenstrauß, und der Pförtner behauptete, ein Mann habe ihn hastig und ohne seinen Namen zu nennen abgegeben. Altay war alarmiert.

Dann bekam er einen Umschlag mit dem Schlüssel zu einem Postfach und der Aufforderung, sich am Ostbahnhof einzufinden. Altay hatte George im Verdacht und fuhr dennoch hin – im Schließfach befanden sich genau hundert selbstgefaltete Papierkraniche.

Am Nebentisch saßen Assistenzärzte aus der Inneren Chirurgie und lachten gehässig, sie waren zugekokst und mit Koffein abgefüllt. Die meisten kannte er vom Sehen, mit einem hatte er Sex in einem Nachtclub gehabt. Altay nickte der Gruppe zu, die Assistenzärzte winkten zurück. Ihre Gesichter waren übermüdet und die Augen blutunterlaufen.

Altay legte die Akte zur Seite und aß sein Schnitzel.
Die Krankenhauscafeteria war unbeschreiblich hässlich, funktionale Sitze mit zu wenig Schaumstoff und an den Wänden ausgeblichene Bilder in billigen Plastikrahmen. George war Altay vollkommen egal. Die anderen Patienten ebenfalls, wobei das eine Untertreibung war – sie waren ihm unerträglich. Ihre Krankheiten gingen ihm auf die Nerven, kaum entließ er einen Depressiven, kam schon der nächste. Vielleicht hätte er doch Chirurg werden sollen, oder zumindest Urologe. Eine seiner Freundinnen war Urologin und schickte ihm manchmal heimlich aufgenommene Bilder von besonders schönen Schwänzen. Wenn er Urologe geworden wäre, hätte er George nicht einsperren müssen, der liebeskrank wie Medschnun war, der Held aus Nizamis Epos *Leyla und Madschnun*. Wahrscheinlich waren jedoch sowohl Medschnun als auch George einfach nur schizophren.

Die anderen Ärzte standen auf, und auch Altays Pause war fast zu Ende. Er schob das Essenstablett zur Seite und machte eine Liste mit all den Dingen, die er an seiner Frau liebte:

Ihren Gang
Ihren Nacken
Ihren Nagellack
Ihre Gespräche
Ihre Verrücktheiten
Dass sie Katzen hassten
Das absolute Einverständnis, wenn sie miteinander redeten
Ihre Hartnäckigkeit
Ihren Zorn

Den Augenblick, bevor sie sich küssten
Ihre Kleinfamilie
Ihren Geruch
Der Augenblick auf der Bühne, in dem sie sich in eine Ballerina verwandelte
Ihre Nasenwurzel
Ihre Wäsche
Ihren Rücken
Ihre Kompromisslosigkeit
Die juristische Unschärfe ihrer Ehe
Mit ihr zu schlafen

- 15

Altay und Leyla saßen im Hühnerhaus am Lausitzer Platz. Obwohl das Lokal erst vor ein paar Monaten eröffnet worden war, waren fast alle Plätze besetzt, zugezogene Hipster und Alteingesessene unterschiedlichster Herkunft aßen dicht beieinander, rissen die vom Fett triefende Haut von ihren Hühnerhälften, tunkten das Fleisch in die hausgemachte Soße und schoben die fettigen Pommes hinterher.

Leyla rupfte zögerlich an ihrem Huhn, Altay hingegen war schon fast fertig. Er zog immer zuerst die Haut ab, legte diese an den Rand seines Tellers und stocherte dann im Brustbereich umher. Zwei oder maximal drei Bissen später stürzte er sich jedoch auf die beiseitegelegte Haut und verschlang sie genussvoll.

»Wenn du es nicht isst, nehme ich es«, sagte Altay.

»Bestell dir doch noch eins.«

»Ich kann kein ganzes Huhn essen, wie sieht das denn aus? Ich nehme ein Bier.«

»Ich glaube nicht, dass sie hier Bier haben.«

»Wieso denn nicht?«. Altay sah seine Ehefrau verständnislos an.

»Die sind halal.«

»Fuck.« Er stand auf, streckte seinen Rücken durch und holte sich aus dem Kühlschrank eine Cola. Neben dem Hühnerhaus spielten auf der Straße Kinder, sie lachten, kreischten, rannten umher und bewarfen sich mit Sachen. Altay hatte seine ganze Kindheit hindurch mit anderen Kindern auf der Straße gespielt, ganz unabhängig von jeder Klassenzugehörigkeit und Herkunft. Schade, dass die Deutschen ihre Kinder nicht auf die Straße ließen, womöglich wäre dann das Land etwas freundlicher, dachte Altay und erinnerte sich im selben Augenblick daran, dass die Deutschen ihre Kinder überall krabbeln ließen, selbst neben öffentlichen Toiletten. Als er sich wieder hingesetzt hatte, fragte er: »Was ist mit Jonoun?«

»Was soll denn mit ihr sein?«

Altay schaute Leyla aufmerksam an, Leyla schob ihren Teller weg und sagte: »Wir hätten woandershin gehen sollen.«

»Ich mag es hier«, sagte Altay.

»Das Essen ist fettig.«

»Es ist nur Huhn. Zieh die Haut ab und iss das Brustfleisch, na los.« Leyla sagte nichts und stocherte weiter in ihrem Essen herum.

»Wie läuft es mit euch?«, fragte Altay nach einer Weile. Von seinem Huhn waren nur noch Knochen übrig.

Leyla sagte langsam: »Ich glaube, nicht sonderlich gut.«

»Wieso denn nicht?«

»Wenn ich das wüsste.«

»Frei ist, wer nicht mehr begehrt.« Altay zitierte Nizami, doch Leyla reagierte nicht, woraufhin Altay hinzufügte: »Vielleicht war es keine gute Idee, sie bei uns einziehen zu lassen.«

Leyla rollte die Augen genervt zur Decke. Eine Gruppe Polizisten kam herein und bestellte. Einige von ihnen waren stark übergewichtig, andere blond und trainiert.

»Und ist der Sex wenigstens gut?«, fragte Altay, weil er

irgendetwas fragen wollte, ihm aber nichts einfiel und er darauf beharrte, mit seiner Frau eine Konversation zu führen.

»Sex macht nicht glücklich«, antwortete Leyla und schob sich demonstrativ ein Stück Huhn in den Mund.

»Gut, dass du es so siehst«, sagte Altay und nahm einen Schluck Cola. Auf dem Fensterbrett des Nachbarhauses hockten zwei Tauben, und Altay wusste nicht, wie er sein Anliegen formulieren sollte. Die Polizisten-Crew zog von dannen.

»Was ist?«, fragte Leyla schließlich.

»Ich will, dass sie auszieht«, sagte Altay und schaute Leyla an. Sie sah abgekämpft aus. Er bekam ein schlechtes Gewissen, obwohl er wusste, dass es ihr bessergehen würde, sobald Jonoun aus ihrem Leben verschwunden war.

»Wieso denn das?«, fragte Leyla schroff.

»Sie nervt mich.«

»Das ist auch meine Wohnung.«

»Auch.« Altay machte eine kleine Pause. »Aber ich zahle den größten Teil der Miete.«

Nun war es Leyla, die ihn aufmerksam musterte. Sein Gesicht sah aus wie immer, vielleicht ist ja seine Seele tot, dieses große russische Füllwort, gestorben mit seinem ersten Mann.

- 14

Altay hatte Sergej im ersten Studienjahr getroffen. In den Augen des schmächtigen Jungen war eine Trauer, die ansteckend wirkte und der sich die Menschen um ihn herum zu entziehen versuchten. Auch Altay senkte seinen Blick anfangs zu Boden, während er mit Sergej sprach. Dennoch wollte er nie mehr etwas so sehr besitzen wie ihn. Die meiste Zeit verbrachten sie zusammen, doch Sergej ging auf Abstand, als die ersten Gerüchte auftauchten. Eines Tages wurden sie beim Sex fotografiert, das Foto landete in Hochauflösung und auf Glanzpapier gedruckt auf dem Schreibtisch von Sergejs Vater. Eine Woche später fand Altay Sergej in seinem Zimmer, neben seiner Leiche lag ein kariertes Blatt Papier, welches aus einem Schulheft ausgerissen worden war. *Bitte sorge dafür, dass meine Eltern mich nicht so sehen.* Altay schwor sich, nie wieder jemanden so zu lieben wie Sergej.

Die Schuldgefühle verließen ihn genauso wenig wie die Albträume von Sergejs Leiche. Am meisten vermisste er Sergejs Gewicht auf seinem Körper, seine Haut, seinen Geruch und seine Wärme. Vor allem seinen Körper und den Sex mit ihm.

- 13

Seit Jonoun ausgezogen war, schlief Altay besser. Anfangs wollte er es nicht wahrhaben, aber als er eines Abends merkte, wie er beim Nachhausekommen die *Star Wars*-Melodie pfiff, konnte er den Zusammenhang nicht mehr leugnen. Erst jetzt fiel ihm auf, wie glücklich er in seiner eigenen Wohnung war, ohne Jonoun schon am frühen Morgen beim Frühstück anzutreffen, wo sie seine Zeitung las und seinen Kaffee trank, ohne das von ihr benutzte Geschirr in der Spüle, die Krümel auf dem Tisch, die Haare im Bad und ihre nassen Kleider in der Wäschetrommel. Seine Wohnung und seine Ehefrau gehörten endlich wieder ihm.

Altay verdrängte diesen Gedanken, legte eine Technoplatte auf, zog sich gelbe Latexhandschuhe über und fing an, die Wohnung zu schrubben, fast als hätte er vor, alle Spuren von Jonoun zu tilgen. Nachdem das Bad glänzte, machte er im Wohnzimmer weiter, polierte den Parkettboden, wischte den Staub von den Ikonen, die über dem großen Ledersofa hingen, und sogar von den chinesischen Lampions, die an der Decke befestigt waren. Dann räumte er das Putzzeug wieder weg und dachte daran, wie gemütlich und ruhig seine Wohnung war ohne Jonoun. Er liebte die abgeschliffenen Dielen aus Eichenholz, die hohen, stuckbehangenen Decken, die großen Fenster mit Blick auf den Kanal, ihre Bücher, Möbel und ihr altes Leben.

Nun hatte er es zurück, und um das zu feiern, kochte er ein Festmahl. Er holte das Festtagsgeschirr heraus und ließ es sich nicht nehmen, Kerzen anzuzünden und von Techno zu Jazz zu wechseln.

- 12

Sie trafen sich in einer Bar in Charlottenburg, Nastja wohnte in jener Gegend, und Leyla konnte die Male, die sie in Charlottenburg gewesen war, wie die Zinken der Gabel abzählen, die sie gerade nervös in der Hand hielt. Charlottenburg hatte schon längst seinen subversiven Glanz eingebüßt. Was nach den gesetzlichen Ladenschlusszeiten blieb, waren die hell erleuchteten Auslagen von Edelboutiquen und deren gediegene Kundschaft, die mit Regenschirmen und Seidentüchern bewaffnet in Restaurants mit wahlweise französischer, italienischer oder österreichischer Küche ausschwärmte. Ein krasser Gegensatz zu den billigen Vietnamesen und Discount-Indern von Kreuzberg 36.

Nach dem ersten gemeinsamen Training am Staatsballett hatte Nastja Leyla dreimal auf die Wangen geküsst und ein Treffen am folgenden Abend vorgeschlagen. Danach war sie zu den Proben von *Onegin* davongeeilt.

Nastja betrat das Restaurant. Sie hatte sich geschminkt, trug ein petrolblaues Seidenkleid und eine unaufdringliche goldene Halskette. Ein paar Männer und eine Frau schauten sich verstohlen nach ihr um. Nastja ging auf Leylas Tisch zu, ohne ihre Groupies zu beachten.

Ihre Augen waren genauso grün wie früher, aber der Ausdruck war verändert. Vom gutmütigen und ein wenig naiven Mädchen aus der Provinz war nichts mehr übrig.

»Schön, dich wiederzusehen«, sagte Leyla.

»Ach, ja?«, fragte Nastja. Ihr Ton war sarkastisch und traf Leyla wie eine Harpune den gutgläubigen Wal.

Der Kellner brachte einen Sauvignon für Nastja und einen Riesling für Leyla.

»Es ist lange her«, sagte Leyla, da ihr nichts Klügeres einfallen wollte. Leyla beobachtete, wie Nastja an ihrem Glas nippte. Ein zartes Lippenstiftrosa blieb am Glasrand zurück. Die Zeit hatte in ihrem Gesicht leichte Spuren hinterlassen, die aber nur ihre feinen Züge unterstrichen. Auf ihrem Ringfinger glitzerte ein überambitionierter Diamant.

Nastja sagte nichts, fixierte sie bloß weiterhin. Leyla schwieg ebenfalls. Das Essen kam, Salat mit Rinderfilet. Keine der beiden Frauen rührte es an.

»Tut mir leid wegen der Rolle«, sagte Leyla. Nastja sollte die Rolle Tatjanas in *Eugen Onegin* tanzen, sie war die erste Besetzung und die Favoritin des Direktors gewesen, allerdings gefiel dem Erben und Rechtsnachfolger des Choreographen ihre Interpretation der Rolle nicht. Einen Tag zuvor war der Erbe gekommen, um das Stück abzunehmen, und nach der Probe entschied er, dass die Premiere von der Zweitbesetzung getanzt werden würde. Seiner Meinung nach hatte Nastja nichts in der Aufführung verloren.

»Ich wünschte, du wärst nicht gekommen«, sagte Nastja.

Leyla errötete vor Scham, doch sie riss sich zusammen und schaute Nastja fest an.

»Wie bitte?«

»Ich wollte nur dein Gesicht sehen, während ich es sage«, sagte Nastja. »Ich war sehr lange unfassbar wütend auf dich. Ich malte mir aus, wie ich dich verletzen könnte.

Stell dir vor, mir ist in all den Jahren nichts Besseres eingefallen.« Nastja lachte schallend und fügte hinzu: »Aber es wäre wirklich besser gewesen, wenn du nicht am Staatsballett aufgetaucht wärst. Vor allem ohne Vorwarnung, aber das sieht dir ähnlich.«

Leyla schaute auf ihre Hände. Obwohl sie zitterten, hatte sie nicht das Gefühl, dass sie zu ihrem Körper gehörten.

»Ich bin damals sehr unglücklich gewesen. Aber nun ist es okay«, sagte Nastja.

Leyla sah hoch.

»Als ich meinen Mann getroffen habe, wurde alles schlagartig besser. Er hat mir die Schwere genommen. Plötzlich war ich glücklich. Seltsam, man sagt doch, dass spätestens nach drei Jahren die Verliebtheit weicht, ich meine, die Phase, in der man vom anderen besessen ist, an nichts anderes denkt als an sein Lachen, seinen Körper, seinen Witz. Aber nun sind es bald fünf Jahre und ich kann noch immer an nichts anderes denken.«

Verlegenheit breitete sich aus, Nastja hatte zu viel erzählt.

»Habt ihr Kinder?«, fragte Leyla.

Nastja schüttelte den Kopf: »Ich würde gerne wissen, wie er als Vater sein wird.« Sie zuckte mit den Schultern, spießte ein winziges Stück Fleisch mit ihrer Gabel auf, führte diese zum Mund, kaute genussvoll und sagte dann: »Aber vielleicht nun, wo ich die Rolle nicht tanzen werde.«

»Du tanzt die zweite Vorstellung«, sagte Leyla.

»Das ist nicht das Gleiche. Das solltest du am besten wissen.«

Leyla sah sie verständnislos an.

»Dir ist immer alles zugeflogen, du konntest jede

Schrittfolge und jede Kombination sofort nachtanzen. Man hat schon Wetten abgeschlossen, wie lange es dauern würde, bis du die Primaballerina sein würdest.«

»Was?«

»Na klar.«

Nastja lachte und trank einen Schluck von ihrem Wein: »In letzter Zeit denke ich oft ans Institut zurück und frage mich, ob es gut war.«

»Was meinst du?«

»Wir wurden doch regelmäßig überfordert – vielleicht wären wir auch ohne den Drill heute hier.«

»Ohne Drill?«

»Ich meine diesen ständigen Druck, es ist nie genug, es gibt immer jemanden, der eine bessere Technik hat, höher springt, einen schöneren Spann hat oder harmonischere Proportionen. Ballett verkommt zum Leistungssport, zu purer Gymnastik, inzwischen ist es der reinste Zirkus.«

Nastja lachte bitter: »Wir können uns nicht auf uns selber verlassen, sind immerzu von der Meinung anderer abhängig. Ich funktioniere gut unter Druck, aber Leute wie du – sie werden systematisch zerstört.«

»Leute wie ich? Was soll das heißen?«

»Sei mir nicht böse, aber du hast dich noch nie durch besonderen Ehrgeiz ausgezeichnet. Kein bisschen.«

Leyla legte ihr Besteck zur Seite, doch Nastja machte ein Handzeichen, welches anzeigen sollte, dass sie nicht unterbrochen werden wollte: »Komm schon, du weißt, dass ich recht habe, deine Mutter hat dich auf die Aufnahmeprüfung vorbereitet, mit Privatstunden, Trainern und Yoga; und im Sommer hat sie dich aufgepäppelt. Du bist eine begnadete Tänzerin, aber dein Körper macht einfach nicht mit. Übrigens genau wie deine Psyche. Ich dagegen wollte nie etwas anderes als tanzen. Obwohl. Nun ist es das Kind. Wenn ich Schwangere oder Frauen mit einem Kind auf dem Arm sehe, werde ich neidisch.«

»Du wärst eine gute Mutter«, sagte Leyla.

»Nein, ich will tanzen.«

»Das glaube ich dir nicht.«

Nastja lachte wieder und sagte: »Vor einigen Jahrzehnten, als eine Karriere am Ballett noch nicht ganz so glamourös war, bewarben sich fast keine Kinder an den Ballettschulen. Und auch von diesen Kindern wollte nicht unbedingt jedes ein professioneller Tänzer werden.«

»Sie sollten heiraten und nicht auftreten.«

»Nein, du verstehst nicht. Die Auswahlkommission konnte damals noch ihre Arbeit machen. Nun werden die Kinder mit gezieltem Training auf die Aufnahmeprüfung getrimmt. Viele, die nicht die natürlichen Voraussetzungen mitbringen, kommen durch – und werden zu vorzeitigen Bühneninvaliden.«

Nastjas Worte hatten Leyla tief getroffen – sie hatte vergessen, dass ihre Mutter sie tatsächlich auf die Aufnahmeprüfung vorbereiten ließ, und plötzlich erinnerte sie sich an den zusätzlichen Unterricht in den Sommerferien. Was hatte sie eigentlich Salome zu verdanken und was sich selbst? Sie musste dringend mit ihrer Mutter reden.

In Altays Zimmer brannte kein Licht mehr, Leyla schlich sich herein und legte sich zu ihm ins warme Bett.

»Wie war es?«, fragte Altay.

»Sie ist glücklich.«

»Hat dich das fertiggemacht?«. Altay richtete sich auf und schaltete die Nachttischlampe ein.

»Bitte kein Licht«, bat Leyla.

»Okay«, er schaltete die Lampe wieder aus.

»Sie wollen Kinder.«

»Findest du das so erstaunlich?«

»Wieso greifst du mich an?«

»Ich greife dich nicht an, ich versuche nur, dich zu verstehen.«

»Sie sagt, ich habe keinen Ehrgeiz.«

»Na ja.«

Leylas Hände fuhren unter sein T-Shirt, legten sich auf seinen Bauch. Ihr Atem roch nach Wein und Zigaretten. Altay flüsterte ihr ins Ohr: »Ich finde, wir sollten auch welche kriegen.«

»Was?«

Er streichelte über ihre Hände, die noch immer an seinem Brustkorb lagen: »Natürlich nicht jetzt, wo du gerade wieder angefangen hast du tanzen, aber vielleicht in ein, zwei Jahren. Was meinst du?«

»Was können wir dem Kind schon bieten, Altay?«

»Liebe.«

»Haben wir etwa Liebe im Überschuss?«, fragte Leyla.

Ihr Ehemann überraschte sie zusehends: Sie wusste, dass er nicht in der Lage war, sich an einen einzigen Mann zu binden – sobald ihm jemand nahekam, suchte er nach einem Fehler, mal waren die Männer zu groß, zu klein, zu dünn, zu dick, zu schlecht gekleidet, nicht intelligent genug, clever, aber ungebildet, drogensüchtig, karrierefixiert oder sie hielten Katzen. Altay hatte Angst, die Kontrolle zu verlieren oder unvorhergesehene Gefühle zuzulassen. Was wollte er da mit ihr? Und vor allem mit einem Kind?

Leyla wusste, dass Altay sie an sich binden wollte, er konnte es nicht ertragen, alleine zu sein. Zugleich wollte er sie besitzen, und das konnte sie nicht akzeptieren. Doch in dieser Nacht alleine zu bleiben erschien ihr als der sichere Tod.

»Ich weiß nicht«, antwortete Leyla. Seine Hände streiften leicht ihre Rippen und hielten unterhalb ihrer Brüste inne. Dann schob er sie unsanft zur Seite und sagte: »Ich hab genug von deinen Problemen, Leyla.«

Leyla starrte ihn an und sagte kein Wort.

Altay wiederholte: »Ich kann nicht mehr, mein Leben ist zu klein für deine Probleme. Immer ist irgendwas. Mal willst du tanzen, mal nicht. Mal liebst du jemanden, mal nicht. ENTSCHEIDE DICH DOCH ENDLICH MAL.«

»DU KANNST MICH MAL«, sagte Leyla, stand auf und knallte die Tür hinter sich zu.

Einen Augenblick später kam sie wieder ins Zimmer und schrie: »WAS WAR DENN SO SCHLECHT AN MOSKAU? Du hast mich hierhergebracht. Das alles habe ich nur dir zu verdanken!«

Von unten klopften die Nachbarn mit einem Besenstiel gegen die Decke.

- 11

An seinem zwanzigsten Geburtstag hatte Altay als Jahrgangsbester das Examen an der medizinischen Fakultät in Moskau bestanden und hielt wenige Tage später das Rote Diplom in den Händen. Das Dokument machte nicht viel her, es war aus leichter Pappe, mit rotem Lederimitat bezogen und von einem rein symbolischen Wert, genauso wie Altays Jugend, Bildung oder Intelligenz. Fortan war er also Arzt.

In Aserbaidschan musste man für eine Stelle hohe Bestechungsgelder zahlen, und in Moskau war es nicht viel anders. Altays Vater hatte für ihn bereits eine Anstellung in einer privaten Herzklinik in Baku angezahlt, doch Altay lehnte sie aus Prinzip ab. Tatsächlich beliefen sich dort die Kosten für eine Assistentenstelle auf 10 000 US-Dollar, eine Oberarztstelle kostete 15 000 und der Chefarztposten mindestens das Dreifache, abhängig davon, ob man eine Ausbildung hatte oder nicht. Das durchschnittliche Monatsgehalt betrug dagegen 500 Dollar, die meisten Ärzte lebten also von den Spenden ihrer Patienten oder wanderten in die Arabischen Emirate aus.

Die einzige Assistenzstelle, für die man nicht bezahlen musste, befand sich in einem Krankenhaus am Rande von Moskau. Jeden Tag verbrachte Altay drei Stunden in der Metro, eingepfercht zwischen den anderen Fahrgästen.

In russischen Krankenhäusern mangelte es an allem, insbesondere wenn der Patient es sich nicht leisten konnte, Bestechungsgelder zu zahlen. Die Ärzte operierten zuweilen mit Notstrom und durch einen dicken Alkoholschleier hindurch, sie verwechselten Medikamente, und für Schwerstkranke standen keine Betten zur Verfügung. Die Krankenschwestern verbreiteten Klatsch mit der gleichen Geschwindigkeit, in der die Patienten von Viren dahingerafft wurden.

Altay arbeitete damals überwiegend in der Notaufnahme, der Albtraum eines jeden russischen Bürgers. Aufgrund seines Teints wurden ihm die krassesten Fälle übertragen: ein fast erfrorener Betrunkener, das Gesicht bereits verfärbt, die Nase und eine der Augenhöhlen übersät mit Eiskristallen und die Hälfte des Gesichts von Hunden zerfressen; Flüchtlinge aus Tschetschenien und russische Soldaten, die dort gedient hatten; ein Aserbaidschaner, der seine Ehefrau erstochen hatte; ein Armenier, der seine Tochter jahrelang vergewaltigt und anschließend anzuzünden versucht hatte; ein Dagestaner, der die Leiche seiner Schwiegermutter während eines paranoiden Schubs aufspießen und braten wollte; ein georgischstämmiger Regierungsmitarbeiter, der gegen Korruption vorgehen wollte. Alle, deren Hautfarbe Altays glich, wurden von ihm behandelt.

Galt die Notaufnahme als palliative Anstalt für Hoffnungen, so landeten in der Psychiatrie all die destruktiven Elemente der postsowjetischen Gesellschaft: Trinker, Sexarbeiter, Arbeitsmigranten, missbrauchte Ehefrauen, pickelige Skins, Homosexuelle. Der sogenannte Abschaum also. Folgerichtig wechselte Altay auf die psychiatrische Station.

Eines Abends wurde ein siebzehnjähriger Stricher mit sanften braunen Augen vor der Notaufnahme abgelegt, der vorher mehrfach mit einer Eisenstange vergewaltigt worden war. Man brachte ihn in der Psychiatrie unter, da Männer, die Sex mit anderen Männern hatten, als pervers galten und die anderen Stationen ohnehin überfüllt waren.

Altay pflegte den Jungen gesund. Er sorgte dafür, dass er ein Bett und Medikamente bekam, und schaute mehrmals am Tag nach ihm. Der Junge hatte an beiden Armen Narben, saubere, langgezogene Einschnitte von Rasierklingen. Manche seiner Narben waren frisch, andere schon fast verheilt. Eine Krankenschwester scherzte über Altays sanften Umgang mit dem Jungen, und bald redete das ganze Krankenhaus darüber. Sexarbeiter wurden fortan ausschließlich Altays Obhut überlassen. Die Gerüchte drangen bis zum Chefarzt.

- 10

Das Ärztezimmer war voll, eine der Schwestern hatte Geburtstag. Der Raum war niedrig und lediglich durch eine nackte Glühbirne erleuchtet. Eine Torte war bereits zur Hälfte aufgegessen, zwischen den einzelnen Böden glänzte die fettige Zuckercreme. Altay gratulierte der Schwester, woraufhin sie ihm einen Teller mit einem großen Stück Kuchen in die Hand drückte. Der Chefarzt, Arkadij Arkadjewitsch, war entgegen seinen Gepflogenheiten ebenfalls im Raum und verschlang mit vollen Backen die Kohlenhydrate.

Er unterschied sich äußerlich kaum von anderen russischstämmigen Männern seiner Generation – in seinem schlechtsitzenden Anzug und mit enggebundener Krawatte, die ihm die Kehle zuschnürte, säuerlichem Gesichtsausdruck, rundlicher Figur, vergilbtem Gebiss und hohem Blutdruck. Seine Umgangsformen waren von Natur aus rauh, abgesehen davon war er fest entschlossen, Altay das Leben zur Hölle zu machen, denn er sah in ihm den reichen Sprössling einer Medizinerfamilie. Zudem missfiel ihm Altays ethnische Herkunft, die Zeiten der Völkerfreundschaft und der Sowjetunion waren seiner Meinung nach unwiederbringlich vorbei. Das Gespräch kreiste um die neuen Patienten. In den letzten zwei Wochen waren zwölf Männer mit schweren Depressionen eingeliefert worden. Die Belegschaft diskutierte die möglichen Ursachen.

»Es liegt an den neuen Sexpraktiken«, erklärte das Geburtstagskind, eine dickliche Frau in ihren späten Dreißigern, mit flacher Nase und Mandelaugen, deren Grün an verwaschene Krankenhausuniformen erinnerte.

»Welche sexuellen Praktiken meinen Sie denn, Marina Andrejewna?«, fragte ein junger Assistenzarzt mit einem unangemessen breiten Grinsen in seinem ansonsten recht fahlen Gesicht. »Natürlich die westlichen«, sagte dieser.

»Ach, die«, sagte ein Pfleger.

Das pummelige Geburtstagskind bekam rote Wangen und sagte: »Na, diese ganze Sache mit den Schwuchteln. Das kann doch nicht sein, dass sie sich nicht einmal mehr schämen. Sogar auf der Straße wollen die nun marschieren.«

»Haben Sie den Film gesehen?«

»Welchen Film?«

»*Ich liebe dich,* oder *Dich liebe ich*. Irgend so was.«

»P.S. *Ich liebe dich?*«

»Diese Schwuchtel-Scheiße?«

»Habe es abgeschaltet.«

»Ich auch.«

»Früher hätte es so etwas nicht gegeben.«

»Und diese Sängerin?«

»Welche?«

»Zemfira.«

»Ach, die.«

»Auch eine Lesbe.«

»Immer noch besser als eine Schwuchtel.«

»Ich wäre mir da nicht so sicher.«

»Die braucht doch nur einen richtigen Mann.«

»Das ist der westliche Einfluss, ich sage es euch. Purer Kolonialismus, vor dem haben sie uns schon in der Schule gewarnt.«

»Die Kommunisten hatten recht, wer hätte das gedacht.«

»Marina Andrejewna, Sie waren früher doch selbst glühende Anhängerin des alten Regimes, nicht?«, hakte Arkadij Arkadjewitsch nach.

Auf Marina Andrejewnas Hals wurden rote Flecken sichtbar.

»Die Jungen schauen zu viel Fernsehen. Da kommen solche Praktiken dabei raus«, murmelte Andrejewna.

»Na, Sie gehen natürlich viel lieber ins Bolschoi!«

»Was ist das denn für ein Film?«, fragte Altay in die Runde. Im Zimmer wurde es für einen Augenblick still und alle schauten zu Altay. Niemand gab eine Antwort. Lediglich der andere Assistenzarzt flüsterte: »Sieh an, unser Gastarbeiter.«

Marina Andrejewna räusperte sich.

»Man muss eben zwischen richtigen Schwulen unterscheiden, also solchen, die sich nicht helfen können, die sind nämlich wirklich krank und leiden darunter, und solchen, die lediglich einem Trend aus den USA nachlaufen«, ereiferte sich ein Arzt, der in den letzten dreizehn Jahren kein einziges Mal während seines Nachtdienstes nüchtern geblieben war.

»Vielleicht hat ja Altay ebenfalls etwas zum Thema beizutragen«, sagte der Chefarzt. Dass Altay dabei mit seinem Vornamen angeredet wurde, statt dem Vor- und Vatersnamen, wie es in Russland üblich war, war eine grobe Beleidigung, die niemandem im Raum entgangen war.

»Was soll ich denn schon zu sagen haben, Arkadij Arkadjewitsch?«, fragte Altay.

»Das bleibt heute offenbar Ihr Geheimnis.«

»So geheim ist es auch nicht«, sagte Marina Andrejewna, wenn auch leise.

Auf dem Nachhauseweg kaufte Altay sich die besagte DVD und eine Flasche Wein. Nachdem Leyla und er sich den Film angeschaut hatten, wussten sie, dass es für sie in Russland keinen Platz gab. Altay hatte Angst, jeden Tag aufs Neue – vor Neofaschisten, die Migranten und Homosexuelle in Fallen lockten, um sie zu misshandeln. Vor den linken Ultras, die nicht nur die Glatzköpfe verprügelten, sondern auch alle mit angeblich schwulen Frisuren. Vor dem Gesetz.

– 9

Berlin war wunderbar – Homosexualität und Menschsein schlossen sich in europäischen Großstädten nicht mehr aus. Die einzigen Voraussetzungen waren die Zugehörigkeit zur weißen Rasse, das richtige Einkommen und die Bereitschaft, sich in eine vorgegebene gesellschaftliche Rolle einzufügen. Zumindest in der deutschen Hauptstadt war die Community groß und apolitisch. Sie lechzte nach dem Schoß der Nation. Aber für Altay und Leyla bestand in diesem System zum ersten Mal ein Zusammenhang zwischen Glück und Homosexualität. Beide waren mit dem Horrorszenario eines homosexuellen Lebens aufgewachsen – Coming-out, Diskriminierung, Krankheit, Tod. In Berlin kamen Liebe, Partnerschaft und Begehren hinzu.
Zudem war Berlin eine Stadt des Exils, alle kamen hierher – die von der deutschen Peripherie Verschmähten, die Pariser, die sich ihre Stadt nicht mehr leisten konnten, die Israelis, die ihren Staat nicht mehr ertrugen, Italiener, Skandinavier, Griechen, Spanier, Amerikaner – nur Arme, Flüchtlinge und Asylanten sollten Europa nicht betreten.

Auf die Euphorie der ersten Monate folgte für Altay das zermürbende Warten auf die Arbeitserlaubnis. Er arbeitete unentgeltlich in einem Krankenhaus und wurde wie ein Famulant behandelt. Nach Feierabend lernte er Deutsch und beherrschte die Sprache bald recht passabel. Acht

Monate später durfte Altay schließlich die Gleichwertigkeitsprüfung ablegen. Er sollte beweisen, dass seine Ausbildung der deutschen *gleichwertig* war. Das deutsche System fungierte als Maßstab – eine bessere Ausbildung als die deutsche war nicht vorgesehen.

Altay bekam schließlich eine Assistenzarztstelle. Was ihn am meisten erschütterte, war, dass er ein Arztzimmer für sich alleine hatte.

Die ersten Monate verbrachte er auf der psychosomatischen Station in einem gutbürgerlichen Bezirk im ehemaligen Westen zwischen Magersüchtigen und depressiven Hausfrauen. Er war bald gelangweilt und entwickelte ein Überlegenheitsgefühl gegenüber seinen Patienten. Seine Rettung war eine freigewordene Stelle auf der Suchtstation im Wedding. Wedding fühlte sich an wie ein Moskauer Basar.

- 8

An der Schwere seiner Schritte hatte Leyla bereits bemerkt, dass Altay betrunken war, was sie jedoch überrascht hatte, war das zusätzliche Klackern von Absätzen. Leyla saß mit einer Tasse Tee auf dem Sofa, trug Nagelhärter auf die Zehennägel auf und wartete darauf, dass Altay es schaffte, die Haustür aufzuschließen. Beim dritten Anlauf stolperte er in die Wohnung herein. Sie blieb sitzen und registrierte überrascht, dass ihr Mann tatsächlich in weiblicher Begleitung war, zumindest dachte sie das im ersten Moment. Das Mädchen, das er dabeihatte, war eine Trans, allerdings eine, die eher aussah wie ein zartgliedriger Junge, der Spaß daran hatte, aus der Mode gekommene Frauenkleider anzuziehen. Wobei das eine das andere natürlich nicht ausschloss. Sie trug Perlen, blauen Lidschatten und ein nachtblaues Satinkleid, das eigentlich ein Unterkleid war. Altay ließ sich neben Leyla aufs Sofa fallen und zog die Frau an sich heran.

»Das ist Yves«, sagte Altay mit einem vielsagenden Blick.

Yves lächelte alles andere als schüchtern.

»Ich bin Leyla«, sagte Leyla.

»Wollt ihr was trinken?«, fragte Altay und stand auf, ohne eine Antwort abzuwarten. Er pfiff die Titelmelodie von *Pretty Woman* und lächelte. Leyla schaute andere Frauen wie Freiwild an – entweder wurden sie von ihr verführt oder erlegt, und Altay fragte sich oft, was mit seiner Frau nicht stimmte, selbst als erfahrener Psychiater sah er sich nicht in der Lage, eine Diagnose zu stellen. Männer hingegen beachtete Leyla gar nicht erst, es sei denn, sie wurde von ihnen gehoben und durch den Ballettsaal getragen.

Yves' Blick schweifte durch das Zimmer. Altay kam mit drei Gläsern aus der Küche und schenkte großzügig Wein ein. Amüsiert schaute er zu Leyla, die ihre Augen nicht von Yves lassen konnte. Aus mehrjähriger Erfahrung wusste er, dass Leyla immer aufgeregt war, wenn Fremde ihre Wohnung betraten. Obwohl sie Gäste mochte, empfand sie ihre Präsenz im eigenen Haus als zu intim. Mit nur einem einzigen Blick wäre ein Fremder imstande, sich ein Urteil über das eigene Leben, die geschmacklichen Vorlieben, den Bildungs- und Kontostand sowie die haushälterischen Fähigkeiten zu bilden. Dieses Urteil würde für immer bestehen bleiben, egal, wie sehr man sich bemühte, es zu revidieren. An diesem Abend schien Leyla sich jedoch keine Sorgen um ihre Inneneinrichtung zu machen.

»Auf unseren Gast, nicht, Leyla?«, schlug Altay vor und streckte ihr sein Glas entgegen.

Yves lächelte und schlug die langen Beine übereinander, Leyla rutschte näher an sie heran.

»Wie lange wohnt ihr schon zusammen?«, fragte Yves.

»Seit fast einem Jahrzehnt«, antwortete Altay.

»Eure WG läuft ja richtig gut.«

Leyla und Altay wechselten einen kurzen Blick, dann sagte Leyla: »Altay ist ein guter Mitbewohner. Er putzt gerne.«

»Was will man mehr«, sagte Yves desinteressiert.

Leyla trank einen großen Schluck Wein.

»Ich hoffe, er hat mehr zu bieten«, seufzte Yves.

Leyla zuckte mit den Achseln: »Er ist Arzt.«

»Tatsächlich?«

»Psychiater.«

»Darling, danach habe ich heute nicht gesucht«, sagte Yves betont gelangweilt.

»Yves, hast du eigentlich einen Job?«, fragte Altay amüsiert.

Yves zuckte mit den Achseln: »Ich habe schon genug damit zu tun, mich gut zu kleiden.«

Altay lachte, woraufhin er mit strengen Blicken von Yves und Leyla bestraft wurde.

»Leyla ist eine Ballerina«, sagte Altay entschuldigend.

»Dann haben wir was gemeinsam!«, sagte Yves. Ihre Stimme klagt nun deutlich animierter.

»Und das wäre?«, fragte Leyla.

»Wir sind beide vom Naturzustand weit entfernt«, sagte Yves, legte den Kopf in den Nacken und schloss für einen kurzen Moment die Augen. Weder Altay noch Leyla verstand, warum.

»Die einzigen natürlichen Frauen, die mir bisher begegnet sind, waren meine Patientinnen«, erklärte Altay sachlich.

»Und der Rest?«

»Mutationen!«, rief Altay aus.

Leyla und Yves lachten, und Leyla fragte sich, wie viel Mut es bedurfte, sich als Frau zu verkleiden. Vielleicht sollte sie zuerst versuchen, Yves zu verstehen, bevor sie sich an die Frauen heranwagte.

»Stimmt! Ich liebe es, Mädchen zu verführen, wenn ich Drag trage.« Daraufhin drehte Yves sich wieder zu Leyla, berührte wie zufällig ihren Arm und fragte: »Wo hast du denn getanzt?«

»Im Bolschoi und beim Staatsballett«, sagte Leyla ruhig, und Altay registrierte amüsiert, wie sie ihren Oberkörper aufrichtete und in Position ging. In ihren Augen loderte nun die pure Eroberungslust. Er wusste, dass Leyla alles tun würde, um ihr Publikum zu verführen, Yves und auch ihn, nach all den Jahren. Er wusste, dass es ihr gelingen würde.

»Wirklich?«, fragte Yves, und Altay bemerkte, wie sie ihm verfiel.

Leyla nickte. Altay grinste, denn er kannte die Fragen schon, die nun kommen würden.

»Hast du *Schwanensee* getanzt?«, fragte Yves: »Warst du der Schwan?«

»Einer von vielen«, sagte Leyla geschmeichelt.

»Hast du Fotos?«, fragte Yves.

Leyla nickte, und ihr Nicken war schon fast ein Zitat aus *Schwanensee*.

»Ich habe mehrere Fotoalben, soll ich sie holen?«, fragte Altay, und obwohl er nur scherzte, sahen ihn die beiden Frauen erwartungsvoll an.

Als er den Raum verließ, legte Leyla ihre Hand auf Yves' Knie.

Altay ließ die beiden allein und legte sich schlafen. Irgendwann kurz vor der Morgendämmerung hörte er, wie die Tür ins Schloss fiel. Ein paar Minuten später legte Leyla sich zu ihm.

— 7

Entgegen ihrer Gewohnheit gingen sie nicht ins *Berghain*, sondern in einen Club, der einem schlecht zusammengezimmerten Spielplatz für anspruchslose Erwachsene ähnelte. Vorher waren sie bei der *Gayhane* im *SO36*, einer queeren Party, bei der im wilden Durcheinander jugoslawischer, arabischer, persischer und türkischer Pop gespielt wurde – bis ein Bauchtänzer die Bühne erklomm und vor einer überdimensionalen Araratfotografie zu tanzen begann. Für ein paar Stunden war dieser Ort der aufregendste in ganz Berlin, dann verlangte der Körper jedoch nach einem anderen Beat, und so wurde die Nacht wieder zu einer, die am Freitagabend beginnt und erst am Sonntagnachmittag abebbt.

Die Türsteherin trug eine golden schimmernde Bomberjacke, eine grobgliedrige Goldkette und einen asymmetrischen Kurzhaarschnitt. Sie musterte Altay skeptisch und sagte: »Ich lasse heute Abend keine Jungs mehr rein.«

»Ich bin schwul«, antwortete Altay und durfte hineingehen. Jonoun und Leyla folgten ihm. Im Club verloren sie sich sofort aus den Augen.

Ein älterer Mann in kariertem Hemd kam auf Altay zu und sagte auf Englisch: »You're cute! Are you cut?«

»Gosh, buy me a drink first«, sagte Altay und verschwand in der Menge.

Die Frauen gingen hinaus, um durch das weitläufige Areal zu spazieren, und diskutierten betrunken über die Frage, mit welchem schwulen Mann sie am ehesten schlafen würden.

Als die Sonne aufgegangen war, setzten sie sich ins Taxi und fuhren zum Paul-Linke-Ufer. Im Kanal schwammen einige Schwäne, voller Aggressionen und mit verdrecktem Gefieder. Jonoun und Leyla fingen an sich zu küssen, Jonoun ließ ihre Hände entlang Leylas Rippenbögen wandern, schob ihr Kleid ein wenig höher, doch Leyla wehrte ihre Avancen ab.

Sie hatten schon seit Wochen nicht mehr miteinander geschlafen, genaugenommen seit dem Tag, an dem Jonoun ausgezogen war. Nacht für Nacht lag Jonoun wach und fragte sich, warum.

In der ersten Woche sagte Leyla zu ihr: »Es liegt nicht an dir, ich bin nur so fertig von der Aufführung.« Jonoun war bis dahin gar nicht auf den Gedanken gekommen, es könnte tatsächlich an ihr – oder eher an ihrem Körper – liegen. Sie hatte immer die Arroganz einer Frau gehabt, die schon um ihrer Jugend willen begehrt wurde. Doch diese wich nun einer Unsicherheit, der Unsicherheit einer jungen Frau, die zum ersten Mal nicht einen Mann, sondern eine andere, jüngere und viel schönere Frau begehrt.

Das eigentliche Problem war, dass sie sich nicht verstanden – sie konnten weder die Emotionen noch die Körpersprache der anderen lesen. Jonoun wusste auch nicht, was Leyla eigentlich an ihr fand, denn sie hatte von ihr noch kein einziges Kompliment erhalten. Leyla verbrachte mehr und mehr Zeit an der Staatsoper. Wenn sie nicht trainierte oder probte, hatte sie einen Auftritt, ein Gastspiel, einen

Termin beim Physiotherapeuten oder eine Kostümprobe. Leyla verhielt sich wie eine flüchtige Bekanntschaft, die den Grad der gemeinsamen Intimität und den eigenen Zeitaufwand erst noch kalkulieren musste.

Jonoun sehnte sich nach Leyla. Sie wollte mehr Nähe, mehr Beziehung, sie wollte nicht verlassen werden. Zugleich wusste sie, dass sie zu viele Feinde hatte – selbst wenn sie Altay besiegen sollte, gegen das Ballett würde sie niemals ankommen. Es hatte keinen Sinn. Jonoun machte an jenem Abend mit Leyla Schluss, und Leyla fiel es nicht einmal auf.

- 6

Leyla wartete auf Jonoun. Sie hatte schon vor einer Weile festgestellt, dass Jonoun unter dem Berlin-Syndrom litt. Jonoun warf sich in die Nächte hinein, wollte sich und den eigenen Körper verlassen und wusste dennoch insgeheim, dass sie nicht zur Süchtigen taugte. Das Handy lag stumm neben ihr, Leyla formte Kügelchen aus dem weichen Inneren des Baguettes, rollte sie über den Tisch und schnipste sie aus dem Fenster. Leyla mochte Jonoun, sie mochte ihren Duft, die Wärme ihrer Haut und ihre Kleider, die vom absoluten Leichtsinn zeugten. Wenn Jonoun nicht in ihrer Nähe war, vermisste Leyla sie, doch wenn sie abends nach Hause kam, war der Zauber verflogen. Sie hätte Jonoun lieber ab und an irgendwo besucht, in einem anderen Stadtteil oder auf einem anderen Kontinent. Es war Altay, der sie daran hinderte, Jonoun zu verlassen, denn er behandelte sie wie ein ungeliebtes Haustier. Und das betrachtete Leyla als einen Affront gegen sich selbst.

Das Radio plätscherte vor sich hin. Es war Hochsommer und die Luft stand. Durch das offene Fenster flog eine Schmeißfliege herein und sauste um den Kochtopf. Jonoun kam fünfzig Minuten zu spät, ganz verschwitzt, in einem weißen Sommerkleid und mit glühenden Wangen. Der Reis war bereits kalt. Das Fleisch hatte Layla ohnehin anbrennen lassen.

Jonoun zog ihre Sandalen nicht aus, obwohl sie wusste,

dass Altay es hasste, wenn sie ihre Straßenschuhe in der Wohnung anbehielt, weshalb er im Flur eine riesige Urne mit Hausschlappen aufgestellt hatte. Jonoun setzte sich an den Küchentisch und drehte sich eine Zigarette, wobei sie ganz selbstverständlich nach Leylas Filtern griff. »Ich muss dir was erzählen.« Ihre Stimme klang gehetzt.

»Was ist?«, fragte Leyla.

»Wozu kochst du, wenn du sowieso nichts isst?«, fragte Jonoun, und dann, um das Gesagte etwas abzumildern: »Ich meine, du trainierst so viel, kannst du nicht mal vernünftig essen?«

»Ich esse vernünftig – das ist es ja gerade. Bei einem Balletttraining werden nur 250 Kalorien verbraucht, der Fettspeicher wird nicht einmal angegriffen.«

»Wie auch immer«, sagte Jonoun und nahm sich Reis. Sie zögerte einen Moment und sagte dann: »Ich habe mit einem Mann geschlafen.«

Leyla sah sie ungläubig an, setzte zum Sprechen an, schloss ihren Mund jedoch wieder, ohne etwas gesagt zu haben.

»Leyla, ich dachte, wir sind kein Paar mehr«, sagte Jonoun unsicher.

Leyla öffnete den Kühlschrank und stellte fest: »Wir haben keinen Wein mehr, ich gehe runter und kaufe welchen, okay? Soll ich dir was mitbringen?«

Jonoun schüttelte den Kopf, und Leyla lief so schnell sie konnte aus der Wohnung, stürzte die Treppe hinunter und atmete erst vor der Haustür wieder ein.

Draußen schien noch immer die Sonne. Menschen hasteten vorbei, dünne, dicke, große, kleine. Direkt neben ihrem Haus war ein kleiner Spätkauf, der an die zwanzig Sorten Wein führte, aber drinnen war es dunkel und eng.

Außerdem roch es nach der unangenehmen Mischung aus Bier, Erbrochenem und Urin. Leyla beschloss, möglichst langsam zum Supermarkt zu laufen. Der Weg war von kleinen Krämerläden, hippen Restaurants, heruntergekommenen Eckkneipen, Läden mit abgedunkelten Schaufenstern, Hühnergrills und arabischen Brautmodengeschäften gesäumt. An der Bordsteinkante vor dem Supermarkt saßen alte Männer mit sonnenverbrannter Haut, stanken vor sich hin und tranken. Leyla dachte an Jonoun, an ihr weißes Kleid, in dem sie so unschuldig aussah, und die großen silbernen Ohrringe, die bei jedem ihrer Schritte klackerten, manchmal auch zwischen Leylas Beinen. Mittlerweile stand sie vor dem Obst- und Gemüseregal. Sie pflückte ein paar Trauben und schob sie sich in den Mund. Dann ging sie zur Kühltheke, nahm eine Packung Milch und stellte sie gleich wieder zurück, immerhin hatte sie Jonoun gesagt, sie würde Wein kaufen, nur Wein also, aber vielleicht sollte sie zum Wein auch Nüsse besorgen, also ging sie weiter, konnte sich aber nicht entscheiden. Oder Käse. Leyla rannte zurück zur Abteilung mit den Milchprodukten. Das Kühlregal wurde von einem dürren Mädchen blockiert, das den Joghurt mit dem geringsten Fettanteil suchte, Leyla beobachtete sie eine Weile, ihre Beine waren lang, aber vom Umfang eines Joghurtbechers. Leyla schob sie zur Seite und griff nach einer Packung Milch, dieses Mal nach einer aus der Bio-Ecke, und machte sich wieder auf den Weg zu den Alkoholika. Nur konnte sie sich für keinen Wein entscheiden. Sollte sie den italienischen oder den französischen nehmen? Rot oder weiß? Und wie viel Geld sollte sie für die Flasche ausgeben – was wäre in dieser Situation angemessen? Sprach tatsächlich etwas gegen den kalifornischen? Überhaupt, konnte ein Wein, der fünf Euro kostete und aus Kalifornien nach Deutschland transportiert worden war, gut sein? Ökologisch war er schon einmal nicht, stellte Leyla fest und fragte sich im selben Augenblick, was sie eigentlich der Umweltschutz anging. Vor allem jetzt. Schließlich ging sie dazu über, die einzelnen Weinsorten aufzuzählen, das hatte eine beruhigende Wirkung.

Als sie mit dem Wein in der Hand die Treppe zu ihrer Wohnung hochlief, sah sie vor der Nachbarstür eine Mutter mit ihrem Kind. Leyla kannte die Frau, sie war geschieden, arbeitete als Zahnärztin und war meistens in graue, knielange Röcke und weiße Blusen gekleidet. Ihr Kind wohnte nur an den Wochenenden bei ihr. Sie war rundlich, aber nicht dick, blass und wirkte immer ein wenig verärgert. Leyla grüßte, während das Kind zu seiner Mutter sagte: »Sieh mal, Mama, da steht ein Mann und winkt.«

Die Mutter sagte: »Unsinn« und schaute dennoch in alle Richtungen. Wahrscheinlich hatte sie Angst vor einem Pädophilen. Dann bemerkte das Kind Leyla und drehte seinen Kopf zu ihr: »Siehst du den Mann? Du musst ihn doch sehen.«

Leyla schüttelte den Kopf.

»Tut mir leid«, murmelte die Kindesmutter. In diesem Augenblick rutschte Leyla aus und fiel die Treppe hinunter. Ein paar Augenblicke lang lag sie benommen auf dem Treppenabsatz. Die Nachbarin stürzte hektisch zu ihr und fragte, ob alles in Ordnung sei.

Leyla nickte, bedankte sich und stand auf. Als sie auf ihr rechtes Bein trat, durchfuhr ein jäher Schmerz ihren Knöchel. Die Kindesmutter erkundigte sich nochmals nach ihrem Wohlbefinden, in ihrer Stimme schwang die Hoffnung mit, möglichst schnell wegzukommen. Leyla versicherte, dass alles in Ordnung sei, trat noch einmal auf den Knöchel, der Schmerz war diesmal heftiger. Sie verlagerte ihr Gewicht, bedankte sich bei der Nachbarin und stieg die Treppe hinauf.

Jonoun saß in der Küche, sie hatte nicht einmal ihre Körperhaltung verändert, seitdem Leyla gegangen war. Den Reistopf hatte sie jedoch zu sich geschoben und aß direkt daraus. Als sie Leyla sah, legte sie die Gabel aus der Hand. Leyla öffnete bedächtig den Wein, der Korken glitt langsam heraus, und sie war überrascht, dass sie ihn überhaupt herausbekommen hatte. Sie bot Jonoun ein Glas an, das diese jedoch ablehnte. Das empfand Leyla wiederum als Affront.

»Was ist mit deinem Kleid passiert?«, fragte Jonoun.

»Nichts«, antwortete Leyla.

»Weißt du, es ist einfach so passiert, wir haben den ganzen Abend miteinander verbracht, ziemlich viel getrunken, und der Sex gehörte irgendwie zum Programm. Es hatte nichts zu bedeuten.«

»Okay«, sagte Leyla und schaute sich verstohlen ihren Knöchel an. Er pochte und war leicht geschwollen. Es war der rechte, an dem sie schon operiert worden war.

»Wirklich nichts?«, fragte Jonoun.

»Nichts«, sagte Leyla wieder und trank das ganze Glas auf ex. Ihre Handteller waren verschwitzt, die Gedanken rasten, sie war nicht in der Lage zu fokussieren. Sie wusste, dass diese Verletzung ernst war.

– 5

Der Mann, mit dem Jonoun geschlafen hatte, sah aus wie ein kleiner Junge, hatte aber schon vor zwei Jahren seinen dreißigsten Geburtstag gefeiert. Er hatte ein schüchternes Lächeln und perfekte weiße Zähne. Auf seiner linken Hand war eine herzförmige Narbe, die er sich zugezogen hatte, als er im Alter von acht Jahren auf dem Bauernhof seiner Großmutter vor einem Bullen weggerannt war.

Sie hatten sich auf einer Vernissage kennengelernt und miteinander getanzt, und Jonoun hatte ihn mit nach Hause genommen. Er hatte ebenfalls mit Kunst zu tun und küsste recht anständig. Am nächsten Morgen blieben sie noch eine ganze Weile nebeneinander liegen, und als er ging, umarmte er sie fest, und Jonoun wusste, dass er ihr gehören würde. Wenn sie nur wollte. Zunächst war Jonoun davon ausgegangen, dass ihr Verlangen nach Leyla mit der Zeit nachlassen würde. Sie konnte sich nicht erklären, weshalb sie mit siebenundzwanzig zum ersten Mal eine Frau begehrte und weswegen ihr Verlagen nach jeder gemeinsam verbrachten Nacht proportional zu ihrer Lust gestiegen war. Und nun musste sie ihr ganzes Leben umdenken.

Einige Tage später trafen sie sich wieder, der *Österreicher* liebte Jonoun ausführlich, streichelte, liebkoste und küsste ihren ganzen Körper. Jonoun mochte seinen Geruch und erinnerte sich an all das, was sie einst in langen Nächten über das männliche Begehren gelernt hatte. Der *Österreicher* war ganz anders als all die Männer vor ihm: sanft, anschmiegsam und okay. Er sagte, er würde sie brauchen und es ohne sie nicht mehr aushalten. Sie war überrascht, es ging zu schnell, klang zu artifiziell, doch dann beschloss sie, eine funktionierende Beziehung stünde ihr zu, nach all dem Leid.

Selbst sein Körper war sanft und kaum behaart. Fast der eines Mädchens. Das Gesicht war süßlich, vertrauenswürdig, obwohl die Züge weich und verschwommen waren. Als hätte ein Kleinkind sie mit Wachsmalstiften nachgezeichnet. An manchen Tagen war er sexy. Grundsätzlich ging es jedoch nicht um das fiebrige Begehren des Unbekannten wie bei Leyla, sondern um simplen, zuverlässigen Sex.

Manchmal sah Jonoun sich schon sein Kind austragen. Das Wegdenken der heteronormativen Werte bereitete ihr mehr Probleme, als sie zugeben mochte. Sie hatte die aufdringlich neugierigen Blicke nicht ertragen, die Leyla und ihr zugeworfen wurden, wenn sie als Paar durch die Stadt liefen, und sie wollte eigene Kinder. Obwohl oder vielleicht gerade weil sie selbst aus einer nichtexistierenden Familie kam, war sie immer davon ausgegangen, irgendwann selbst eine zu haben, und eine Familie, waren das nicht stets Vater, Mutter, Kind und vielleicht noch ein zweites oder drittes? Ein VW-Kombi? Ein Reihenhaus? Einmal hatte sie Leyla nach ihrem Kinderwunsch gefragt. – »Klar wollen wir Kinder haben«, antwortete Leyla und meinte Altay statt Jonoun.

Der einzige Mensch, den der *Österreicher* aufrichtig liebte, war seine Oma, die sich in der steirischen Provinz hinter

Jesus-Gleichnissen verschanzte. Mit seinem besten Freund, der ebenfalls Graphiker war, sprach er hauptsächlich über Berufliches, manchmal gingen sie ins Kino, um sich die neuesten Hollywoodfilme anzuschauen, aber eigentlich saugte er aus ihm nur Informationen heraus, die seiner Karriere behilflich waren.

Ein paar Wochen später nahm der *Österreicher* sie mit zu einem Abendessen bei jenem Freund. Er hatte grobschlächtige Züge und wulstige Lippen, die den Gegensatz zwischen seinem faschistoid anmutenden Haarschnitt und der ultrahippen Kleidung ins Absurde steigerten.
   Zu Jonouns Erleichterung wurde die Tür von einer jungen Frau im kurzen Jeansrock geöffnet. Maria war die beste Freundin des Gastgebers, und sie führte Jonoun durch die Wohnung, wobei sie ihren Arm ergriff und sofort ins Plaudern geriet. Unbehagen breitete sich in Jonoun aus, denn seit Leyla hatte sie keine andere Frau begehrt. Die Wohnung war geräumig und leer, der Gastgeber stand zusammen mit den anderen Gästen in der kleinen Küche. Alle drängten sich um den schmalen Küchentisch, auf dem eine Flasche Wein und eine Schale mit Apfelsinen standen.
   Die Zusammenstellung der Gäste war typisch für jene Wohngegend in Berlin-Mitte, zwei waren Künstler, die von ihrer Arbeit kaum leben konnten, ein reicher Erbe, der nicht mehr wusste, wohin mit seinem Geld, dann noch eine Graphikerin und ein Journalist mit ernstem Blick, den er hinter einer überdimensionalen Brille versteckte. Marias Gesicht funkelte, sie hatte eine schmale Nase und eng nebeneinanderstehende Augen, wodurch sie wie ein Adler aussah.

Der *Österreicher* brachte Jonoun ein Glas Wein, sie trank es auf ex und lächelte. Er schaute sie besorgt an, fragte, ob sie nervös sei, und Jonoun errötete, da sie seine Frage missdeutete. Er streichelte ihre Hand und flüsterte ihr irgendetwas Schönes ins Ohr. Sie hörte kaum hin.

Maria stellte die Vorspeisen auf den Tisch und sagte, sie wolle zuerst duschen. Am Tisch waren alle irritiert, wollten jedoch mit dem Essen auf sie warten. Der Gastgeber erzählte in aller Ausführlichkeit von seiner letzten Trennung, und Jonoun betrachtete nachdenklich sein Bücherregal, in dem sich statt Büchern DVDs stapelten. Sie stand auf, um die Titel besser lesen zu können, und setzte sich einen Augenblick später enttäuscht wieder hin. Die Wände waren mit konventionellen Modefotografien geschmückt.

Das Gespräch war schon lange an Jonoun vorbeigegangen, doch sie hatte ohnehin keine Lust, daran teilzunehmen, und begab sich auf die Suche nach der Toilette. Die Badezimmertür war nicht abgeschlossen. Darin stand Maria, die gerade aus der Dusche kam. Ihre Blicke begegneten sich. Marias Haut war von feinen Wassertropfen benetzt. Sie hatte einen außergewöhnlich schönen Körper. Jonoun zwang sich, den Blick von Marias Körper abzuwenden, murmelte eine Entschuldigung und schloss die Tür rasch wieder.

Im Wohnzimmer setzte Jonoun sich wieder an den Tisch und lächelte ihren Freund an, der gerade in ein Gespräch mit Marias Partnerin vertieft war. Jonoun konnte an nichts anderes mehr denken als an Marias muskulösen Körper. Kurz darauf erschien sie, nach blumigem Shampoo riechend und in ein grünes Seidenkleid gehüllt. Sie grinste Jonoun an. Als sie den Hauptgang reichte – Kalbsmedaillons, in Butter gebraten, mit Kognak abgelöscht und mit Feigen serviert, beugte Maria sich tief über Jonoun, und ihre Hand streichelte wie zufällig ihren Oberschenkel.

Während Jonoun in jener Nacht mit ihrem Freund schlief, stellte sie sich vor, seine Hände wären Marias, und dachte, dass er ihre Schenkel zu weit spreizte, am nächsten Tag würde sie gewiss Muskelkater haben. Gegen Morgen träumte sie von Leyla und war enttäuscht, als sie nicht neben einer Frau, Maria oder Leyla, aufwachte.

- 4

Als der *Österreicher* erfahren hatte, dass Jonoun jüdisch war, hatte er eine ganze Weile lang geschwiegen. Ein paar Tage später, sie saßen gerade in einem Café und aßen Sachertorte, deren dunkle Kuvertüre knackte, wenn sie mit der Gabel durchbrochen wurde, sagte der *Österreicher*, einer seiner Vorfahren sei Kriegsverbrecher gewesen. Ihr Tisch stand direkt vor einem großen Panoramafenster. Draußen wurde der graue Himmel schwarz, und Fußgänger hasteten mit aufgespannten Regenschirmen an ihnen vorbei.

»In welchem Krieg?«, fragte Jonoun trocken.

»Zweiter Weltkrieg.«

»Was hat er gemacht?«

»Es war nur der Bruder meiner Oma.« Seine Hände zitterten. Es würde nicht lange dauern, bis er Jonouns Wasserglas umwarf.

»Großonkel. Deiner«, korrigierte ihn Jonoun.

Der *Österreicher* zuckte mit den Schultern.

»Was hat er gemacht?«, wiederholte Jonoun, nun etwas lauter.

»Er war in Vilnius.«

»Was hat er gemacht?«

»Er war eine Art Verwalter«, nuschelte der *Österreicher*, während er mit einer Serviette den Tisch trocken wischte.

»Wen hat er verwaltet?«

Keine Antwort.

»Wen hat er verwaltet?«, wiederholte Jonoun.

»Leben.«

Jonoun schluckte: »Doch nicht etwa der Schlächter von Vilnius?«

»Du kennst ihn?«, fragte der *Österreicher* überrascht, und Jonoun meinte in seiner Stimme einen gewissen Stolz herauszuhören.

»Jeder kennt ihn«, sagte Jonoun. Ihr Ton war scharf und bitter.

Nach diesem Gespräch ließ Jonoun ostentativ ausgedruckte Artikel und Wikipedia-Einträge über Franz Murer in ihrer Wohnung liegen, doch der *Österreicher* ignorierte sie. Für ihn war das Thema erledigt. Jonoun dagegen las sie immer wieder. Der Schlächter von Vilnius lebte seelenruhig in Österreich weiter, bis 1994, während unter seiner »Zuständigkeit« in Vilnius die jüdische Bevölkerung von 80 000 auf 600 Personen gesunken war. Murer wurde von einem österreichischen Gericht freigesprochen. Jonoun fand Fotografien von ihm als jungen Mann und sogar sein Hochzeitsfoto. Auf diesem sah er dem *Österreicher* ähnlich, nur die Nase nicht, die war ganz anders, und auch die Gesichtszüge des *Österreichers* waren weicher, unentschlossener. Franz war der Vorname beider.

Gemeinsam fuhren sie für ein paar Tage weg, wahrscheinlich war das seine historische Wiedergutmachung. Es war eine Reise ins Grüne, ohne klares Ziel. Sie schliefen in winzigen Pensionen an der Ostsee, wo sie oft die einzigen Gäste waren. Jonoun schenkte ihm die Studienausgabe der *Wohlgesinnten* von Jonathan Littell.

Am Meer machten sie lange Spaziergänge, während

derer sie kaum sprachen, und in Rostock entdeckten sie einen Laden, dessen Schaufenster Marienfiguren schmückten. Jonoun wollte unbedingt eine haben und zog den Jungen hinter sich in den Laden.

Das Geschäft war klein und vollgestopft mit Objekten, von christlichen Devotionalien war jedoch keine Spur mehr zu finden – dafür quollen die Regale vor lauter Feldpost aus dem Zweiten Weltkrieg über, Büchern mit Titeln wie *Unser Kampf in Afrika* oder *Himmler*, alten Uniformen, Ehrenkreuzen für Frontkämpfer, dazwischen ein silbernes Mutterkreuz und sehr prominent plaziert: eine vergoldete Hitlerbüste. Jonoun betrachtete den Ladeninhaber, er war mittelgroß, hatte einen leichten Bauchansatz und graumeliertes Haar. Er war etwas fahl im Gesicht, ansonsten ganz und gar unauffällig. Ein braver Bürger. Daraufhin sah Jonoun den Jungen an. Sein Gesicht war undurchdringlich. Als er merkte, dass Jonoun ihn anstarrte, wandte er sich ab und bewegte sich auf den Ausgang zu. Auf einem der Regalböden lag eine Katze. Jonoun streckte ihre Hand nach dem Tier aus und streichelte es. Die Katze schnurrte zufrieden, und im selben Augenblick nahm Jonoun ihre Hand zurück. Sie hatte eine Nazi-Katze gestreichelt.

Auf der Straße schwieg der *Österreicher* verbissen, er nahm lediglich Jonouns Hand und drückte sie etwas zu fest. Eine rechteckige Frau im filigranen Chanel-Kleid aus altrosa Seide und einem plissierten Rock eilte an ihnen vorbei. Sie hatte einen militärischen Kurzhaarschnitt, Krampfadern und eine Louis-Vuitton-Handtasche. Der *Österreicher* und Jonoun blickten ihr lange nach, doch es blieb nur eine schwere Parfumwolke zurück.

Erst am Abend, bei Klößen und Wein, kamen ihnen die Worte zurück. In der Nacht schliefen sie engumschlungen ein, und sein zerknautschtes Morgengesicht gab Jonoun Nestwärme, vor allem nachdem sie die ganze Nacht von Leyla geträumt hatte.

Nach dieser Reise verschwand der Junge für mehrere Tage. Als er wiederauftauchte, distanzierte er sich mehr und mehr – innerhalb von zwei Wochen wurde er zu einem Fremden, entzog sich komplett und schlief nur noch ein einziges Mal mit Jonoun, wobei er sich nicht länger als vier Minuten Zeit nahm. Jonoun versuchte weder, ihn wiederzugewinnen noch zu halten. Seit der Trennung von ihrem Ehemann wurde sie von jedem Mann verlassen. Das Interesse der Männer hatte stets eine Halbwertszeit von drei Monaten, danach suchten sie sich eine Schönere, Schlankere, Unkompliziertere und zunehmend: Jüngere.

Jonoun arbeitete noch immer als Barkeeperin und DJane. Eines Abends kam es zu einem Zwischenfall mit einem Gast. Dieser war der Meinung, sein Cocktail sei nicht stark genug, und verlangte, dass *Puppe*, so nannte er sie, nachschenke. Jonoun weigerte sich, sowohl sich *Puppe* nennen zu lassen als auch nachzuschenken, woraufhin der Gast sie am Genick packte und ihren Kopf zweimal und mit voller Wucht gegen den Tresen schlug. Sie wurde ins Krankenhaus eingeliefert, und auf dem Röntgenbild war deutlich zu erkennen, dass ihre Nase mehrfach gebrochen war. Sie rief den *Österreicher* an, doch der wollte nur wissen, ob es etwas Ernstes sei. Als Jonoun verneinte, wünschte er ihr gute Besserung.

Danach hängte sie ihren Job an den Nagel. Sie fand eine neue Stelle in einer Galerie, wo sie Kunst verkaufte. Zu ihrer Überraschung war sie richtig gut darin, zu erraten, was ihre Kunden am meisten begehrten. Anschließend hielt sie eine kleine Ansprache, in der sie eines der Kunstwerke aus dem Depot ihrer Galerie als das genaue Äquivalent zu ebendiesen Wünschen darstellte. Der Umsatz stieg immens.

– 3

An einem grauen Nachmittag im späten Oktober hatte Leyla auf Jonoun vor ihrem Haus gewartet, sie hatte sich in ein Café gesetzt, von dem aus sie die ganze Straße überblicken konnte. Die Tage wurden kälter, die Sonne erwärmte den Asphalt nicht mehr und verschwand bald fast vollständig hinter einer dicken Wolkenschicht. Die wenigen Café-Besucher saßen draußen, in Decken eingewickelt und in der unmittelbaren Nähe von Heizungspilzen. Leyla bestellte sich ein Glas Wein, dann ein zweites und schließlich einen doppelten Whiskey. Ihre Krücken lehnten neben dem Tisch. Beim Sturz im Treppenhaus hatte sie sich den Knöchel verstaucht und war drei Wochen lang krankgeschrieben. Auf dem Tisch lag die Zeitung vom Vortag, Leyla schaute sie an und dachte, das größte Problem mit ihrem Leben sei, dass es nicht geradlinig verlief. Sie wusste nichts über ihre Ziele, wusste nicht einmal, ob sie sich für die richtige Strecke entschieden hatte. Also nahm sie einen Stift und zeichnete eine Gerade aufs Zeitungspapier, mit einem Ausgangspunkt und einem Ende. Sie versuchte sich an den Geometrieunterricht zu erinnern, natürlich gelang es ihr nicht, weshalb sie noch zwei Linien hinzufügte, sodass sie nun ein Dreieck vor sich hatte:

Moskau war eindeutig das Zentrum, was sie sich nicht wirklich erklären konnte. Vor allem, da Dreiecke kein Zentrum im eigentlichen Sinn hatten, sondern eine Spitze. Sicher war sich Leyla nur, dass Berlin sich nicht wie die Zielgerade anfühlte, und da sie keine andere Idee hatte, beschloss sie, wenigstens zum Ausgangspunkt zurückzukehren. Nachdem sie diesen Entschluss gefasst hatte, fühlte sie sich zum ersten Mal seit Wochen ein wenig besser, doch dann bog Jonoun händchenhaltend mit einem blonden Mann um die Ecke. Leyla versuchte sich seine Gesichtszüge einzuprägen, der Mann hatte jedoch ein absolut nichtssagendes Gesicht. Sie brauchten lange, um die Tür aufzuschließen, Jonoun ließ den Schlüssel fallen, und er rollte genervt die Augen.

Leyla sah noch, wie das Licht in Jonouns Zimmer anging, zahlte, griff nach ihren Krücken und winkte ein Taxi heran. Ihre Zeichnung wurde vom Wind verweht.

Als Leyla ihre Wohnung betrat, roch es nach frisch gewaschener Wäsche, und sie wusste, dass etwas nicht in Ordnung war. Sie kam nur nicht darauf, was es sein könnte.

»Wo warst du?«, hörte sie Altay scharf fragen. Seine Stimme war merkwürdig theatralisch, und der Raum lag im Dunkeln. Er musste auf sie gewartet haben, wie der betrogene Ehemann in einer lateinamerikanischen Soap. Leyla fühlte sich dieser Szene nicht gewachsen.

»Kann ich dich nicht einen einzigen Abend alleine lassen?«, fragte Leyla.

»Ausgerechnet heute?«

Draußen fuhr ein Auto mit aufgedrehter Musikanlage vorbei. Die Fenster des Nachbarhauses waren hell erleuchtet. Leyla wollte Altay zeigen, dass sie nicht ihm gehörte. Sie mochte zwar auf sein Geld und das ihres Vaters angewiesen sein, doch das hieß noch lange nicht, dass er über ihren Körper oder ihre Emotionen verfügen konnte. Sie wollte das tun, was von ihr am wenigsten erwartet wurde.

»Wieso nicht heute?«, fragte Leyla nicht minder gereizt, und dann fiel es ihr ein. Es war ihr Hochzeitstag, sie waren zum Abendessen verabredet gewesen.

»Ich habe den ganzen Abend auf dich gewartet.«

»Hättest auch einen von deinen Lovern anrufen können.« Leyla bereute diesen Satz sofort, denn er galt nicht Altay, sondern Jonoun.

Altay stand auf und machte Licht, das sich sofort in Leylas Netzhäute einbrannte. Erst jetzt bemerkte sie, dass auf dem Tisch eine selbstgebackene Torte und eine kleine Geschenkschachtel standen. Leyla sah abwechselnd Altay und den Tisch an.

Seine Augen waren traurig. Leyla betrachtete seine Gesichtszüge – in den letzten Jahren war er deutlich gealtert, er war nicht mehr der dünne Junge, den sie damals gebeten hatte, sie zu heiraten, sondern ein reifer Mann.

»Du hast recht. Das hätte mehr Sinn gemacht«, sagte Altay und ging aus dem Raum. Leyla versuchte, ihn mit ihren Krücken einzuholen.

»FASS MICH NICHT AN«, schrie er und schmiss seine Schlafzimmertür zu.

Leyla setzte sich an den Tisch und aß von der Torte. Sie schnitt sich kein Stück ab, sondern stocherte lustlos am Rand herum. Dabei dachte sie an Jonouns Körper. Jonoun war nicht direkt dick, aber weit vom Ideal entfernt. Leyla mochte ihren Körper, sie mochte seine Rundungen, seine Weichheit, die Beschaffenheit seiner Haut, selbst seine Poren. Doch sie war auch davon fasziniert, wie wenig Jonoun sich um ihren Körper kümmerte. Sie machte keinen Sport, aß, was immer und wann immer sie wollte, trank, rauchte und nahm alle Drogen, die sie kriegen konnte. Nicht selten fand Leyla sie abends in der Küche, mit einem riesigen Stück Kuchen und einer ordentlichen Portion Schlagsahne auf dem Teller.

Leyla hielt sich noch ein wenig an diesem Bild fest und aß. Sie verstand nicht, weshalb sie an Jonoun hing. Manchmal fühlte sie sich von ihr abgestoßen, fast immer, wenn sie zusah, wie Jonoun Pasta in sich hineinstopfte. Oder Hummus. Oder Kekse. Oder Eis. Aber dann überwog die Faszination für dieses Verhaltensmuster. Leyla wog sich jeden Morgen und notierte ihr Gewicht in ihr blaues Notizbuch. Auf der einen Seite stand das Gewicht und auf der anderen, was sie an dem Tag gegessen hatte. Es war niemals sonderlich viel. Verzicht ist das Brot aller Tänzer.

Einmal hatte Leyla ein paar Kilo zugelegt – die Ballettmeisterin nannte sie fortan nur noch »großes Ding«. Sie behauptete, dass in der größten Disziplin die größte Freiheit liege, und Leyla hatte ihr geglaubt. Aber vielleicht irrte sie sich auch. Denn während es Jonoun ganz gut zu gehen schien, war Leyla diejenige, deren Leben auseinanderfiel.

Leyla ging ins Bad, zog sich aus und betrachtete sich im Spiegel. Anerkennung hatte sie stets für ihren Körper bekommen, für den Körper einer Ballerina. Den gesunden, wohlgeformten und ideal-weiblichen. Das Publikum musste eine Beziehung zu ihrem tanzenden Körper herstellen, dazu musste dieser unverkennbar als ein Ballettkörper zu identifizieren sein. Ob die kinetische Wirkung davon abhing, bezweifelte Leyla, doch Engagements taten es definitiv. Sie hob das linke Bein so hoch es ging. Dann musste sie weinen, um sich selbst, um Jonoun und um ihre Ehe, aber vor allem um Altay, der sie nicht über ihren Verlust hinwegtrösten konnte. Nun weinte Leyla aus Scham. Sie weinte lautlos, die Tränen kullerten herunter und verwischten ihr die Sicht.

Sie ging in Altays Schlafzimmer, der Fußboden knarrte unter ihren Schritten, er musste sie also hören. Die Tür war nicht abgeschlossen, er war im Bett. Sie legte sich dazu, schlang ihre Arme um ihn, hielt ihn fest, so gut sie konnte. Er versuchte sie zu beruhigen, redete leise auf sie ein, streichelte über ihren Kopf, den Nacken.

Das Fenster war offen, ein kalter Luftzug drang ins Zimmer und mit ihm die alkoholgesättigten Stimmen der Nachtschwärmer. Leyla legte ihr Gesicht auf Altays Schulter, er küsste flüchtig ihren Hals. Leylas Hand wanderte über seine nackte Brust, und auch seine Hand glitt nun über Leylas Bauch, der fest und warm war, und Altay überkam eine Lust, deren Heftigkeit ihn überraschte. Er schob seine rechte Hand auf ihre Brust, die genau hineinpasste. Die linke glitt die Innenseiten ihrer Schenkel empor, berührte den Slip zwischen ihren Beinen. Leyla küsste ihn, ihre Lippen waren rissig und die Zunge fordernd. Sie drückte ihren Körper gegen seinen, griff in seine Shorts, nahm ihn kurz in den Mund, was sie aber schnell wieder seinließ, um sich auf seinen Schoß zu setzen. Sie schauten sich in die Augen, dann begann Leyla ihre Hüften zu bewegen. Leicht und rhythmisch. Das Kondom hatten sie vergessen.

Als Leyla aufwachte, war es draußen noch dunkel. Auf dem Display des automatischen Weckers leuchtete die Uhrzeit, vier Uhr zwölf. Altay schlief, der sehnige Körper von einer dünnen Decke verhüllt. Die Pupillen bewegten sich unter seinen Lidern.

Kurz vor der Dämmerung setzte der Morgenchor der Vögel ein, laut und übertrieben fröhlich, und Leyla fühlte sich im Bett neben ihrem Ehemann einsamer denn je. Über die Einsamkeit innerhalb einer Beziehung schweigen die Sufis sich aus, genauso wie Hollywood. Es galt, sich zu verlieben, einen Partner zu finden, doch was, wenn es soweit war? Wenn man neben dem Geliebten im Restaurant saß und sich nichts zu sagen hatte. Wenn man den anderen gerne mochte, wahrscheinlich sogar liebte, aber nicht mehr seine Nähe suchte.

Die Küche war dunkel, Leyla machte Licht und suchte die Schränke nach Zutaten für einen Kuchen ab: Sie wollte einen Schokoladen-Minze-Kuchen backen, den sie vor Jahren mit Altay auf einer Dinnerparty gegessen hatte, doch die Gastgeberin, eine mondäne Blondine mit scharfen Gesichtszügen und feinem Flaum, wollte ihnen damals das Rezept nicht verraten. Altay hatte mehrmals versucht, den Kuchen nachzubacken, aber es wurde nie das Gleiche. Leyla vermengte Schokoladenstückchen mit Eiern,

Mehl, Minze, kleinen Butterflöckchen und ein wenig Olivenöl.

Sie schob den Teig in den Ofen und verbrachte eine halbe Stunde wartend auf dem Küchentisch. Schließlich nahm sie den Teig heraus, der nur vage an einen Kuchen erinnerte, legte ihn auf die Arbeitsplatte, damit er abkühlte, und ging in ihr Schlafzimmer, wo sie ihre Reisetasche packte.

Altay schaute auf den Tisch, nickte und setzte sich hin. Beide tranken schweigend ihren Kaffee.

»Willst du ihn nicht wenigstens probieren?«, fragte Leyla und deutete auf den Kuchen. »Vielleicht ist er gar nicht so schlecht.«

Altay legte ein Stück davon auf seinen Teller und sah Leyla aufmerksam an.

»Wir hatten doch noch Torte«, sagte er.

»Scheiße, das hatte ich vergessen.«

»Das war's wohl«, sagte Altay. »Was willst du eigentlich, Leyla?«

»Ich weiß es nicht.«

»Wer soll es dann wissen?«

»Ich muss mein Leben für eine Weile verlassen«, sagte Leyla langsam und leise.

»Du verlässt mich«, stellte Altay trocken fest.

»Nein, ich verlasse mich.«

»Kommst du wieder?«

»Ja.«

»Versprochen?«

»Versprochen.«

Bevor Altay zur Arbeit fuhr, verabschiedete er sich mit einem Kuss von Leyla. Sie erwiderte diesen zärtlich, obwohl sie wusste, dass er sie bereits aus der Erinnerung heraus küsste.

Leyla kramte in den Schubladen nach ihrem Pass und legte ihren Ehering in den Schmuckkasten, den sie von ihrer Großmutter geerbt hatte.

- 2

Die Nachrichtensprecherin sagte, zweitausend Sperlinge seien letzte Nacht vom Himmel gestürzt. Die Ursache konnte bisher nicht geklärt werden. *Ich höre mit den Drogen auf,* dachte Jonoun und drehte das Radio lauter. Die Nachrichtensprecherin redete jedoch bereits von etwas anderem. Ihre Stimme war tief und ruhig. Jonoun ging ins Bad, versuchte dort direkt aus dem Wasserhahn zu trinken und betrachtete eingehend ihr eigenes Spiegelbild. Ihr Haar war bernsteinfarben, die Augen grün und sanft, umrundet von hellen, langen Wimpern. Die Haut unter ihren Augen war rötlich blau, und auch die feinen Falten um die Augenwinkel waren neu. Meistens war sie mit ihrem Aussehen zufrieden, an diesem Morgen jedoch erkannte Jonoun sich kaum wieder. Dafür kannte sie das Gefühl der Leere und der Traurigkeit, das sich nicht mehr abschütteln ließ, seitdem Leyla fortgegangen war, nur zu gut.

Die letzten drei Tage hatte sie durchgehend Rauschmittel genommen und im vollkommenen Glück gebadet. Am Freitag und Samstag hatte sie ein wenig Koks gezogen, in der festen Absicht, es dabei zu belassen. Aber am Sonntag überfiel sie solch eine existentielle Traurigkeit, dass sie wieder hinausmusste.

Vor dem Club gab es keine Warteschlange, Jonoun wurde sofort durchgewinkt und ihr Handrücken mit einem Stempel markiert. Drinnen, umgeben vom industriellen Dekor, gab sie ihre Jacke ab, den Erlebnishungrigen rechts und links von ihr sah man das lange Wochenende an. Es war dunkel und schwülfeucht vom Schweiß tanzender Menschen. Jenseits der dicken Hallenmauern des ehemaligen Bahnhofs war die Sonne längst aufgegangen und durchwanderte hinter Regenwolken versteckt den Horizont.

Jonoun war die Einzige, die nüchtern war. Der Mann mittleren Alters neben ihr sprühte sich gerade mit Deo ein, Jonoun ging nach oben, kaufte sich ein Bier und fing an zu tanzen. Schon bald hörte sie auf, stellte sich an die Bar, sah sich dort eine Weile gelangweilt um, erblickte Maik, einen flüchtigen Bekannten, begleitete diesen auf die Toilette und zog mit ihm einige Lines. Danach wurde alles schlagartig besser. Viele Jungs tanzten mit nackten Oberkörpern, aus ihren Hosentaschen hingen T-Shirts wie Girlanden herunter.

Maik bot ihr MDMA an, sie griff zu und tanzte, durchgerüttelt von wahren Glücksschauern vergaß sie alles, nur nicht zu tanzen. Zwischen Beleuchtung und Musik herrschte vollkommene $C_{11}H_{15}NO_2$-Harmonie. Jonoun hatte das Gefühl, mit dem Raum zu verschmelzen. Irgendwann ging sie mit Maik nach Hause, in seinem spärlich möblierten Wohnzimmer nahmen sie Ketamine, dann saßen sie engumschlungen im Taxi, seine Zunge leckte Jonouns Ohr, und schon stand sie wieder auf der Tanzfläche, der Körper ganz und gar auf die Musik ausgerichtet. Sie tanzten und schworen sich runterzukommen, aber in Jonouns Zimmer gab es noch mehr, also fuhren sie hin, hatten schnellen, mechanischen Sex und waren hinterher so verlegen, dass sie wieder in einen Club gingen.

Es war fast Mittwoch, und sie waren in Maiks Zimmer, der gar nicht mehr so jung aussah, während er auf allen vieren über den Fußboden kroch. Sie hatten seit Tagen weder geschlafen noch gegessen, Jonoun versuchte auf ihn einzureden, doch er fing an, sie zu schlagen, und warf sie aus seiner Wohnung. Erst im Treppenhaus fiel Jonoun auf, dass sie keine Schuhe und keine Hose trug und dass es draußen schneite. Sie hämmerte gegen die Tür, vergeblich. Schließlich klingelte sie bei einem Nachbarn, der sie zwar ebenfalls nicht in seine Wohnung ließ, aber immerhin die Polizei rief.

Als die Polizei eintraf, fragte Jonoun den Beamten, einen älteren, überzeugend glatt rasierten Herren, ob er ihre Schuhe und ihre Jacke aus der Wohnung holen könnte. Der Polizist nickte, und als er nach einer ganzen Weile wieder herauskam, sagte er zu ihr: »An Ihrer Stelle würde ich mich von diesem jungen Herrn fernhalten. Er denkt, Sie sind der Teufel.« Der Krankenwagen kam einige Minuten später, zwei Pfleger nahmen Maik mit und sagten, sie würden ihn in die Psychiatrie einliefern. Auf dem Nachhauseweg fragte Jonoun sich, ob Maik womöglich recht hatte. Ein leichter Regen setzte ein.

Im Radio lief mittlerweile das Neujahrskonzert. Jonoun warf schnell den Mantel über ihren Pyjama und rannte hinaus auf die Straße. Die Sonne schien zwar, wärmte aber nicht. Der Asphalt war nass und voller aufgeweichter Böller, die Pfützen, in denen sich das Regenwasser mit Bier und Sekt vermischte, stanken. Jonoun sah die Scherben des vergangenen Jahres und dazwischen auf dem Bauch liegende Vögel. Sie bibberte vor Kälte und zog die Schultern hoch.

In der Weserstraße lagen nur einige wenige Vogelkadaver, zumindest nicht mehr als sonst. Lediglich das Aufkommen der fotografierenden Touristen war höher als gewöhnlich. Der Hermannplatz war verdächtig ruhig, nur ein paar Junkies, die sich im mobilen Klohäuschen Heroin spritzten, waren zu sehen. Jonoun beschleunigte ihren Schritt. Schon vorm Eingang des zum Karstadt dazugehörigen Grillhähnchenimbisses hatte sie dreizehn tote Sperlinge gezählt. Die Hasenheide war voller Kadaver. Alle fünf Meter lag irgendwo ein Vogel. Jonoun erinnerte sich plötzlich an das Schlachtfeld von Verdun, dass sie einmal während einer Klassenfahrt besichtigt hatte.

Sie beobachtete, wie ein kleiner Junge in einem teuer aussehenden Mantel mit langem Stock bewaffnet in einem Vogel stocherte. Neben ihm baute ein Kamerateam seine Ausrüstung auf. Jonoun verließ den Park, kaufte sich einen Kaffee und nippte langsam am Pappbecher.

Als sie nach Hause zurückgekommen war, blinkte das rote Licht am Anrufbeantworter – das war kein gutes Zeichen. Jonoun zögerte, bevor sie die Kassette abhörte.

Altays Stimme hörte sich belegt und übermüdet an, und Jonoun wusste nicht, ob es an einer durchgefeierten oder durchgearbeiteten Nacht lag. Altay sprach schnell: »Jonoun, ruf mich zurück, es ist wichtig ... Leyla ist in Schwierigkeiten ... Ruf an, okay? ... Frohes neues Jahr.« Ein langer Piepton folgte.

Jonoun wusste, dass sie Leyla verlieren würde, es war nur eine Frage der Zeit. Sie wusste es seit jener Nacht, in der ihre Körper sich zum ersten Mal nicht berührt hatten. Besser: in der Leyla sie nicht berührt hatte, in der sie neben ihr schlief, vollkommen entspannt und auf dem Rücken liegend, ohne irgendeine Hinwendung zu ihr, ohne eine Aussicht auf Zärtlichkeit.

-1

Silvester hatte Altay Dienst, draußen fiel Schnee und tropfte drinnen von den Stiefeln der Kranken auf den Boden der Notaufnahme. Eine Putzfrau wischte die Pfützen auf. Bis auf die üblichen Verletzten, die mit Feuerwerkskörpern experimentiert hatten, den Opfern von Feiertags-Alkoholvergiftungen und Nachtmenschen, die infolge eines exzessiven Konsums von Modedrogen Psychosen entwickelten und nun einer nach dem anderen in der Notaufnahme erschienen, war nicht viel los. Die meisten Selbstmorde und Familientragödien hatten bereits an Weihnachten stattgefunden.

Altay nippte an seiner Kaffeetasse und versuchte so zu tun, als hörte er sich die MDMA-Geschichten tatsächlich an, telefonierte in seinem Arztzimmer mit Baku und probierte immer wieder, Jonoun zu erreichen. Sie hob nicht ab.

Gegen Mitternacht, während der Rest der Stadt den Beginn des neuen Jahres feierte, wurde Herr Amsel eingeliefert. Herr Amsel war in der psychiatrischen Abteilung kein Unbekannter. Strähnen vom dünnen weißen Haar fielen ihm in die Stirn, wodurch seine Glatze betont wurde, die Knöpfe am Latz seiner vor Dreck bräunlich gewordenen Hose waren offen und das Hemd von roten und gelben Flecken überzogen. Am Himmel waren bereits die ersten Feuerwerkskörper zu sehen. Als Altay ihn untersuchte, beschimpfte Amsel ihn und alle Mütter dieser Welt. Altay bat ihn, sich zu benehmen, woraufhin Herr Amsel anfing, Altay zu drohen, er würde seine Mutter und sich selber umbringen, dann griff er nach dem Untersuchungsbesteck und versuchte, Altay und den Pfleger damit zu bewerfen. Draußen schimmerte die Stadt im Schein der Feuerwerkskörper, und ihr Knallen bekam einen konstanten Rhythmus. Die Instrumente, im hohen Bogen geworfen, verfehlten ihren Adressaten nur knapp. Altay rief die Sicherheitskräfte, die wiederum die Polizei alarmierten, doch bevor diese überhaupt eintraf, war Amsel weg. Eine Stunde später rief er jedoch an, verlangte nach Altay und drohte, sich umzubringen.

Gegen drei Uhr morgens brachte die Polizei Amsel wieder in die Notaufnahme. Er wütete und behauptete, eine selbst für Nashörner letale Dosis eines Blutverdünnungsmittels geschluckt zu haben. Altay ließ sichtlich genervt seinen Magen auspumpen und nahm Amsel auf, nicht ohne ihn vorher fixiert zu haben. Als er am Morgen nach dem Patienten sah, war dieser bester Laune. Amsel musterte Altay und fragte ihn leise: »Was bist du eigentlich? Araber? Jugo? Türke? Ja, du bist bloß ein Türke.«

Nach dieser Episode gelang es Altay, im Dienstzimmer einzuschlafen. Als er aufwachte, rief er Leylas Anwalt in Baku an, der noch immer vorgab, nichts zu wissen, und hinterließ eine Nachricht auf Jonouns Anrufbeantworter. Er aß einen Schokoriegel und machte sich einen Instantkaffee, da die Schwestern während der Nachtschichten Amphetamine in den Filterkaffee mischten, um die Station am Laufen zu halten. Dann ging er hinunter in die Rettungsstelle.

Nach zweiunddreißig Stunden mit kaum Schlaf stand Altay vor dem Büro der Chefärztin. Frau Prof. Dr. med. Dr. phil. Zinn war eine schlanke, großgewachsene Frau, die versuchte wie Coco Chanel auszusehen, was ihr erstaunlich gut gelang. Sie liebte schmal geschnittene Kostüme und Südseeperlen. Sie trug stets mindestens eine Perlenschnur um ihren Hals und zerrte daran, wenn sie sich ärgerte. Das kam häufig vor, denn Frau Zinn war eine berüchtigte Cholerikerin. Es brauchte nicht viel, um sie aus der Fassung zu bringen: unsauber rasierte Assistenzärzte, dumme Fragen, falsche Antworten, schlechtgekleidete Psychologinnen, dicke Krankenschwestern.

Im Hochsommer hatte es ein Assistenzarzt australischer Herkunft gewagt, in kurzen Hosen bei der Arbeit zu erscheinen. Seine Beine waren bleich, dunkel behaart und von rötlichen Muttermalen überzogen. Frau Zinn starrte sie eine Weile lang an und zählte im Geiste bis fünfundzwanzig. Dann wendete sie sich ihm zu, und man sah ihr an, dass sie sich kaum beherrschen konnte: »Gehen Sie nach Hause und ziehen Sie sich umgehend um.«

»Jetzt?«, fragte der Arzt.

Frau Zinns Mundwinkel zitterten.

»Wieso?«, fragte er unsicher.

Frau Zinn zeigte mit ihrem Zeigefinger auf die entblößten australischen Schienbeine. Ihr Mundwinkelzucken wurde immer stärker.

»Aber Ihr Rock reicht doch auch nur bis zum Knie«, erwiderte hilflos der Assistenzarzt.

»Männerbeine sind hässlich!«, schrie Frau Zinn.

Sämtliche Gespräche verstummten, wenn Frau Zinn ihre Runden machte.

Allerdings mochte Frau Zinn Altay – er war stets tadellos frisiert, trug Schuhe aus weichem Leder und gebügelte Hemden, und zwar in den zwei einzigen Farben, die laut Frau Zinn bei Männern akzeptabel waren – weiß und königsblau. Ihre heterosexuellen Untergebenen schätzte sie nicht sonderlich, bei Frauen um die dreißig vermutete sie einen akuten Kinderwunsch, genau wie bei Männern um die siebenunddreißig, und sie sah es nicht ein, ihre Energie in die Ausbildung von Leuten zu stecken, die das nächste Jahrzehnt mit Windelwechseln verbringen würden. Deswegen scharte sie junge schwule Männer um sich, machte sie zu ihren persönlichen Assistenten und ließ sie nach Belieben wieder fallen.

Altay klopfte vorsichtig an ihre Tür. Das neue Jahr war bereits elf Stunden alt. Frau Zinn schaute ihn skeptisch an und deutete auf den Sessel gegenüber von ihrem Schreibtisch. In ihrem Büro war es tropisch heiß, die Möbel waren glänzend weiß und funktional. Frau Zinn richtete ihren Blick wieder auf die vor ihr aufgeschlagene Fachzeitschrift.

Als Altay sich hingesetzt hatte, fragte sie ihn unvermittelt: »Was wollen Sie?«

Altay antwortete ebenso knapp: »Urlaub.«

Frau Zinn verschränkte die Arme ineinander, hustete künstlich und fragte scharf: »Wie lange?«

»Das weiß ich nicht.«

»Reichen zwei Wochen?«

»Drei.«

»Zwei.«

»Ich brauche wirklich drei Wochen. Mindestens.«

»Es interessiert mich nicht im Geringsten, was bei Ihnen privat los ist. Wenn Sie nach zwei Wochen nicht zurück sind, brauchen Sie gar nicht wiederzukommen.« Frau

Zinns Ton war eisig, und sie zerrte an ihren Perlen. Altay verabschiedete sich schnell.

Nach zweiundvierzig Stunden verließ Altay endlich das Krankenhaus. Es war ein kalter klarer Tag, auf den Bürgersteigen lagen die Reste des vergangenen Jahres, aufgeweichte Knaller, Scherben, vereinzelte Schuhe. Altay nahm die U-Bahn, im *Berliner Fenster* war vom plötzlichen Vogelsterben in Kreuzkölln die Rede. Die Gesichter der anderen Fahrgäste waren matt, erloschen.

Zu Hause angekommen, duschte Altay und rasierte sich gründlich. Er stellte das Frühstücksgeschirr auf den Küchentisch, aber der Kühlschrank war leer. Statt zu frühstücken, bestellte er sich beim Lieferservice eine Pizza und kochte Espresso. Dann überflog er die Artikel über das Vogelsterben und die Verletztenstatistiken der vergangenen Nacht. Er wischte den Tisch ab, buchte zwei Flugtickets nach Baku und packte seine Tasche – zehn akkurat zusammengelegte Hemden, mehrere Anzüge, vorsichtshalber ein paar Krawatten, 30 000 Euro in bar, ein Reisebügeleisen und Leylas Ehering.

Altay stieg am Hermannplatz aus und suchte wie ein Augur den Himmel ab. Der war monochrom grau und taugte weder für die Antike noch für Esoterik. Stattdessen fiel ihm der eigentümliche Neuköllner Geruch auf, es roch nach Armut, ungewaschenen Körpern, billigem Parfum, fettigem Fleisch, Gummi und Klebstoff. Die Weserstraße musste beim Einmarsch der Roten Armee ähnlich ausgesehen haben wie an jenem Neujahrsmorgen.

Altay musste lange gegen Jonouns Tür hämmern, bis sie schließlich aufmachte. Ihre Augen waren starr, aber sie fiel Altay sofort um den Hals. Er stellte seine Tasche ab, schaltete alle Lampen ein, denn draußen war es schon wieder fast dunkel, und erst als das Licht brannte, ließ er seinen Blick durch die Wohnung schweifen. Am Boden verstreut lagen Kleider, Strümpfe, Schuhe und Kosmetika. Irgendetwas stank. Jonoun kicherte.

Sie setzte sich auf das Sofa, ihre bloßen Beine waren gekreuzt, und rollte einen Joint. Auf ihrem Gesicht war noch immer das Make-up der letzten Nacht, die einst sicher gezeichneten Linien und Highlights waren zu unansehnlichen Farbklümpchen getrocknet. Ihre Pupillen waren so geweitet, dass sie die Iris fast vollständig ausfüllten. Natürlich war sie sofort bereit mitzukommen. Sie fragte nicht einmal, wohin. Altay öffnete die zweite von ihm mitgebrachte Tasche und sammelte vom Boden ein paar Kleidungsstücke auf. Sein Gesichtsausdruck war angewidert.

ZWEITER TEIL

»Sie blickte ihn immer freimütiger an, und in ihren Augen lag das verschlagene, unergründliche, jahrtausendealte Rätsel, für das es nach der treffenden Beobachtung von Nietzsche keine andere Lösung als die Schwangerschaft gab.«

Viktor Pelewin, *Tolstois Albtraum*

1

Zuerst hatte Leyla nicht vorgehabt zu bleiben – eine Woche oder zwei, um sich ihrer selbst zu vergewissern. Allerdings hatte sie nicht damit gerechnet, auch hier zu versagen. Man braucht nicht auf die Midlife-Crisis zu warten, man kann sein Leben auch schon mit Mitte zwanzig wunderbar gegen die Wand fahren, und so schob sie die Rückkehr immer wieder auf. Es gefiel ihr, dass Altay sich Sorgen um sie machte, und dass der Intendant Postkarten mit Blumenmotiven schickte. Sie wusste, dass sie in der nächsten Spielzeit nicht besetzt werden würde, und so blieb sie, wo sie war, und gab vor, nicht zu wissen, weshalb.

Die ersten Wochen in Baku waren anstößig fad. Unabhängig voneinander versuchten Salome und Nazim, Leyla in die Gesellschaft einzuführen, doch sie passte nirgends dazu: Freunde hatte sie keine mehr in der Stadt, und die meisten Frauen in ihrem Alter waren bereits verheiratet und hatten Familien. Die Frauen, die ihr vorgestellt wurden, Töchter von Freunden ihrer Eltern, machten alle einen frustrierten Eindruck auf Leyla. Jede von ihnen war auf ihre eigene Art gedemütigt und misshandelt worden. Eine ganze Armee unglücklicher Madame Bovarys.

Nach zwei Wochen lernte Leyla Rezas Clique kennen. Die Kids gehörten der reichsten Schicht an, waren alle zwei- oder dreisprachig, hatten in Europa, den USA und Saudi-Arabien studiert, kümmerten sich wenig um die

Befindlichkeiten ihrer Eltern, feierten Partys auf Jachten, hatten alle nur erdenklichen Privilegien und fuhren Autorennen. Der Westen hatte sie enttäuscht. Er war ihrer Kaufkraft nicht gewachsen, und die Demokratie galt nicht für Inhaber ausländischer Pässe – vor allem nicht für solche aus *bösen* Ländern. Die Möglichkeiten des Westens hatten sie bereits in den amerikanischen Colleges und Grad-Schools ausgezehrt, und an Sex mangelte es in keiner Gesellschaft.

Sie arrangierten sich mit der Ausweglosigkeit wie mit dem Beton, der sie umgab, und glaubten an nichts und niemanden: Die arabische Revolution lag auf Eis, und nach einer kaukasischen stand niemandem der Sinn – vor allem mit Blick auf Syrien.

Keiner von ihnen hatte Leyla zugetraut, ein Rennen zu fahren, geschweige denn eins zu gewinnen. Doch allen wurde schnell klar, dass Leyla mutiger und stärker war, als sie selbst. Vielleicht lag es auch daran, dass sie als Einzige nichts dagegen hatte, ihr Leben zu verlieren.

Nach ihrem ersten Rennen fühlte Leyla sich unendlich frei. Reza hatte ihr auf einer Party MDMA zugesteckt und erklärt, dass die Rennen absolut sicher seien – der Regierung wären sie lieber als die Revolution. Sein Vater war Minister. Leyla entgegnete, dass Sicherheit sie langweile.

Ein paar Tage später trafen sie sich in einer Werkstatt im Zentrum der Stadt. Es roch nach Schwefel. Fünf sowjetische Autos standen in einer Reihe, auf dem Boden lag Werkzeug verstreut, ein Wagenheber, hydraulische Hebevorrichtungen und Ersatzreifen. Von hier aus startete das Rennen, das durch die Innenstadt führte, entlang der Neftchilar Avenue, die längs der Meeresküste verlief, hoch zur

Straße des 28. Mai und dann in das Gewirr der schmalen, schummrigen Seitenstraßen bis zum Hauptbahnhof. Leyla und Reza lagen die meiste Zeit über gleichauf, doch kurz vor dem Basar gelang es ihr, seinen Wagen zu überholen und als Erste ins Ziel zu kommen. Leyla fühlte sich wie Grace Kelly in Monaco.

Reza stieg aus, grinste und schüttelte ihr die Hand. Anschließend zog er sie an sich und küsste sie. Leyla gab ihm eine schallende Ohrfeige. Er lachte, und Leyla fing an, ihre Homosexualität in Frage zu stellen.

Direkt nach dem Rennen wechselte die Clique ihre Autos, schrottreife Zighulis wurden gegen Mercedes und BMWs ausgetauscht. Rezas Eltern besaßen ein Sommerhaus mit direktem Meerzugang und Hubschrauberlandeplatz in einer gated community nördlich von Baku. Wie in den meisten strengen Regimen fanden auch hier die wirklich interessanten Partys in Privathäusern statt. In einer Kolonne rasten sie gemeinsam zu Rezas Haus, vorbei an Gebäuden, deren Architektur stets eine schlechte Kopie von irgendeiner domestizierten Epoche war, angefangen beim indischen Kolonial- bis zum französischen Landhausstil, wobei für die Vorgärten grundsätzlich vermeintlich antike Statuen und Rokoko-Brunnen verwendet wurden. Als die Gegend noch teurer wurde, wandelte sich auch der Baustil, und die Villen trugen Handschriften internationaler Architekten.

Eine stabile Mauer trennte die Siedlung der Reichen von den umliegenden Dörfern der Landbevölkerung. Um hineinzukommen, musste man den Wachposten einer privaten Sicherheitsfirma passieren. Die Wachen salutierten vor Rezas Wagen.

Die Villa befand sich hinter einem eisernen Zaun und großen Hecken. Im Hof wuchsen imposante Palmen, und von der großen Veranda aus sah man das Kaspische Meer, an den gegenüberliegenden Ufern lagen Russland, Turkmenistan und Iran – alle voller Verbrechen und Verheißungen.

Das Haus füllte sich allmählich mit stark geschminkten Mädchen in Haute Couture und Jungs, die über deren Juwelen wachten. Auch Leyla hatte ihre Jeans gegen ein Crêpe-de-Chine-Kleid eingetauscht.

Auf mehreren Tischen standen überbordende Früchtekörbe, Silberschalen mit Belugakaviar, französischem Käse, spanischem Schinken, norwegischem Lachs, Patisserie, Pachlava und französischem Baguette, umwickelt mit weißen Leinenservierten. Alle Lebensmittel waren mit einem kleinen Privatflugzeug eingeflogen worden. In einer Ecke des Raums war ein Sushi-Buffet aufgebaut, hinter dem japanische Köche werkelten. Die Essstäbchen waren aus Gold, eine der zahlreichen Marotten von Rezas Mutter. Die Kellner waren in Livreen gekleidet und trugen Tabletts voller Wodka-, Champagner- und Whiskey-Gläser umher. Mehrere antike dagestanische Silberplatten mit Koks wurden zudem als Aufmerksamkeit des Gastgebers serviert.

Leyla ging hinunter in den Garten, nippte an ihrem Champagner und stellte sich an den Rand des Swimmingpools, in dem bereits mehrere Pärchen schwammen. Die Frauen trugen knappe Bikinis und die Männer Speedos. Sie alle waren schlank, braungebrannt und durchtrainiert.

Die Unterwasserbeleuchtung warf gelbes Licht auf Leyla und Reza, der sich ihr von hinten näherte. Er schenkte ihr nach. Sie tranken schweigend.

»Wieso rebellieren wir nicht richtig?«, fragte ihn Leyla nach einer Weile.

»Weil wir zu klug sind«, entgegnete Reza und zog sie hinter sich in den Pool.

Nachdem Reza mit Leyla geschlafen hatte, von hinten und im Stehen, gelehnt an die Fensterfront des Schlafzimmers seiner Eltern, mit dem Blick aufs Kaspische Meer, fuhr er Leyla in die Notaufnahme einer privaten Klinik. Das Kondom war in Leyla steckengeblieben und allen Bemühungen zum Trotz nicht mehr herauszubekommen. Der Gynäkologe, ein schmächtiger Mann mit rundem Gesicht und abstehenden Ohren, redete leise auf Leyla ein, während er in ihrem Unterleib herumfuhrwerkte, und als er das Kondom endlich herausgezogen hatte, fragte er Leyla, ob sie Beziehungen habe.

»Was für Beziehungen?«, fragte Leyla gereizt.

»Sexuelle«, antwortete der Mann. Seine Ohren wurden rot.

»Ich bin verheiratet«, sagte Leyla.

Der Arzt nickte erleichtert.

»Aber der Mann, der vor der Tür wartet, ist nicht mein Ehemann«, sagte Leyla ruhig und bestimmt.

Eine halbe Stunde später ließ Leyla sich in bester Laune und mit der Abtreibungspille in ihrer Handtasche auf den Sitz von Rezas Lamborghini sinken.

2

Neben dem Boarding-Gate war rund ein Dutzend Chanel-Tüten ordentlich hintereinander aufgereiht. Im Flugzeug nach Baku war Jonoun eine der wenigen Nichtaserbaidschanerinnen. Die meisten Passagiere waren bleiche Männer mittleren Alters mit gutsitzenden Anzügen, iPads und massiven Eheringen. Der Flug zog sich hin, Kleinkinder schrien in einer beachtlichen Lautstärke. Altay blätterte durch den *Psychiater*, Jonoun kaute an ihren Nägeln, und als sie merkte, dass es nichts mehr abzukauen gab, fing sie an, die Haut um ihre Nagelbetten herum abzureißen. Sie hatte keine Lust auf dieses Land, das sie sich als eine Mischung zwischen einem afrikanischen Entwicklungsstaat und dem Roten Platz vorstellte. Sie schlug das Reisemagazin ihrer Fluglinie auf und fuhr mit dem Zeigefinger die möglichen Routen ab, Rio de Janeiro, Bangkok, Casablanca, Beirut. Alles klang verlockender als Baku.

Die Kinder wurden noch lauter.

»Weißt du schon was Neues übers Vogelsterben?«, fragte Jonoun, während sie mit dem aufklappbaren Tablett spielte, das am Sitz vor ihr angebracht war.

Altay schüttelte den Kopf.

»Sie nennen es das Große Vogelsterben«, sagte Jonoun lakonisch.

Der Hejdar Alijew International Airport, benannt nach einem der demokratisch gewählten Präsidenten, besaß den gewissen Dritte-Welt-Charme. Altay und Jonoun zündeten sich wie die anderen Passagiere bereits auf der Gangway eine Zigarette an und wurden von der Menschenmasse zur Gepäckausgabe gelenkt. Sie waren die Einzigen, die nur ein Gepäckstück hinter sich herzogen. Eine ältere Frau vor ihnen schob einen Wagen mit drei riesigen Koffern, einer umständlich in Kartonpapier verpackten Mikrowelle, zwei Kinderfahrrädern und einem Geschirrspüler. Eine schlechtgelaunte Polizistin stempelte ihre Pässe, zwei andere, die schwindelerregend hohe High Heels trugen, beäugten Altay und Jonoun misstrauisch. Die Blicke der Staatsdienerinnen blieben auf Jonouns abgelaufenen Turnschuhen hängen.

In die Stadt hinein führte eine mehrspurige Prachtautobahn, benannt nach demselben Präsidenten wie der Flughafen. An ihren Rändern wuchsen seit Monaten Pflanzen, die ostentativ mit Wasser begossen wurden.

»Wenn es so weitergeht, wird noch ein Regenwald daraus«, sagte Altay. Alle hundert Meter standen an der Straße abwechselnd ein Polizist und ein Soldat und starrten mit glasigen Augen in die Gegend. Sie sahen aus wie ein Zitat aus einem schwulen Pornoheft.

»Staatsbesuch«, sagte der Taxifahrer auf Aserbaidschanisch und zeigte mit einer ausladenden Geste auf den kleinen Regenwald. Er hatte nur ein Bein und das dringende Bedürfnis nach Kommunikation, die Worte sprudelten in lautem Aseri aus ihm heraus, doch als er merkte, dass ihm niemand zuhörte, stellte er auf Russisch fest: »Sie haben ihr Vaterland verlassen.«

»Meinem Vaterland geht es ohne mich bestens. Das hat acht Klimazonen und einen wunderbaren Präsidenten, wie kann es ihm da schlechtgehen?«, fragte Altay, während sie am von Zaha Hadid entworfenen Hejdar-Alijew-Kulturzentrum vorbeifuhren.

Jonoun schaute melancholisch aus dem Fenster. Sie dachte an ihr vergangenes chemisches Glück und hätte am liebsten geweint. Währenddessen zogen vor ihrem Autofenster gemächlich der Hejdar-Alijew-Park vorbei sowie eine überlebensgroßen Statue des Vaters der Nation. Der Chef wendete seinem Park den steinernen Arsch zu und schaute mit Adlerblick in Richtung der ebenfalls nach ihm benannten goldenen Bank.

Altay deutete auf die Statue und sagte zu Jonoun: »Schau ihn dir an. Als ob er sagen würde, die Bank gehört mir. Rührt sie nicht an.«

Der Taxifahrer blickte misstrauisch nach hinten und beeilte sich, den Alijew-Clan in höchsten Tönen und vorsichtshalber auf Aserbaidschanisch zu loben.

Leylas Mutter wohnte in einer weitläufigen Wohnung in der Altstadt von Baku. Salomes Gesicht wurde mit jedem Jahr schöner, ihr Blick jedoch gelangweilter, was sie mit einem Übermaß an Kosmetik und Designerkleidung zu kompensieren versuchte. Jonoun erkannte in Salome sofort die Frau auf dem Porträt in Leylas Schlafzimmer.

Sie empfing sie in einem engen schwarzen Kleid, das am Rücken tief ausgeschnitten war. Jonoun und Altay bekamen jeweils zwei Küsse. Sie ließ das Gepäck der *Kinder* von ihrem Butler in die zweite Etage bringen, zündete sich eine Damenzigarette an und verkündete auf Englisch, dass sie gekocht habe.

»Gott stehe uns bei«, flüsterte Altay und schob Jonoun in den Flur.

Salome zeigte Jonoun die Wohnung, zumindest die untere Etage mit den repräsentativen Räumen. Das Wohnzimmer war weitläufig und mit Seidenteppichen ausgelegt. Unter aufwendig restaurierten Stuckrosetten hingen antike Kristallleuchter. Auf dem Tisch stand eine Silberschale mit Pfirsichen, weißen und dunklen Kirschen, Feigen und Äpfeln. Daneben waren vier Schälchen mit Nüssen, Trockenobst und Macarons gruppiert. Es gab eine lange, massive Bücherwand, überladen mit Lederbänden, die offensichtlich schon seit Jahren nicht mehr angerührt worden waren. Die Wand hinter dem Plasmafernseher war nach Art der Petersburger Hängung mit Fotografien einer glamourösen Frau geschmückt.

Jonoun betrachtete gierig die Fotos.

»Leyla sieht ihr ähnlich«, sagte sie schließlich, da sie sich genötigt sah, etwas zur Konversation beizutragen.

»Leyla ist ihr ähnlich«, ergänzte Altay.

Salome schaute Altay irritiert an und sagte: »Das ist ihre Großmutter. Eine gefeierte Volksschauspielerin, eine der ersten aserbaidschanischen Schauspielerinnen überhaupt. Sie war viermal verheiratet und hatte vier Kinder – und natürlich war sie eine der ersten geschiedenen Frauen in diesem Land. Kann man sich ja vorstellen, in den dreißiger Jahren, wer dachte da schon an Scheidung? In der Sowjetunion gab es so etwas damals schon, aber hier? Der Begriff *alleinerziehend* hat nicht mal existiert, und wenn doch, so war er den Kriegs- und Revolutionswitwen vorbehalten. Nun ja«, Salome zündete sich noch eine Zigarette an, die sie diesmal in eine Zigarettenspitze steckte. Den Rauch blies sie langsam und bedächtig aus.

»Meine Schwiegermutter mochte Künstler. Zweimal war sie mit Volksschauspielern der UdSSR und zweimal mit solchen der Aserbaidschanischen Volksrepublik verheiratet. Bei ihrer ersten Hochzeit war sie achtzehn und bei der letzten dreiundvierzig – sie hatte bei einem Gastspiel in Jerewan einen armenischen Regisseur kennengelernt. Er ist ihr nach Baku gefolgt. Zehn Jahre lang haben sie glücklich miteinander gelebt. Damals galten Armenier hier noch als Menschen. Ich würde zumindest behaupten, dass sie miteinander recht glücklich waren. Er hat sie nie betrogen oder belogen, doch er hat immer gesagt, dass er in Jerewan sterben will. Jeden Tag hat er Leylas Vater und mich besucht«, hier machte Salome eine theatralische Pause und erzählte mit ruhiger Stimme weiter: »Damals waren wir noch verheiratet. Als er eines Tages nicht wie üblich zu uns gekommen ist, haben wir uns große Sorgen gemacht. Wir sind zu ihrer Wohnung gefahren, aber da war keiner – seine Sachen waren weg, und auf dem Küchentisch lag ein Zettel: ›*Ich möchte in meiner Geburtsstadt sterben. Verzeih mir.*‹ Er hatte vielleicht eine Sauklaue, fast unmöglich zu entziffern. Leylas Großmutter hat ihn bis an ihr Lebensende mit keinem Wort erwähnt. Aber sie hat nie wieder geheiratet.«

»Was wurde aus ihm?«, fragte Jonoun, von der Geschichte mitgerissen.

»Er ist ein Jahr später in Jerewan gestorben«, sagte Salome. Sie betrachtete sich selbst ebenfalls als eine Frau, die sitzengelassen worden war, und ihre eigene Geschichte gefiel ihr ganz und gar nicht, weswegen sie vor einer Weile dazu übergegangen war, ausschließlich fremde Geschichten zu erzählen.

Der Butler kam mit einem Tablett mit Softdrinks herein. Altay und Jonoun nahmen sich jeweils ein Glas mit orange leuchtender Flüssigkeit.

Zu dritt gingen sie hinauf auf die Dachterrasse, von der aus man die ganze Bucht überblicken konnte. Das Wasser glitzerte verlockend. Teuer aussehende Rattanmöbel, Teppiche, marokkanisch anmutende Kissen und farbenfrohe Kerzen vermittelten den Eindruck einer orientalischen Märchenkulisse. Jonoun machte ein Foto mit ihrem Smartphone, Salome und Altays Gesichter sahen müde und abgekämpft aus.

Vom Wohnzimmer aus konnte man den Jungfrauenturm sehen, ein rundes, recht plumpes Gebäude aus Kalkstein. Da das Gespräch wieder stockte, erzählte Salome die dazugehörige Legende: Natürlich handelte diese von einer Jungfrau. Ihr Vater hatte beschlossen, sie eines Tages zur Frau zu nehmen. Sie bat ihn, einen Turm zu bauen und mit der Heirat zu warten, bis dieser fertig war. Als es soweit war, stürzte sie sich von diesem Turm ins Meer. Seitdem heißt der Turm Jungfrauenturm, und angehende Bräute legen dort Blumen nieder.

»In die Ehe sollte eine Frau jungfräulich gehen, das ist zumindest der gesellschaftliche Konsens«, flüsterte Salome vorsorglich in Jonouns Ohr und runzelte die Stirn, aber da sie sich nicht sicher war, ob Jonoun sie verstanden hatte, fügte sie hinzu: »Erzähl lieber nicht zu viel, mein Herz.«

»Bei der Hochzeit wird um das weiße Brautkleid ein rotes Band gebunden, das die Jungfräulichkeit der Braut signalisieren soll«, lachte Altay.

»Hatte Leyla auch so eins?«, fragte Jonoun.

»Selbstverständlich«, antwortete Altay, fast ohne zu grinsen.

»Zumindest hat ihr Ehemann sie in der Hochzeitsnacht

nicht davongejagt«, sagte Salome, und an ihren Schwiegersohn gewandt: »Eine ausgesprochen dumme Geschichte. Wisst ihr, weshalb sie den Turm in Wahrheit *jungfräulich* genannt haben? Weil er nicht erobert werden konnte. Eine kaukasische Frau würde niemals so schwach sein und Selbstmord begehen. War Natavan Khurshidbanu etwa schwach? Sie hat über ganz Karabach geherrscht, Gedichte geschrieben, Alexandre Dumas getroffen. Oder etwa Mahsati? Hier konnte eine Frau einen ganzen Krieg beenden, indem sie ihr Kopftuch abnahm und es vor die Füße der Armee warf. Wir hatten schon 1917 das Frauenwahlrecht, Liechtenstein erst 1984. Und auch heute nehmen sich die Frauen alles heraus. Schaut euch bloß meinen Ehemann an.«

Der Butler kam in Hausschuhen hereingeschlüpft und verkündete, das Essen sei fertig. Salome, Altay und Jonoun folgten ihm ins Esszimmer. Der Tisch war mit einem Porzellanservice und Kristallgläsern gedeckt. Salome nahm keinen Bissen zu sich, erkundigte sich nach Altays Arbeit und Jonouns Beziehungsstatus. Es gab Hühnchen mit Kartoffeln, beides ungenießbar. Keiner verlor ein Wort über Leyla. Salome tat, als sei ihre Tochter immer noch in Berlin und würde mit der nächsten Maschine nachkommen.

Nach dem Essen und dem obligatorischen Tee mit mehreren Sorten Marmelade und Torte telefonierte Altay mit allen Bekannten, die irgendwie dabei behilflich sein konnten, Leyla aus dem Gefängnis zu holen. Niemand wusste einen Rat. Altay und Jonoun fuhren zu dem außerordentlich hässlichen Betonklotz am Stadtrand, aber die Beamten wollten selbst gegen eine recht hohe Summe keine Auskunft erteilen. Man würde sich mit ihnen in Verbindung setzen.

3

Um nicht sofort zu Salome zurückzukehren oder der Melancholie des Heimkommens zu verfallen, schlug Altay einen Stadtrundgang vor. Er und Jonoun gingen schweigend nebeneinanderher, vorbei an prunkvollen Bauten aus der Zeit des Ölbooms, und landeten schließlich in einem schattigen Park. Die Innenstadt sah nach Zucker aus, sauber und glänzend – obwohl noch im winterlichen Tiefschlaf. Über den engen Gassen hingen Lichtgirlanden, und die Auslagen der Geschäfte simulierten Reichtum als gesellschaftlichen Konsens. Die Luft war staubig, ein kühler Wind fegte Staubkörner durch die Straßen.

Sie liefen auf den Platz der Fontänen zu. Im Sommer plätscherten dort mehrere Springbrunnen, Kinder fuhren Karussell, während die Erwachsenen Eis aßen und flirteten. Jetzt war der Platz voller junger Männer, die in Gruppen auftraten und aussahen, als hätten sie nichts zu tun.

Das Alijew-Regime hatte sich in das Stadtbild eingeschrieben. Alles in allem war der Unterschied zur sowjetischen Politikonographie nicht groß: Zu Zeiten der UdSSR war Hejdar Alijew Erster Sekretär des Politbüros in Aserbaidschan gewesen und später Vollmitglied in Moskau, 1993 wurde er Präsident des unabhängigen Aserbaidschan und schaffte es irgendwie, das zerrüttete Land halbwegs zu stabilisieren. Die Bevölkerung dankte es ihm mit ihrer ganzen Liebe, und nachdem er gestorben war, erschien es der machthabenden Nomenklatura nur folgerichtig, seinen Sohn als den nächsten Präsidenten einzusetzen. Der Sohn jedoch wollte lieber weiterhin seinem Moskauer Luxusleben frönen. Zweimal versuchte er, seinem zukünftigen Amt zu entkommen, das erste Mal floh er in die Schweiz, wurde gefasst und nach Aserbaidschan zurückgebracht, die zweite Flucht war ebenfalls erfolglos. Schließlich nahm Ilham sein Präsidentenamt an und gewöhnte sich rasch an die Macht. Ein Jahr später genoss er sie sogar sichtlich.

Die Gesichter der Alijew-Männer waren überall, ganz und gar im Orwell'schen Sinn. Ihre überdimensionalen Porträts – Vater und Sohn nebeneinander, der Vater im Smoking, der Sohn alleine oder mit seiner Ehefrau, der liebevolle Großvater mit seinen Enkeln – verschandelten das Stadtbild. Doch in Wirklichkeit gehörte das Land seiner Schwiegertochter und ihrem Clan. Das aserbaidschanische System war dem tunesischen Leïla Ben Alis nicht unähnlich.

Baku war eine alte und zudem schöne Stadt und eine, die allmählich wieder zum Leben erwachte: Vor dem letzten Krieg war sie eine Metropole par excellence gewesen, mit einem Gemisch aus Völkern, Sprachen, belebten Boulevards und dandyhaften Flaneuren, Cafés, Hochschulen, Bibliotheken und Konzertsälen. Während des Krieges war sie zunehmend verödet. Brutale Gewalt, massenhafte Emigration und Kriminalität erstickten das Leben in ihr. Nun kam es wieder zurück, noch zaghaft und aufs Stadtzentrum beschränkt, aber die Einkaufspassagen waren wieder voll, und die Regierungsgebäude leuchteten wieder hell, auch wenn sie von Soldaten mit geladenen Waffen bewacht wurden. Alte sowjetische Bauten, die bereits verfielen, wurden mit prunkvollen Fassaden versehen und ästhetisch an Dubai angeglichen, blieben innen allerdings unsaniert. Und doch war es eine andere Stadt geworden, mit anderen Einwohnern, anderen Sitten und einer anderen Sprache. Was blieb, war die Sehnsucht nach dem alten, vermeintlich einzig wahren Baku, vor allem in den Wohnzimmern der Emigranten in Los Angeles, Moskau, Berlin, Jerewan, Seoul und sogar in Baku selbst.

Mit hochgeschlagenen Kragen liefen sie entlang der Meerespromenade. Das Meer glitzerte gräulich, und auf dem Wasser schwamm ein feiner Ölfilter. Jonoun hatte sich bei Altay untergehakt und ließ sich von ihm führen. Die Promenade war voller Menschen, junge Paare, Familien mit Kleinkindern, ältere Frauen, die auf den Bänken Sonnenblumenkerne knackten und tratschten. In der Nähe war die Anlegestelle zweier Ausflugsdampfer, die im Halbstundentakt auf die offene See hinaus- und wieder zurückfuhren. Jene Schiffe waren die einzige Konstante in Baku. Wahrscheinlich waren sie sogar älter als die meisten Einwohner. Altay betrachtete sie nachdenklich, während er mit Jonoun in die kleine Teestube an der Promenade einkehrte. Auf dem Plastiktisch vor ihnen stand bald eine Teekanne, eine noch viel ältere Dose mit Würfelzucker und ein Schälchen Marmelade aus ganzen Walnüssen, die in unreifem Zustand über Tage und Wochen eingekocht worden waren. Der Besitzer, ein Mann mit zwei goldenen Zahnreihen, betrachtete sie schlechtgelaunt.

Die altersschwachen Ausflugsdampfer erinnerten Altay an die Narrenschiffe, die im Mittelalter mit Verrückten vollgeladen und auf den Flüssen ihrem Schicksal überlassen worden waren. Das brachte ihn wieder auf die Präsidentenfamilie, und sein Mund verzog sich spöttisch. Jonoun schaute ihn fragend an.

»Wer ist für dich der größte Narr?«, fragte Altay und streichelte über das dickbäuchige Teeglas.

»Was für Narren, Altay?«

»Ach, egal.«

»Hast du eine Zigarette?«

»Hier, nimm.« Altay schob ihr ein Zigarettenpäckchen zu und gab ihr Feuer. Jonoun inhalierte genüsslich und lehnte sich zurück. Einige Männer drehten sich nach ihr um. Rauchende Frauen im öffentlichen Raum wurden mit Sexarbeiterinnen gleichgesetzt.

»Altay?«

»Hm.«

»Wie ist sie wirklich?«

»Wer?«

»Leyla.«

Altay zuckte mit den Schultern: »Ist dir jemals aufgefallen, dass sie keine Versprechungen macht? Es sind immer nur wir, die ihr das Blaue vom Himmel versprechen. Manchmal glaube ich, dass es sie gar nicht gibt. Zumindest nicht wirklich. Sie lebt in jedem Moment irgendeine Rolle bis zum Äußersten aus – genau wie ihre Großmutter. Alles, was uns bleibt, ist, herauszufinden, welche es gerade ist.«

Ein Hund fing an zu bellen, er hatte gelbe, kranke Augen.

In der Nacht lag Jonoun lange wach. Sie lauschte den Geräuschen in der Wohnung, es waren nicht viele, nur das Summen der Klimaanlage, und konnte sich nicht erklären, wie sie plötzlich in einem fremden Land und bei fremden Menschen gelandet war.

4

Als Nazim erfahren hatte, dass Jonoun einen Abschluss in Malerei hatte, lud er sie in seine Galerie zum Tee ein. Nazims Ehefrau hatte eine Organisation erschaffen, der das Museum für moderne und zeitgenössische Kunst, die meisten Galerien und fast alle Künstler angehörten. Letztere mussten lediglich versprechen, sich nicht in die Politik einzumischen und sich auf die aserbaidschanischen Traditionen zu besinnen – Gobustan, Teppiche oder Mugam.

Jonoun traf etwas früher in der Galerie ein, weil sie sich umschauen wollte. Sie wurde mit der gleichen zurückhaltenden Höflichkeit empfangen wie in den Galerien von London oder New York.

Der Galerist, ein junger Mann im dunklen Anzug und von unterdurchschnittlicher Körpergröße, fragte sie herablassend, was sie wollte.

Jonoun sagte, sie interessiere sich für aserbaidschanische Kunst.

Der junge Mann machte eine unbestimmte Geste in Richtung zweier kleinformatiger Schwarz-Weiß-Fotografien und sagte: »Die da drüben sind von einem erfolgreichen Künstler. Er hat gerade drei Großformate an Karl Lagerfeld verkauft.« Nach dieser Aussage verschränkte er seine Arme fest vor der Brust.

Als Jonoun keine Reaktion zeigte, räusperte er sich und verbesserte: »Ich meinte Vuitton. Entschuldigung.«

Da Jonouns Gesicht noch immer regungslos blieb, fragte er: »Wer sind Sie eigentlich?«

»Jonoun Levy.«

»Zu wem gehören Sie?«

»Wie meinen Sie das?«

Er lächelte milde und holte ein iPad von seinem Schreibtisch: »Ich meine, was machen Sie?«

»Kunst.«

»Wo stellen Sie aus?«

»Nirgendwo.«

»Ach ja. Haben Sie überhaupt studiert?«

»Ja.«

»Wo?«

»In den USA.«

Jonoun schaute ihn irritiert an, beantwortete jedoch höflich seine Fragen. Er überprüfte sämtliche Antworten auf seinem iPad. Als Nazim auftauchte und Jonoun herzlich begrüßte, erbleichte der Galerist sichtlich und beeilte sich, einen Kaffee zu servieren.

Nazim führte Jonoun durch die von der Klimaanlage auf sibirische Maßstäbe heruntergekühlten Räume, wobei ihnen zwei Sicherheitsleute auf Schritt und Tritt folgten. Sie waren die einzigen Besucher. Nachdem sie alle Räume besichtigt hatten, nahmen sie in Nazims Büro eine kleine Zwischenmahlzeit zu sich – Kaviar, Cracker und Champagner.

Jonoun mochte Nazim. Er war kultiviert und zuvorkommend, belesen und geistreich. Auch äußerlich ähnelte er ein wenig ihrem Exmann, allerdings wurde sie aus seiner Kunst nicht schlau. Seine Arbeiten waren beinahe populistisch.

5

In Salomes Wohnzimmer saß ihr neuer Mann – sie waren nicht wirklich verheiratet, denn der Mann hatte bereits seit mehreren Jahrzehnten eine Frau, die zwar nicht mehr mit ihm sprach, aber auch nicht vorhatte, sich von ihm scheiden zu lassen. Dieser Umstand irritierte Salome keineswegs. Er war durch und durch ein Antimodernist, was nicht weiter verwunderlich war, denn immerhin war Salome mit einem Künstler verheiratet gewesen, der den Sufismus und die Antimoderne wissenschaftlich untersucht hatte. Nun ging sie eben einen Schritt weiter.

Der Mann war sechzig Jahre alt, groß, hager und braungebrannt. Am liebsten zeigte er sich in weißen Anzügen und Lederwesten. Einst war er Funktionär der KPdSU und überzeugter Kommunist gewesen, wie fast alle erfolgreichen Menschen jener Epoche, doch nach dem Zusammenbruch der Sowjetunion fand er Gefallen am schnellen Geld, baute sich ein kleines Ölimperium auf, verfiel der freien Marktwirtschaft und benutzte Wörter wie *Holdings*, *Aktien* oder *Profitrate*. Er brüstete sich damit, 1992 der reichste Aserbaidschaner gewesen zu sein, auf seinem Konto hätten sich mehrere Millionen US-Dollar befunden. Wenn er diese Geschichte erzählte, pflegte Salome milde zu lächeln. Der Mann hatte Witz, feuerte in weiser Voraussicht jeden Mitarbeiter, der ihm verdächtig vorkam, und finanzierte gleichzeitig aus einer Laune heraus die

Krebsbehandlung seines Chauffeurs. Dies brachte ihm stadtweite Anerkennung und den Ruf eines Wohltäters ein. »Charity«, verkündete er damals grinsend und meinte islamische Barmherzigkeit.

Natürlich gefiel solch ein Unternehmen den Machthabern nicht, aber die Machthaber gefielen ihm auch nicht. Was er in seinen Erzählungen nicht erwähnte, war die Tatsache, dass er sich 1995 nach Dubai abgesetzt hatte. Offiziell besuchte er dort eine Traktorenmesse – nicht ohne vorher einen Staatsstreich geplant zu haben. Der Putsch flog auf, noch bevor er hätte stattfinden können, und dem Mann konnte nichts nachgewiesen werden. Trotzdem wurde seine Firma wegen Steuerhinterziehung konfisziert. In den ersten Monaten nach seiner Abdankung hätte er sich fast zu Tode gelangweilt, doch dann war ihm die rettende Idee gekommen: Er wurde Arzt oder zumindest Heiler, gerade die alternative Medizin hatte es ihm angetan, und das fehlende Medizinstudium glich er mit viel Selbstvertrauen aus. Seine Praxis richtete er in Salomes Haus ein, als Gegenleistung kam er für ihre Ausgaben auf. Glücklicherweise hatte er kaum Patienten, nur ein paar alte Freunde, die von seinen monatlichen Zuwendungen abhängig waren und sich deswegen von ihm behandeln ließen. Er flog immer wieder nach China, um dort Heilkräuter zu kaufen, und dass er einen Teil seines Vermögens dorthin transferiert hatte, war ein offenes Geheimnis. Indessen spezialisierte der Mann sich auf die Kraft der Blutegel.

An einem warmen Sommernachmittag hatte der Mann Leyla erklärt, das Glück einer Frau hinge zu neunzig Prozent von ihrer Schönheit ab, und das des Mannes von seiner Stellung. Das war jener warme Sommernachmittag, an dem Leyla aufgehört hatte, mit dem Mann zu reden.

Altay begrüßte den Mann kurz angebunden, Jonoun starrte ihn neugierig an. Salome schlug den beiden vor, sich zu setzen, wobei ihre Einladung wie ein Befehl klang.

»Sie hat uns in eine interessante Lage gebracht«, fing der Mann an. »Eines muss man ihr lassen, ein mutiges Mädchen.«

Niemand antwortete. Der Mann rührte unbeirrt in seiner Teetasse und fuhr fort: »Das wird allerdings teuer werden.«

»Ich kümmere mich darum«, sagte Altay. Seine Stimme klang scharf.

»Nein, das mache ich schon.«

»Auf gar keinen Fall«, sagte Altay und stand auf.

»Setz dich wieder hin«, sagte Salome, und zum Mann: »Lass ihn das klären, er ist immerhin ihr Ehemann.«

»Aber wann war er das letzte Mal in Baku?«

»Das tut nichts zur Sache«, empörte sich Altay.

»Und ob. Er kennt sich nicht aus, weiß nicht, wem er wie viel geben muss.«

Altay schob schnell den Gedanken beiseite, der Mann könnte womöglich recht haben.

»Sie scheren sich nicht darum, ob es sich um aserbaidschanisches oder deutsches Geld handelt«, erklärte Salome.

Der Mann drückte nachdenklich seine dünne Zigarette aus, stand auf, klopfte Altay auf die Schulter und sagte: »Keine Sorge, sie wird schon noch merken, wo ihr Platz ist.«

»Und wo soll der sein?«, fragte Altay gereizt.

»Im Haus.«

6

Zwei Tage später bekam Altay endlich einen Anruf vom Innenministerium. Man bat ihn, 20 000 Euro in bar mitzubringen. Altay wurde wieder vom glatzköpfigen Beamten empfangen, der ihm noch vor drei Tagen versichert hatte, nichts über Leylas Verbleib zu wissen. Der Beamte bot Altay ein Glas Tee an und deutete mit einer Handbewegung auf eine abgewetzte Couchgarnitur. Altay setzte sich auf den Rand des Sessels, während der Beamte in der Couch versank. Das Leder roch nach kaltem, abgestandenem Zigarettenrauch.

Sie tranken schweigend, während eine junge Sekretärin das Geld mit der Maschine zählte. Bis auf ein Porträt des Staatspräsidenten waren die Wände kahl, und dieser hatte eine frappierende Ähnlichkeit mit einer Kartoffel.

Schließlich händigte die Sekretärin Altay eine Quittung aus, und der Beamte führte ihn in einen anderen Raum, wo Leyla bereits auf ihn wartete.

Als Altay Leyla sah, zuckte er unwillkürlich zusammen. Sie hatte geschwollene Augenlider und mehrere Hämatome im Gesicht. Der Polizeibeamte kam kurz ins Zimmer und fragte, ob alles in Ordnung sei. Altay sah ihn fassungslos an, aber Leyla machte einen Schritt auf ihn zu, und Sekunden später rann Blut über seinen Nasenrücken.

7

Zu Hause legte Leyla sich ins Bett, ihre Augen waren geschlossen und das Gesicht der Wand zugewandt. Altay ließ sie liegen, brachte Essen, das Leyla nicht anrührte, verarztete ihre Wunden, bandagierte die gebrochenen Rippen und verabreichte ihr Schmerzmittel. Sie erduldete alle Prozeduren regungslos und weigerte sich, einen Arzt zu sehen.

Am Abend kam Jonoun in das halbdunkle Zimmer. Es war Leylas altes Kinderzimmer, mit einem schmalen Bett am Fenster, Ballerinen-Fotografien an den Wänden und einem Sternenhimmel, gemalt von ihrem Vater nach dem Vorbild italienischer Fresken. Jonoun setzte sich an den Bettrand, die Hände im Schoß gefaltet. Schweigend versuchte sie zu erahnen, was sie erwartete. Sie wusste nicht einmal, ob Leyla mitbekommen hatte, dass sie nach Baku gekommen war. Leyla drehte sich zu Jonoun um und schaute sie lange an. Mit angehaltenem Atem beugte sich Jonoun über Leyla und küsste ihre Stirn. Das Nächste, was sie spürte, war der harte Aufprall am Boden.

In derselben Nacht schlich sich auch Altay in Leylas Schlafzimmer und legte sich vorsichtig zu ihr ins Bett. Sie sprachen kein Wort. Altay blieb, bis Leylas Atemzüge regelmäßig wurden. In der Dunkelheit beugte er sich über ihr zerschundenes Gesicht. Ihr Haar roch nach einem blumigen Shampoo. Er verharrte lange in dieser Stellung und dachte daran, dass in europäischen Romanen Frauenschicksale fast immer mit Demütigungen endeten oder im besten Falle mit Heirat und Schwangerschaft. Altay holte aus seiner Hosentasche Leylas Ehering heraus und legte ihn auf den Nachttisch. Dann deckte er seine Frau zu und verließ das Zimmer.

Am nächsten Morgen kam Leyla zum gemeinsamen Frühstück herunter. Ihr Anblick war noch immer furchteinflößend. Altay machte seine fadendünnen Crêpes, Jonoun deckte den Tisch, Salome öffnete zwei Dosen Belugakaviar. Im Radio lief ein Interview mit einem Parlamentarier. Er bezichtigte Kleopatra und Aphrodite der Prostitution und regte sich darüber auf, dass Restaurants nach solchen Huren benannt wurden, schließlich feierte die aserbaidschanische Jugend dort ihre Hochzeiten – und eine Ehe, sei das nicht eine heilige Angelegenheit? Altay übersetzte das Interview für Leyla und Jonoun, die in hysterisches Lachen ausbrachen, wodurch alle für einen Moment so tun konnten, als wäre alles in Ordnung.

Auf dem Tisch stand ein altes Rosenthal-Service. Vögel, deren Namen Leyla nicht kannte, und zarte Zweige zierten das Porzellan.

»Woher haben wir dieses Service?«, fragte Leyla.

»Ich weiß es nicht mehr«, sagte Salome und betrachtete ihre Tochter durch den Rauch ihrer Zigarette hindurch.

Leyla drehte ihren Teller um und hielt ihn verkehrt herum hoch. »Siehst du, es ist eine deutsche Produktion, Rosenthal. Woher hast du es?«

»Glaubst du, es gibt hier keine deutschen Produkte?«, antwortete Salome lachend.

Altay verfolgte die Szene angespannt. Jonoun kam nicht mit, da die Unterhaltung auf Russisch geführt wurde, was sie nicht weiter störte, denn sie aß zum ersten Mal in ihrem Leben echten Kaviar und kam sich vor wie Moses, als er die Zehn Gebote erhalten hatte, nur im kulinarischen Sinne.

»Aber wir haben es doch schon lange, nicht?«, fragte Leyla.

»Was hast du nur mit dem Geschirr? Ich glaube, es ist noch von deiner Oma. Es war jedenfalls da, als ich in dieses Haus gekommen bin.«

»Die Vögel, sie sehen komisch aus. Anatomisch falsch.«

»Seit wann interessierst du dich für Vögel?«, fragte Salome beunruhigt.

»Seit sie vor einem leeren Teller sitzt«, sagte Altay und legte einen Crêpe auf Leylas Teller.

Salome nahm Jonoun mit ins Hammam – sie hatte versucht, auch Leyla zu überreden, doch die schüttelte nur den Kopf und wünschte den beiden viel Vergnügen.

Als Altay mit Leyla alleine am Tisch sitzen blieb, legte sie ihren Kopf auf die Tischplatte. Altay fuhr durch ihr Haar, beugte sich herunter und sagte leise: »Dein Vater will dich treffen.«

Leyla richtete ihren Oberkörper auf. »Hast du ihn gesehen?«, fragte sie.

»Fast täglich«, sagte Altay. »Er schickt morgen um acht einen Wagen.«

Dass sich niemand zu Leylas Verhaftung äußerte, war eine Frage des Taktgefühls. Leyla war nicht einfach zu brechen, sie hatte gelernt, ihren Schmerz zu verbergen, und der Rest der Welt nahm ihr Schweigeangebot dankbar an.

8

Es war ein klarer Tag, Leyla trug einen leichten königsblauen Mantel und hochhackige Schuhe. Sie aß einen Schokoriegel und wartete auf den Wagen ihres Vaters.

Er hatte Salome für eine andere Frau verlassen. Anfangs war er von Salome besessen gewesen, doch seine Liebe nutzte sich unmerklich ab. Dann ging er an einem sonnigen Nachmittag vor sieben Jahren zu einer Vernissage beim Alijew-Fonds. Es wurde aserbaidschanischer Jazz gespielt, und durch die Gänge schoben sich Grüppchen von schlechtgelaunten Männern in dunklen Hugo-Boss-Fabrikaten. Ihre juwelenbehängten Frauen in teuren Abendroben versammelten sich vor den großformatigen Bildern. Niemand kannte den genauen Anlass für den Empfang und niemand fragte danach. Nazim hing zwei Stunden lang mit eingefrorenem Lächeln in der Ecke und trank, bis er irgendwann bemerkte, dass er sich tatsächlich amüsierte. Mittlerweile hatte er vergessen, das wievielte Glas er in den Händen hielt, und konnte sich dafür an der Frau, die vor ihm stand, nicht sattsehen. Als er auf dem Boden seines Ateliers mit ihr geschlafen hatte, erfuhr er, dass es sich um eine Cousine des Präsidenten handelte. Da wurde ihm klar, dass er die Scheidung einreichen musste.

Salome tobte und behielt ihre gemeinsame Wohnung, die nach der Trennung um die beiden Nachbarswohnungen erweitert und luxussaniert wurde. Nazim heiratete erneut und bekam als Hochzeitsgeschenk die Leitung des ersten aserbaidschanischen Museums für moderne Kunst. Seine Ehefrau wurde Museumsdirektorin, eröffnete Galerien und Kunstmessen, und sogar die Tochter des Präsidenten fing an, Installationen zu machen.

Nazim machte alles selbst. Er suchte nach Künstlern, durchstreifte ihre Ateliers, führte Verhandlungen. Das Museum wurde ein voller Erfolg. Leyla vermutete, dass dieser Umstand mehr mit seiner neuen Familie zu tun hatte als mit der harten Arbeit, die man Nazim gewiss nicht absprechen konnte.

Sein Atelier lag außerhalb der Stadt, direkt am Kaspischen Meer. Es war ein funktionaler, moderner Bau mit einer breiten Fensterfront und einem weitläufigen Innenhof, im dem Steinblöcke unter Plastikplanen auf ihre Verwandlung warteten.

Drinnen standen mehrere Edelstahlskulpturen von unterschiedlichen Vögeln, das Atelier glich einer barocken Wunderkammer.

»Was ist das?«, fragte Leyla und deutete auf einen großen Vogel.

»Der Vogel Simurgh«, antwortete Nazim.

»Bitte was?«

»Es ist der König der Vögel, eine Metapher für die allumfassende Liebe«, sagte er, nicht ohne eine Spur von Pathos.

Leyla sah ihren Vater verständnislos an, sämtliche von ihm gegossenen Vögel waren Südseevögel – in prächtigen Farben und mit extravagantem Gefieder. Das Farbspektrum ihres Putzes war hyperrealistisch grell. Leyla kam es vor, als würde ihr Vater Jeff Koons kopieren.

»Hier, lies das«, sagte Nazim und hielt ihr ein abgegriffenes Exemplar von Juan Goytisolos *Reise zum Vogel Simurgh* hin. Leyla warf einen uninteressierten Blick auf das Buch, Nazim schlug es auf, suchte nach einer bestimmten Seite und las schließlich vor: »›… was kümmerte uns das unheilkündende Geheul im Stadion, das unerhörte, berauschende Aussehen der Vögel erlöste uns von einem Leben in Demütigung und Schäbigkeit, unser größtes Bestreben war die vollkommene Identifizierung mit dem Vorbild, diesem zarten, einsamen und ekstatischen Vögelchen, in den persischen Illustrationen und Miniaturen Sinnbild der sufischen Seele, wir trachteten nach der prägnanten Leichtigkeit seines Flügelschlags, dem ätherischen Gleichgewicht auf den Fußspitzen, seinem milden Ausdruck von Trunkenheit im heiteren Augenblick des Übergangs.‹«

»Und?«, fragte Leyla.

Nazim hatte einen Hang zu aserbaidschanischer und persischer Folklore und natürlich zum Sufismus. Leyla vermutete, dass seine Rückbesinnung auf nationale Werte zu seinem Erfolg ähnlich viel beigetragen hatte wie seine zweite Eheschließung.

»*Die Konferenz der Vögel* ist ein sufistisches Epos von Farid ud-Din Attar …« Leyla zog ihre Augenbrauen hoch, doch ihr Vater sprach unbeirrt weiter, wild um sich gestikulierend: »Dreißig Vögel machen sich auf den Weg zum Vogel Simurgh. Simurgh steht für mystische und spirituelle Weisheit, und danach trachten die Vögel. Sie überqueren sieben Täler, die Reise ist beschwerlich und gefährlich. Der König der Vögel residiert auf einem Gipfel. Nicht alle Vögel schaffen es bis zum gelobten Tal – manche sterben unterwegs, andere kommen hinzu. Am Ende bleiben nur dreißig übrig. Da entdecken sie, dass Simurgh schon die ganze Zeit über unter ihnen war, dass sie nämlich selbst Simurgh sind.«

»Du wirst kauzig mit dem Alter, Vater.«

»Mach eine Reise, vielleicht lernst du unterwegs die Sprache der Vögel. Und nimm meinen Wagen«, sagte Nazim und reichte Leyla seine Autoschlüssel. Sie schüttelte den Kopf.

»Zeig deinem Mädchen das Land«, lachte ihr Vater.

»Du weißt Bescheid?«, fragte Leyla.

Für Nazim war es einfach, Leyla zu lieben, da ihre Liebenswürdigkeit an der Oberfläche lag. Sie war talentiert, außergewöhnlich schön und weit weg.

»Altay hat es mir erzählt.«

»Trotzdem, ich glaube nicht, dass es sonderlich klug wäre.«

»Darum geht es nicht.«

»Worum geht es dann?«, fragte Leyla.

Nazim zuckte die Schultern: »Arezu hat ein Haus am Meer.«

»Ich brauche keine Geschenke vom Präsidenten«, sagte Leyla entschieden.

»Es ist schon schwer genug.«

»Allerdings«, bestätigte Leyla.

Nazim streichelte über Leylas Kopf. Leyla zuckte unter seiner Berührung unwillkürlich zusammen.

»Du musst nur aufpassen, okay?«

Leyla lachte laut.

»Auf dich natürlich und auf das Mädchen. Was sie sucht, ist eine Mutter und keine Frau, hörst du?

»Manche Frauen schaffen es sogar, Mütter zu sein.«

»Du bist zu hart gegenüber deiner eigenen.«

Leyla zündete sich eine Zigarette an und ging zum

Fenster. Nazim stellte sich neben sie, legte einen Arm auf ihre Schulter und flüsterte: »Stirb, bevor du stirbst, sagt der Prophet.«

Als Leyla das Atelier ihres Vaters verließ, steckte in ihrer Tasche ein abgegriffenes Exemplar der *Konferenz der Vögel*. Die ganze Nacht las sie den Text. Im Morgengrauen schlich sie sich in Jonouns Zimmer, setzte sich an den Bettrand und weckte Jonoun auf.

»Du musst packen«, sagte Leyla.
»Weshalb?«, flüsterte Jonoun.
»Wir verreisen.«
»Jetzt?«
»Sei am Nachmittag fertig.«
»Wohin fahren wir?«, fragte Jonoun.
»Es wird eine Reise zum Simurgh«, antwortete Leyla.
»Okay«, sagte Jonoun und schlief wieder ein.

9

Leyla tigerte durch die Wohnung. Ein paar Gegenstände, die an ihre Kindheit und die kurze Ehe ihrer Eltern erinnerten, waren noch da, wirkten jedoch deplaziert. Ihr Wert hatte sich verschoben.

Leyla betrat Salomes Schlafzimmer, am Nachttisch reihten sich Fotografien aus glücklichen Tagen aneinander, vor dem Fenster stand ein samtgrünes Sofa, das früher Leyla gehört hatte, und tief in einem der beiden Kleiderschränke vergraben befand sich Salomes Hochzeitskleid. Leyla holte es heraus, legte es vorsichtig aufs Bett und probierte es an. Das Kleid passte.

Plötzlich stand Salome im Türrahmen.

»Entschuldige«, sagte Leyla verlegen.

»Steht dir gut«, erwiderte Salome und setzte sich aufs Bett. »Darf ich dir eine Frage stellen?«

Leyla nickte.

Salome setzte sich mit angewinkelten Beinen aufs Sofa, zündete sich eine Zigarette an und schwieg.

»Das Kleid passt«, rief Leyla verwundert aus.

»Das sehe ich«, antwortete Salome.

Leyla lachte: »Das ist doch absurd. Ich stehe in deinem Schlafzimmer und probiere dein Hochzeitskleid an.«

»Das hast du auch schon als Kind getan.«

»Nachdem ich den Prix Lausanne gewonnen habe, hast du mir immer gesagt, wie begabt ich bin.«

»Das stimmt ja auch.«
»Ich war gierig nach deiner Anerkennung.«
»Verlass Altay nicht«, sagte Salome plötzlich.
»Weshalb?«
»Das Ende einer Liebe muss gut organisiert sein.«
Leyla lachte.
»Mit gesellschaftlichen Konventionen kenne ich mich aus.« Salome seufzte und sagte: »Am glücklichsten sind immer die angepassten Hausfrauen. Ob du es glaubst oder nicht. Die Ehe macht jeden unglücklich. Nimm es nicht persönlich. Selbst wenn jemand vorher nicht zur Eifersucht neigte, in der Ehe wird er unweigerlich besitzergreifend. Man will den anderen immer besitzen.« Sie drückte ihre Zigarette in einem Aschenbecher aus Elfenbein aus und zündete sich gleich die nächste an: »Die wichtigste Aufgabe eines jeden Menschen besteht darin, die Ehe zu verkraften.«

Leyla schaute ihre Mutter amüsiert an. Diese fuhr fort: »Was soll ich sagen, zwei Menschen glauben am Anfang immer, ihnen würde etwas Einzigartiges gelingen, etwas, das noch keiner vor ihnen geschafft hatte. Doch die Ehe an sich ist ein Anachronismus, selbst die glücklichste.«

»Was sollen wir tun?«, fragte Leyla.
»Weitermachen wie bisher.«

10

Altay fürchtete sich vor den Besuchen bei seinen Eltern und versuchte, sie so lange wie möglich hinauszuschieben. Außerdem war es ihm nicht gelungen, Leylas Verhaftung vor seiner Familie geheimzuhalten. Zum Glück nahm niemand in Aserbaidschan das Gesetz besonders ernst.

Es war der erste warme Tag, Altay und Leyla legten ihre Wintermäntel ab, kauften Blumen und machten sich auf den Weg zu Altays Eltern, die in einem Neubaugebiet wohnten. Sie beschlossen, ein Stück durch die Innenstadt zu laufen und anschließend ein Taxi zu nehmen.

Leyla trug eine Pelzstola – das Geschenk ihrer Schwiegermutter –, ein schlichtes Kleid und High Heels. Ihre Hämatome waren abgeklungen, und der Rest des Gesichtes war mit Make-up und einer überdimensionalen Sonnenbrille verdeckt. Sie stand im Gegenlicht und rauchte. Altay nahm sein Handy heraus und fotografierte sie, um sich später an diesen Augenblick erinnern zu können. Leyla besann sich plötzlich eines Besseren und drückte ihre Zigarette aus.

»Das Glück einer Frau hängt zu neunzig Prozent von ihrer Schönheit ab und das des Mannes von seiner Stellung«, sagte sie leise und lachte.

Altay nickte, nahm Leylas Arm und spürte den Stolz eines Besitzers. Dann ließ er seinen Blick über ihren Körper schweifen.

»Du siehst gut aus«, sagte er leise, roch an ihrem Hals und verblieb dort einen Augenblick länger als nötig.

Leyla sah ihn spöttisch an: »Was machst du da?«

»Ich rieche an deinem Hals.«

»Wieso?«

Altay zuckte die Schultern: »Ich bekomme Lust, mit dir zu schlafen.«

Leyla küsste ihn zärtlich auf die Wange. Dann presste sie ihren Mund auf Altays, bis sie ihren Kopf abrupt zurücknahm, Altay in die Augen sah, lächelte und ihm auf die Schultern klopfte.

»Nun, wir sind eher die Geschwister Scholl als Tristan und Isolde.«

Altay grinste und nahm Leylas Hand.

Altays Eltern wohnten in einem zwanzigstöckigen Neubau, der kurz vor der Weltwirtschaftskrise erbaut worden war. Die Hälfte der Wohnungen stand nun aufgrund ebendieser Krise leer. Die andere Hälfte gehörte reichen Iranern, die sich in Baku aus Angst vor einem israelischen Angriff eine Zweitresidenz errichtet hatten. Altays Eltern bewohnten fünf Zimmer, die zwar weit und geräumig geschnitten, aber mit Möbelstücken, Porzellan, Büchern und Teppichen so vollgestellt waren, dass sich sofort ein Gefühl von Enge einstellte, wenn man den Raum betrat.

Altay und Leyla wurden an der Tür erwartet und mit Küssen bedacht. Altay stellte zum ersten Mal erschrocken fest, wie alt seine Eltern geworden waren – im Gesicht seines Vaters hatte die Zeit tiefe Furchen hinterlassen.

Die Haushaltshilfe, ein einfaches, demütiges Mädchen aus dem Dorf, so wurde sie von Altays Vater angepriesen, werkelte in der Küche.

Altays Mutter beugte sich über den Tisch, sah sich nach der Haushaltshilfe um und flüsterte: »Ihr Mann ist verrückt geworden. Hat angefangen, Namaz zu halten, und hat sie mitgezogen. Trägt neuerdings sogar Kopftuch.«

»Wir sind immerhin auch Muslime«, murmelte Altays Vater verschämt und zog sein Jackett aus. Altay registrierte die Schweißflecken unter seinen Achseln: »Was sollen sie auch tun? Leben nur von Brot und Zwiebeln, und da kommt so ein Wahabit aus Saudi-Arabien, verspricht ihnen sonst was und sie glauben ihm, damit sie zumindest im Himmelreich was zu essen kriegen.«

»Früher waren es Fernsehserien, heute ist es die Religion, die Jungen reisen nach Ägypten, studieren dort den Islam, und wenn sie wiederkommen, belehren sie ihre Eltern. Die Mädchen kämpfen darum, den Hidjab tragen zu dürfen, ihre Mütter verbieten es ihnen, sie verstecken ihn in ihren Taschen und ziehen ihn sich in den Unterführungen über. Könnt ihr euch das vorstellen? Mal ehrlich, manchmal wünsche ich mir die UdSSR zurück«, sagte Altays Mutter und brach plötzlich in Lachen aus: »Kinder, schaut euch mich mal an – ich bin eine liberale Muslima und eine der besten Chirurginnen der Stadt.«

»Du bist die beste«, unterbrach Altay sie. Er spielte mit seinem Ehering, ohne sich dessen bewusst zu sein. Er trug ihn ausschließlich, wenn er sich im Osten der Levante aufhielt.

Sie schenkte ihm ein dankbares Lächeln: »Und doch quäle ich euch manchmal.«

Im Verlauf des Essens wurde der Islam ein wenig mehr verdammt, wodurch alle unangemessenen Themen wie etwa Leylas Verhaftung oder Enkelkinder ausgelassen werden konnten. Schließlich ging es darum, dass unter den

Kommunisten nicht alles schlecht gewesen war. Wer könne sich schon diese Auslandsreisen leisten? Und die Demokratie? Ein westlicher Witz. Das Regime zu verdammen habe natürlich seine Berechtigung, man habe immerhin Solschenizyn gelesen, aber habe man sich tatsächlich sein Leben lang umsonst abgerackert?

»Trinken wir einen Kaffee?«, fragte Altay, als sie wieder auf der Straße waren.

»Meinst du, wir kriegen irgendwo einen Espresso?«, fragte Leyla.

»Ich kann auch keinen Tee mehr sehen«, sagte Altay.

»Da!« Leyla zeigte auf ein kleines Café, das mit der Aufschrift *Echter französischer Kaffee* warb.

Sie setzten sich hinein, das Licht und die Einrichtung waren schummerig. Im Hintergrund blinkten Glücksspielautomaten.

»Ich muss mit dir reden«, sagte Altay.

»Worüber?«, fragte Leyla. Ihr Körper verlangte nach ungesättigten Fettsäuren, sie bestellte sich ein Stück Torte, und als es kam, machte sie sich gleich darüber her, ohne auch nur einmal von ihrem Teller aufzublicken. Altay schaute sie verwundert an. Sobald sie fertig war, schob sie den Teller von sich weg, wischte sich mit der Serviette über den Mund und sagte: »Also, worüber möchtest du reden?«

»Ich will Kinder.«

»Oha«. Leyla sah ihren Mann misstrauisch an und fragte: »Altay, was ist bloß los mit dir?«

»Ich weiß auch nicht.« Altay legte seine Ellbogen auf die Tischplatte und stützte seinen Kopf auf ihnen ab. Leyla streichelte ihm sanft über die Haare.

»Wir reden, wenn ich zurückkomme, okay?«

Altay hob den Kopf ein wenig an: »Kommst du denn zurück?«

»Natürlich.«

»Ich meine, zurück zu mir«, sagte Altay.

»Ich weiß nicht«, flüsterte Leyla.

»Versprich es.«

»Kann ich nicht.«

11

Altay und Salome saßen beim Frühstück und beobachteten den Souvenirverkäufer vorm Jungfrauenturm, der langsam seinen Stand aufbaute und eine elegische Melodie pfiff. Das Kaspische Meer glitzerte verheißungsvoll, die mehrspurige Straße vor der Strandpromenade war abgesperrt, und die Autos stauten sich.

»Wo sind die Mädchen?«, fragte Salome. Ihr Rücken war gerade und das Gesicht unbeweglich, was auch an der letzten Dosis Botox lag, die sie sich vor einigen Tagen hatte spritzen lassen.

»Sind weggefahren.«

»Ohne dich?«

»Sie haben auch so Spaß«, erwiderte Altay.

»Na, wenn du meinst.«

»Ist wohl der kaukasische Brauch der Brautentführung«, sagte Altay lachend und stand auf.

Salome antwortete mit einem kaum merklichen Schulterzucken. Ein Konvoi mit Präsidentenfahrzeugen raste mit Blaulicht vorbei.

»Wie geht es Nazim?«, fragte Salome.

Altay schaute seine Schwiegermutter verwundert an, denn Salome hatte seit der Scheidung den Namen ihres Mannes nicht mehr in den Mund genommen.

»Ich bin nicht verrückt geworden«, sagte Salome.

»Das hatte ich auch nicht vermutet«, murmelte Altay,

als er endlich wieder zu Worten fand. Auf seinem Hals und seinen Wangen waren rote Flecken, die er nur in Zeiten emotionaler Not bekam. Zwanzig Minuten später fuhren wieder Zivilfahrzeuge auf der Straße. Altay und Salome saßen sich noch immer gegenüber. Salome sah hilflos aus, selbst im Glanz ihrer geerbten Grandezza und der sowjetischen Nomenklatura.

12

Am späten Nachmittag brachte einer von Nazims jungen Mitarbeitern den Wagen – ein Porsche, allerdings ein Oldtimer, Baujahr 1976. Das Verdeck glänzte und die Sitze rochen nach Leder. Das Auto war untypisch für Baku und charakteristisch für ihren Vater. Leyla setzte sich hinters Steuer und bedankte sich kurz angebunden, während Jonoun einen beachtlichen Vorrat an Kleidern, Schuhen, Alkohol und Gras im Kofferraum verstaute. Jonoun hatte es sich nicht nehmen lassen, auch ihre Fotoausrüstung und ihre Zeichenblöcke mitzunehmen. Leyla schaute sie skeptisch an, sagte aber nichts.

Was sie auf der Reise wollte, war ihr unklar, doch irgendwo wartete hoffentlich der Vogel Simurgh mit all seiner koranischen Weisheit. Leyla hatte ihren Vater an jenem Morgen am Telefon gewollt ironisch gefragt, ob ihre Inhaftierung wohl die vierzigtägige sufische Klausur versinnbildlichen sollte. »Es sind leider nicht die Mystiker, die Politik machen, sondern die Ideologen«, hatte Nazim geantwortet.

Nazims Assistent starrte mit offenem Mund auf Jonouns Brust. Leyla war sich sicher, dass er gleich auf den Porsche sabbern würde, und schickte ihn mit recht groben Worten weg, woraufhin er Jonoun einen letzten lüsternen Blick zuwarf und beleidigt von dannen zog.

»Ich hoffe, dass er keinen Ständer hatte«, rief Jonoun.

Leyla lachte laut und dreckig.

Es dauerte lange, bis sie Baku hinter sich gelassen hatten. Auf den Straßen war Stau, müde Autofahrer versuchten, das Problem durch ununterbrochenes Hupen zu lösen.

Jonoun drehte am Radiosuchknopf. Schließlich blieben sie bei einem religiösen arabischen Sender hängen und hörten sich eine Predigt an, obwohl weder Jonoun noch Leyla Arabisch verstand.

Sobald sie auf der Autobahn stadtauswärts fuhren, gab Leyla Gas.

»Haben sie deinen Führerschein nicht eingezogen?«, fragte Jonoun verwundert.

»Ich hatte nie einen«, antwortete Leyla, während sie Sumgait, die Kloake des Landes, umfuhren. Chemiefabriken hatten hier jahrzehntelang die Umwelt verpestet, und nirgendwo sonst im ganzen Land gab es so viele Männer, die gerade aus dem Gefängnis entlassen wurden oder sich auf dem Weg dorthin befanden.

Leyla raste entlang der Abscheron-Halbinsel durch das Brachland der trockenen Küstenregion hindurch, in der nichts mehr gedieh außer Hügelketten und Mauern, denn neuerdings wurde das ganze Land systematisch eingemauert – zumindest die Landstraßen. Vielleicht wollte man den Besuchern jeden Anblick von Armut ersparen, vielleicht gefiel die Mauer auch irgendjemandem.

Sie passierten Ölfelder, von denen die meisten nicht mehr in Betrieb waren. Es war heiß und die Sonne blendete. Sie hielten an, stiegen aus, streckten ihre Glieder. Der Boden war verödet, und von den Bohrtürmen blätterte Farbe ab. Müll, Flaschen und Tüten lagen herum, dazwischen Autoreifen, Blechteile und ein abgebranntes Autowrack. Es roch nach Salz und Petroleum. Ein Sattelschlepper donnerte über die Autobahn an ihnen vorbei, dann ein Betonmischer. In der Ferne lungerte ein Hunderudel. Leyla beobachtete es sorgenvoll und drängte Jonoun, wieder einzusteigen.

Nachdem sie den Kleinen Kaukasus hinter sich gelassen hatten, veränderten sich die Farben. Die Landschaft wurde grüner, die Autobahn zu einer Landstraße, und auf den Wegrändern grasten ausgemergelte Kühe zwischen wilden Kräutern. Ein Streifenauto parkte am Wegrand, und zwei Polizisten lehnten sich gelangweilt dagegen, auf Opfer wartend, die ihr Gehalt aufbesserten. Als sie den Porsche herankommen sahen, winkten sie die beiden Frauen zur Seite, doch Leyla drückte das Gaspedal durch.

Das Land war arm, von den Edelboutiquen der Hauptstadt, ihren Restaurants, Lichtern, den großen Boulevards, Werbetafeln und Geländelimousinen war nichts mehr zu sehen. Sie fuhren entlang ausgetrockneter Flussbette voller Kieselsteine und an Restaurants vorbei, die aus nichts weiter bestanden als drei bis vier Plastiktischen, ein paar Stühlen und einem offenen Grill. In solch einem machten sie Rast. Das Essen kam lange nicht, dafür wurde ihnen eine Teekanne nach der anderen hingestellt. Der Tee war bitter und die Stimmung ebenfalls, denn sie wussten nicht recht, worüber sie reden sollten. Hinter ihrem Tisch rauschte ein Bach. Jonouns Blick fiel plötzlich auf einen riesigen Vogel, eingesperrt in einem viel zu kleinen Käfig neben dem Klohäuschen. Seine Augen waren zornig und stolz.

Ein paar Stunden später kamen sie in Scheki an. Jonoun hatte mit Hilfe ihres *Lonely Planet* ein Hotel ausgesucht. Es handelte sich um einen alten Umschlagplatz für Karawanen, der nun einem Rosengarten gewichen war – und reichen Touristen, die sich in Safarikleidung kolonialen Erinnerungen hingaben.

Der Hotelmanager, ein knochiger Mann mit einer überproportional hohen Stirn, wies ihnen automatisch getrennte Zimmer zu, und beide Frauen waren froh, dass sie nicht in einem Bett schlafen mussten. Das Gefühl der Fremdheit zwischen ihnen war größer denn je.

Sie spazierten ein wenig durch die Stadt, deren Kern lediglich aus einer langen Straße mit einigen Lebensmittelgeschäften bestand, in denen es Kekse, Tomaten, Gurken, Fladenbrot und Joghurt gab. Ein Restaurant suchten sie vergeblich.

Junge Männer schauten sie neugierig an. Mehrmals raste ein gelbes Auto an ihnen vorbei. Irgendwann machte der Fahrer eine Vollbremsung direkt vor ihnen und stieg aus. Er war klein, schmal und nicht älter als achtzehn. Galant lud er die beiden Frauen ein, in seinen Wagen einzusteigen.

»Ich fahre euch heim«, sagte er mit einer schrillen Stimme. Um seiner Einladung Nachdruck zu verleihen, öffnete er die hintere Wagentür. Unter seinem Ärmel kam ein Löwenkopf-Tattoo zum Vorschein.

Leyla lachte.

»Du glaubst mir nicht? Los, steigt ein, ich fahre euch«, sagte der Junge. Leyla übersetzte schnell für Jonoun.

»Wo kommt ihr her?«, fragte der Junge.

»Deutschland«, antwortete Jonoun in gebrochenem Russisch. So viel hatte sie bereits gelernt.

Der Junge pfiff und sagte: »Gutes Land. Ich habe einen Cousin in Stuttgart. Kennst du Stuttgart?«

Ohne ein Wort verstanden zu haben, schüttelte Jonoun den Kopf.

»Steigt ein.«

»Nein«, sagte Leyla.

»Steigt ein«, wiederholte der Junge.

»Ich kann besser fahren als du«, sagte Leyla.

Eine diffuse Unruhe erfasste Jonoun.

»Keine Frau fährt besser als ich«, stellte der Junge nüchtern fest. Er erinnerte sie an den Mann, der sie im Gefängnis vergewaltigt hatte.

»Jeder Idiot fährt besser als du.«

»Bist du ein Idiot, oder was?«

»Soll ich es dir zeigen?«, fragte Leyla.

»Was ist los?«. Jonoun fasste Leyla ungeduldig am Ellbogen und versuchte sie sanft wegzuschieben.

»Ich habe ihm gerade erklärt, dass ich besser fahre als er. Komm, das wird ein Spaß.«

»Das meinst du nicht ernst«. Jonoun starrte Leyla an. »Das kann nicht dein Ernst sein.«

»Natürlich ist es mein Ernst«, sagte Leyla, aber ihre Stimme klang nun ein wenig verunsichert.

»Leyla, bitte, tu mir das nicht an«, sagte Jonoun.

»Na, was ist?«, rief der Junge.

Ein paar ältere Männer aus der Autowerkstatt gegenüber traten mit ihren Teegläsern und Gebetsketten auf die Straße, um die Szene besser beobachten zu können.

»Leyla, bitte, lass uns gehen!«

»Okay«, sagte Leyla und stieg ein.

Jonoun stieß mehrere englische Flüche aus und stieg ebenfalls ins Auto. Sie saßen auf der durchgesessenen

Rückbank, Jonoun links, direkt hinter dem Fahrer, Leyla rechts von ihr. Der Junge gab Gas und raste durch die Innenstadt, zweimal bremste er abrupt, sodass Jonoun und Leyla nach vorne geschleudert wurden, und dann wieder beschleunigte er überraschend. Nach einem beinahe missglückten U-Turn an einer Kreuzung forderte Leyla ihn auf, das Steuer endlich ihr zu überlassen.

Der Fahrer lachte gekünstelt und sagte, er würde niemals einer Frau erlauben, sein Auto zu fahren.

»Wieso hast du uns dann mitgenommen?«, fragte Leyla.

»Nur so«, antwortete er und zuckte mit den Schultern.

Leyla schaute kurz zu Jonoun und lächelte sie an. Jonoun war grünlich im Gesicht. Der Junge fuhr nun ungefähr mit einer Geschwindigkeit von 50 km/h. Da löste Leyla mit einer schnellen Bewegung von hinten den Gurt des Fahrers und zog die Handbremse an. Der Junge prallte gegen die Windschutzscheibe, der Wagen stoppte. Die beiden Frauen rissen fast zeitgleich die Türen auf und rannten zu ihrem Hotel, wobei sie nicht aufhören konnten zu lachen, bis Leyla feststellte, dass sie ihre Kekse im Auto vergessen hatte.

Am nächsten Morgen fuhren sie weiter. Auch hier, in der tiefsten aserbaidschanischen Provinz, begegneten ihnen die Bildnisse von Alijew, als strahlende Beweise für die Güte des Staatsoberhaupts. Leyla erinnerte sich an die Ausflüge ins Lenin-Mausoleum, sie an der Hand ihres Vaters, erschlagen vom Gegensatz zwischen dem großen futuristischen Bau und dem kleinen ausgetrockneten Mann im Schneewittchen-Sarg, eine ganz und gar auratische Begegnung mit dem Tod.

13

Während Jonoun und Leyla den heiligen Vogel Simurgh suchten, befreundete Altay sich auf *Facebook* mit der Präsidentenfamilie und meldete sich auf *Gay Romeo* an. Er wollte zwei weitere Wochen in Baku bleiben, alten Erinnerungen nachhängen und dann gemeinsam mit den beiden Frauen abreisen.

Als Erstes verschaffte er sich einen Überblick auf *Gay Romeo* – im ganzen Land waren gerade einmal vier Männer angemeldet, in Baku dagegen an die dreihundert. Viele waren Ausländer, die nur ein paar Monate in der Stadt blieben. Der größte Teil der User bestand aus Männern, die sich ausschließlich gegen Gebühr trafen. Eine schwul-lesbische Kultur existierte in Baku genauso wenig wie irgendeine andere Subkultur. Es gab zwar eine Bar in der Innenstadt, die bei einigen Homosexuellen beliebt war, doch spielte sich auch dort alles mehr oder minder versteckt ab.

In der Bar arbeitete eine Butch. Altay fragte sie vorsichtig, ob sie ihm nicht einen Tipp geben könnte, wo er später noch hingehen könnte. Sie schaute ihn empört an, stemmte ihre Hände in die Hüften und wollte wissen, wie er darauf komme, ausgerechnet *sie* zu fragen.

Altay musste sich das Lachen verkneifen, aber da lachte sie auch schon selbst und erzählte von einer Kneipe, die nur ein paar Straßen entfernt war. Sie behandelte Altay wie einen Ausländer und berichtete ihm, dass Gay-Clubs in Aserbaidschan nicht existierten und alle verdächtigen Etablissements immer wieder von der Polizei hochgenommen würden. Sie selber denke ans Auswandern. Dann stellte sie ihm ihre Freundin vor – eine großgewachsene, schlanke Ukrainerin, die aufgrund tragischer familiärer Umstände in Baku hängengeblieben war.

Einige Stunden später machte Altay sich auf den Weg in die versprochene Bar: Dort saß ungefähr ein Dutzend Männer und sang Karaoke auf Russisch. Der schmale, dunkelhaarige Junge, den Altay zuvor am Tresen kennengelernt hatte und der mitgekommen war, lachte und sagte, das seien Drogenabhängige und keine Schwulen.

»Dah-ling, das sehe ich selbst«, entgegnete Altay.

»Bist du ein Bulle, oder was?«, lachte der Junge.

»Arzt.«

»Na los, komm mit, Doc. Ich kenne einen besseren Ort.«

Sie liefen durch die Innenstadt, die wie ein Weihnachtsbaum beleuchtet war, und mieden umsichtig alle Straßen, in denen die Laternen ausgefallen waren. Irgendwann standen sie vor einem Club. Drinnen gab es nur zwei winzige Räume und einen Bartresen, an dem jeder Gast für das gleiche Getränk einen anderen Preis zahlen musste. Der Club sah aus wie *Stone Wall* vor der Revolution. Altay winkte ab und ging nach Hause.

Am nächsten Tag hatte er ein Date. Sie hatten sich unter dem Jungfrauenturm verabredet, wo sie schnell eine Cola getrunken hatten, bevor sie sich auf den Weg zur Wohnung seines Dates aufmachten. Sie fuhren bis zur Endstation mit der Metro, an der Haltestange lehnend und einander angrinsend, danach zwanzig weitere Minuten mit dem Bus, ohne sich eines Blickes zu würdigen, anschließend liefen sie durch eine Hochhaussiedlung. Altays Date schwieg und ließ einen Sicherheitsabstand von dreißig Metern zwischen ihnen. In den Hochhäusern waren alle Balkone zu Wintergärten ausgebaut worden. Hausfrauen mit Kopftüchern in Leopardenmuster warfen den Hausmüll aus den Fenstern. Altay folgte seinem Date belustigt in einen dunklen Hausflur. In der Wohnung presste dieser seine Lippen an Altays und schleifte ihn direkt ins Schlafzimmer. Als Erstes schaltete er den Fernseher ein, danach machte er sich an Altays Hosenlatz zu schaffen.

Nach dem Sex verschwand er in der Küche und kam mit zwei Gläsern Tee zurück. Sein Körper war dermaßen behaart, dass er bekleidet aussah, obwohl er nackt war. Altay schaute sich in der Wohnung um, das Einzige, was es im Überfluss gab, waren Fernsehapparate, in jedem Zimmer einer. Das Wohnzimmer war mit Hochglanzfotografien der First Lady tapeziert.

Altay ging hinaus auf den Balkon. Der Gastgeber blieb im Zimmer und bedeutete ihm mit hektischen Handbewegungen, ebenfalls hineinzugehen. Altay lächelte, der andere gestikulierte immer wilder.

Als Altay wieder im Zimmer stand, sagte sein Liebhaber zu ihm: »Das hättest du nicht machen sollen.« Seine Mundwickel zuckten.

»Was machen?«

»Hinausgehen.«

»Wieso nicht?«

»Jemand hat dich bestimmt gesehen.«

Am nächsten Abend begleitete Altay Nazim zu einem Empfang – ihr Verhältnis war zwar zurückhaltend, aber respektvoll. Der Empfang fand im Hilton-Hotel statt und bestand aus einem Abendessen, das zu Ehren aller regimetreuen Künstler ausgerichtet wurde, die weder verstorben noch ausgewandert waren.

In der Empfangshalle balancierten unsichere Kellner Tabletts mit Sekt, der verdächtig nach Limonade schmeckte, und der Kultusminister hielt eine pathetische Rede über irgendetwas. Altay checkte währenddessen seine Mails. Nachdem der Minister eine halbe Stunde lang geredet hatte, begrüßte er Nazim als Ehrengast, küsste ihn auf beide Wangen und überreichte ihm einen Scheck. Nazim faltete den Zettel ordentlich zusammen und verstaute ihn in seiner Brieftasche.

Anschließend setzte man sich an die lange Tafel. Der Wein war bereits eingeschenkt. Altay saß rechts von Nazim und links von einem Mann in einem dunkelblauen Anzug, der sich als Farid vorstellte. Er war recht gut aussehend.

Der erste Toast wurde bereits zwei Minuten später ausgebracht. Ein älterer Herr mit einem vergilbten Schnurrbart dankte der Regierung und schlug vor, auf sie zu trinken. Die Meute stimmte ihm begeistert zu. Ein anderer älterer Herr, gekleidet in ein mit Medaillen behängtes Sakko, fügte laut hinzu: »Was wir brauchen, ist eine stabile Regierung wie unter Stalin!«

Die Gastgeber wechselten einen besorgten Blick. Einer der Minister stand auf und sagte weihevoll: »Genau eine solche haben wir schon, nur demokratisch gewählt.«

Am Tischende erklang nervöses Kichern.

Serviert wurden ausschließlich aserbaidschanische

Gerichte, die Altay schon lange nicht mehr gekostet hatte, Qutaby mit einer Füllung aus Lammfleisch, Granatapfelkernen und wilden Kräutern, Dolma mit Lammfleisch und Reis und Heywa Dolmasy mit Fleisch, Minze und Kastanien. Es war der Geschmack seiner Kindheit, die richtige Würze und das sonnengereifte Gemüse. Ein Geschmack, der sich im düsteren Mitteleuropa nicht finden ließ.

Ein bekannter Theaterregisseur, der gegenüber von Altay saß, erzählte gerade in aller Ausführlichkeit eine Geschichte, der alle gebannt zuhörten: »Letzte Woche waren wir im Dorf, aus dem meine Frau stammt. Ihr Neffe sollte heiraten. Ein anständiger Bursche, aber nicht unbedingt der Traum einer jungen Frau, wenn Sie verstehen, was ich meine. Ich habe ihn immer für ein wenig zurückgeblieben gehalten, aber meine Frau hat ihn verteidigt und gesagt, er sei nur zu stolz. Sein Vater hat dann beschlossen, es sei an der Zeit, dass sein Sohn eine Familie gründet. Gespart hatte die Familie auch schon einiges. Man hat ihm also eine junge Frau vorgestellt, die beiden haben wohl Gefallen aneinander gefunden und sich rasch verlobt. Der Hochzeitstermin wurde festgesetzt. Die Familie meiner Frau hat einen großen Saal in einem Hotel gemietet, das Aufgebot bestellt und für das Hochzeitspaar eine Wohnung gekauft. Drei Tage vor der Hochzeit ist der Neffe nach Baku gereist, meine Frau hat ihm geholfen, das Gold für die Braut auszusuchen und auch den Ring. Es wurde ein schmaler Ring mit einem Diamanten. Als die Braut den Ring sah, wollte sie wissen, was das für ein Stein ist. Der Neffe meinte, es sei ein lupenreiner Diamant. Da hat die Braut gegrinst und gesagt, sie glaube ihm nicht. Der Junge war außer sich, hat den Ring und das restliche Gold wieder eingepackt und ist einfach gegangen. Es war klar, dass es keine Hochzeit geben würde. Die Brautmutter hat fast einen Herzinfarkt gekriegt. Der Bräutigam hat versucht, das Geld für den Hochzeitssaal und das Essen zurückzubekommen, aber da war nicht viel zu machen. Die Hochzeit sollte ja schon am übernächsten Tag stattfinden. Seine Eltern haben ihm jetzt ein anderes Mädchen vorgestellt – die Tochter von irgendjemand aus dem Süden. Sie werden bald heiraten. Na dann, auf die Liebe!«

Die Männer rechts und links vom Regisseur lachten und hoben ihre Gläser. Dann lachte auch der Regisseur selbst. Altay schaute sich um, Nazim war in ein anderes Gespräch vertieft – es ging um Farben und Lösungsmittel. Wenn Nazim über Kunst sprach, wirkte er wie ein eifriger Junge voller selbstvergessener Leichtigkeit.

Altays zweiter Nachbar, Farid, flüsterte ihm ins Ohr: »Die Geschichte erzählt er bereits seit drei Jahren. Der Neffe ist sein eigener Sohn, mit einer atemberaubend hässlichen Idiotin verheiratet und Vater dreier grenzdebiler Kinder.«

Altay stöhnte.

»So ist es hier bei uns«, entgegnete Farid. »Wo kommst du her?«

»Berlin.«

»Ach, ein Barbar.«

Altay schüttelte den Kopf: »Hier geboren.«

»Und rechtzeitig entkommen«, sagte Farid.

Ihre Knie berührten sich leicht.

Nach altem Brauch wurde gegen 22 Uhr Plow gereicht, das Königsgericht der aserbaidschanischen Küche. Nachdem die Reisplatten auf den Tischen standen, beeilten sich die Kellner, die unterschiedlichen Plow-Beilagen zu servieren. Altay bediente sich von der süßen Variante des

Safranreises, gekocht mit Sauerkirschen, garniert mit Pistazien. Das Dessert warteten sie gar nicht erst ab.

Sie gingen in eine Bar, bestellten Whiskey und sprachen kaum miteinander. Aber was gab es auch schon zu sagen. Ein sechzehnjähriges Mädchen gesellte sich zu ihnen, plapperte freimütig vor sich hin – sie verglich ihre Shoppingerlebnisse in L. A. und NY. New York fand sie irgendwie besser. Zum Beweis streckte sie ihr Bein aus und führte Altay ihre NY-Pumps vor. Altay überlegte, ob das Mädchen wohl eine Professionelle war. Der Mädchenfuß war groß und knochig, mindestens Schuhgröße zweiundvierzig, das Mädchen selbst war schlaksig und hatte grobe Gesichtszüge, die mit viel Make-up ausgemalt waren. Der DJ spielte abwechselnd Adele, Rihanna und ein wenig Madonna.

Altay tastete nach der Bettdecke. Farid lag neben ihm, anscheinend schlafend. Das weißgelbe Mondlicht fiel sanft auf seinen Körper und vermischte sich mit dem Schwarz des nächtlichen Zimmers. Die Fenster waren trotz der milden Nacht geschlossen, sodass die Geräusche der Nacht nicht ins Schlafzimmer drangen. Altays Finger wanderte über das Bett, immer weiter, Farids Wirbelsäule entlang, bis Farid seine Hand nach ihm ausstreckte und ihn zu sich zog. Hinter der Wand stritten die Nachbarn.

Erst beim Frühstück – einer Tasse Milchkaffee – betrachtete Altay Farid und seine Wohnung genauer. Diese war nur mir dem Nötigsten eingerichtet, wobei das Nötigste den Bedürfnissen eines jungen, unverheirateten, kaukasischen Mannes entsprach. Die Wände waren bis auf eine

Reproduktion von Maurycy Gottliebs Selbstporträt als Ahasverus, des Ewigen Juden, kahl. Altay hatte das Bild zusammen mit Leyla in Krakau gesehen und war sofort fasziniert gewesen. Ahasverus, beziehungsweise Gottlieb selbst, wurde im Profil gemalt, mit einer Krone, einem Ohrring und einem unvergesslich melancholischen Gesichtsausdruck.

Farid dagegen war muskulös, seine Schultern waren breit und die Gesichtszüge markant, zugleich wirkte er wie ein schüchternes Kind, seine Augen glitzerten rostbraun, waren groß und mit langen dunklen Wimpern verziert. Der Mund war sinnlich, die Lippen voll. Altay erinnerte sich an ihren Geschmack und zog Farid näher an sich heran, tastete sich an dem noch immer sich fremd anfühlenden Körper entlang, lernte und genoss.

»Also, was machst du hier?«, fragte Farid.

»Ich bin wegen meiner Frau gekommen.«

»Noch so ein treuer Ehemann.«

Altay wurde rot.

»Halb so wild, wir haben sehr viele von euch hier«, sagte Farid. »Du hättest ruhig sagen können, dass du verheiratet bist.«

»Es ist nicht so, wie du denkst.«

»Das ist es nie.«

»Ich habe sie aus dem Gefängnis geholt.«

»Wie ritterlich von dir.«

Farid grinste. Altay rührte in seiner Tasse um.

»Nun hab dich nicht so. Was hatte denn deine treue Gattin angestellt?«

»Autorennen.«

»Die ist wohl von der harten Sorte.«

»Kennst du die Leute?«

»Ich halte mich so gut es geht von ihnen fern.«

Die Röte war noch immer nicht von Altays Wangen gewichen.

»Diese Rennen kommen aus Saudi-Arabien, nur dass sie dort in der Wüste stattfinden und hier in der Innenstadt. Mein Bruder arbeitet dort als Arzt, flickt die Jungs wieder zusammen.«

Als Altay sich verabschiedete, kritzelte Farid im Flur seine Telefonnummer auf einen kleinen Zettel und hielt ihn Altay hin. Altay nahm den Zettel wortlos entgegen und schob ihn sich in die Hose.

»Verlier den Zettel nicht«, ermahnte ihn Farid.

Altay lächelte verlegen.

Farid umarmte ihn lange und fest, bis Altay in seinen Hals biss und Farid ihn aus seiner Wohnung schubste.

In Salomes Haus holte Altay sich als Erstes ein zweites Kopfkissen, legte es aufs Bett, drapierte Farids Zettel darauf und legte sich daneben. So verbrachte er die nächsten zwei Nächte. Am Morgen des dritten Tages rief er an.

14

Nach Scheki steuerte Leyla weiter den Norden an, sie wollte in das kleine Dorf Ilisu, an der Grenze zu Dagestan und Georgien. Es handelte sich um einen winzigen Ort hoch in den Bergen, die felsig und dennoch grün waren und deren Vegetation verdächtig der alpinen glich. Die Alten hatten Goldzähne und die Jungen Smartphones. Ansonsten versuchte man nicht aufzufallen und kümmerte sich ums Vieh.

Hoch über dem Dorf thronte das Hotel, das aus einem Dutzend kleinerer Gebäude bestand, die ohne eine ersichtliche Ordnung erbaut worden waren, dazwischen lag ein ausladender Pool mit leuchtend blauem Wasser. Nazims Freunde fuhren regelmäßig mit ihren Enkelkindern hierher, es sei ruhig und weit genug von Baku entfernt, manchmal komme die Dorfjugend ins Hotel, um Tee zu trinken und sich die Touristinnen in Bikinis anzuschauen, denn kein Mädchen aus Ilisu, das etwas auf sich hielte, würde so etwas jemals in der Öffentlichkeit tragen. Jonoun und Leyla bekamen ein kleines Häuschen am nördlichsten Ende der Ferienanlage, zu welchem man über eine lange Treppe hinaufgelangte. Das Haus war vor fremden Blicken geschützt, hatte ein Schlafzimmer, ein winziges Wohnzimmer und eine Küchenecke, ausgestattet mit einem elektrischen Wasserkocher und jeweils zwei Tellern, Gabeln, Messern und Tassen.

Bei halb zugezogener Badezimmertür duschten sie nacheinander, zogen sich frische Kleider an und trugen sogar ein wenig Make-up auf. Gemeinsam gingen sie zum Haupthaus hinunter, die untergehende Sonne tauchte die Berge in rötliches Licht. In der Provinz ging die Natur verschwenderisch mit ihrer Schönheit um. Jonoun nahm vorsichtig Leylas Hand, und von unten musste es so ausgesehen haben, als ob die eine Frau der anderen half, den steilen Pfad hinunterzusteigen. Über dem Berggipfel kreiste ein Adler.

Am Abend aßen sie Lamm. Leyla hatte Appetit, und Jonoun bemerkte zufrieden, dass Leylas Hüften ein wenig runder geworden waren. Intensive Dunkelheit hatte sich über die Berge gelegt, um sie herum herrschte absolute Ruhe, lediglich Kinderlachen und das entfernte Rauschen eines Baches waren zu vernehmen. Das Wasser kam klar und kalt herunter.

Altay rief an, um nach dem Rechten zu fragen. Leyla zog es vor, vom Essen zu schwärmen: Morgens selbstgemachte Butter, Käse und frisches Brot; später gegrilltes Lamm und Huhn und, falls der Koch einen guten Tag hatte, die eine oder andere regionale Spezialität. Getrunken wurde österreichisches Billigbier oder selbstgekelterter Wein, in Smirnoff-Flaschen abgefüllt. Altay trug nicht viel zur Unterhaltung bei, Leyla redete immer weiter, um keine Stille aufkommen zu lassen. Im Hintergrund hörte sie Salome rufen: »Natürlich schmeckt dort alles besser. Die haben wenigstens richtige Lämmer. Lämmer, die echtes Gras fressen und zum Nachtisch auch noch Heu bekommen. Und hier kriegen sie nur Karton.« Leyla verabschiedete sich rasch und legte auf.

Der Morgen brach an und löste langsam die Nacht ab. Jonoun schlief noch, ihr Körper war warm und weich, der Bauch hob und senkte sich mit jedem Atemzug. Leylas Gedanken waren einfach und luzide. Sie kletterte aus dem Bett, vorsichtig, um Jonoun nicht aufzuwecken. Dann schaute sie Jonoun an und fragte sich, ob diese Liebe zwingend war. Sie zog das Kleid vom gestrigen Abend an, nahm ein Handtuch und schlich sich hinaus.

Sie rannte den Steinpfad hinab, die frische Luft stieg ihr zu Kopf, sie fröstelte am ganzen Körper. Die Berge lagen im dichten Nebel. In den Grashalmen funkelten Tautropfen. Um den Maschendrahtzaum war alles voller Abfall, eine magere Kuh suchte zwischen Coca-Cola-Dosen, Plastiktüten und zerbrochenen Flaschen nach Nahrung.

Sie ging hinunter zum Pool, der im Nebel geisterhaft wirkte. Die olympische Größe des Pools mutete in den kaukasischen Bergen seltsam an. Das Wasser war eisig kalt, Leyla beschloss, zwanzig Bahnen zu schwimmen, und nach den ersten zehn wurde ihr bereits wärmer. Leyla erhöhte ihr Ziel auf hundert.

Als sie zurückgekommen war, lag Jonoun noch immer im Bett. Leyla dachte, dass Jonoun es verdient hätte, von Manet gemalt zu werden, in ebendieser Pose und im fahlen Morgenlicht. Leyla kam wieder ins Bett.

Jonoun drehte sich zu ihr um und murmelte: »Deine Haare sind ja noch nass«, woraufhin Leyla sie auf den Mund küsste. Jonoun legte sich auf sie, berührte ihre Brust, streichelte über ihren Venushügel. Dann kniete sie sich vor sie, zog ihren Slip aus, atmete durch die Nase ein und durch den offenen Mund wieder aus. Leyla stöhnte synkopisch. Jonoun berührte sie nun mit der Zunge, ließ langsam ihren Daumen hinein- und wieder herausgleiten. Dann den Ring- und Mittelfinger. Sie leckte den Kitzler, saugte, pustete und streichelte und änderte immer wieder die Reihenfolge ihrer Bewegungen, damit Leyla sich an keine gewöhnte. Leyla wusste nicht mehr, wo ihr Körper anfing und endete, alles wurde eins, und dann erschien auf ihren Wangen die verräterische Röte, die Franzosen auf ihren Gemälden mieden und die Russen niemals ausließen.

15

Nazim hatte ein Treffen mit einem seiner neuen Bekannten arrangiert – einem Scheich, dem Oberhaupt eines kleinen Ablegers des Mevlevi-Ordens, einst vom arabischen Mystiker und Poeten Maulana Dschalal ad-Din ar-Rumi begründet. Maulana-Derwische suchten in ihren Drehtänzen die mystische Auflösung und Wiedervereinigung. Touristen durften ihnen zuweilen dabei zusehen.

Leyla und Jonoun hatten eine kryptische Wegbeschreibung bekommen, vorbei an ärmlichen Dörfern, zu einem großen, neuerbauten Haus, irgendwo in den kaukasischen Bergen. Die erste Etage war bis auf mehrere persische Teppiche, auf denen bunte Kissen drapiert waren, leer. Jonoun und Leyla wurden hineingeführt. Der Scheich saß auf dem Fußboden, sein Oberkörper leger aufgerichtet, das linke Bein ausgestreckt, das rechte angewinkelt und auf dem Fuß des anderen plaziert. Er sprach langsam, sehr, sehr langsam.

Er begrüßte die Frauen, Leyla übergab ihm ein Geschenk von Nazim – ein altes, handgeschriebenes Buch mit Gedichten von Imadaddin Nasimi, der durch eine Fatwa in Aleppo bei lebendigem Leibe gehäutet worden war. Leyla hatte sich wegen des Geschenks Sorgen gemacht, doch der Scheich schien zufrieden zu sein. Er nickte und sagte: »Euer Unglück hat mit dem Vogelsterben angefangen und wird nicht enden, bevor die Vögel auferstanden sind.« Leyla lächelte höflich und verfluchte innerlich ihren Vater.

Leyla und Jonoun setzten sich, bekamen Tee und Süßigkeiten und schauten zu, wie sich vor ihnen rund zehn Männer für den Dhikr aufstellten. Einer von ihnen begann zu singen: »La ilaha illalah, la ilaha illalah«, es gibt keinen Gott außer Gott. Er hatte eine schöne, metallisch klingende Stimme. Nach und nach stimmten auch die anderen Sufis in den Gesang ein. Der Scheich schloss indessen die Augen, es sah aus, als schlafe er. Synchron breiteten die Männer ihre Arme aus und fingen an, sich entgegen dem Uhrzeigersinn um die eigene Achse zu drehen, wobei sie mit dem linken Fuß über den Teppich glitten und mit der Spitze des rechten immer wieder auftippten. Leyla war fasziniert und Jonoun ein wenig gelangweilt, denn es erinnerte sie zu sehr ans Ballett.

16

Die Innenstadt war noch nicht aufgewacht: Nur ein paar müde Verkäuferinnen wuschen die Schaufenster der Edelboutiquen.

Altay war auf dem Weg zur Bushaltestelle. Er wollte zum Strand, um ein wenig alleine zu sein. Obwohl es noch früh am Morgen war, lag in der Luft bereits das Versprechen der Hitze. Neben der Haltestelle kaufte er einer alten Frau Sonnenblumenkerne ab. Sie waren in einer vergilbten Zeitungsseite eingepackt. Ein selbstzufriedenes Gesicht war darauf zu erkennen. Altay schüttelte die Sonnenblumenkerne in seine Hosentasche und las den Artikel – es ging um die Rückkehr eines aserbaidschanischen Soldaten, der bei einer Übung in Ungarn seinen armenischen Kollegen enthauptet hatte und nun als Held ins Land zurückkehrte.

Zwei Reihen vor ihm saß ein junger Mann, der sich immer wieder schüchtern nach Altay umdrehte. Altay lächelte ihn an, der andere drehte sich abrupt weg und schaute eine Station später wieder zu ihm hin. Altay lächelte offensiver, aber der junge Mann beachtete ihn gar nicht mehr. Altay dachte schon, er hätte sich getäuscht, doch beim Hinausgehen kam der Junge auf ihn zu. Altay blickte zu Boden, um Ärger zu vermeiden, woraufhin der andere so tat, als ob er stolperte, und sich auf Altays Knie abstützte. Seine Hand war ganz verschwitzt.

Altay hatte den falschen Bus genommen und musste am Busbahnhof am Stadtrand umsteigen: Am Bahnhof tummelten sich die ärmlichen Massen aus der Peripherie, Männer mit sonnengegerbter Haut und offenen Hemden, Frauen mit Goldzähnen und schreienden Babys in den Armen, von bettelnden Kindern umzingelt, die nie eine Schule von innen sehen würden, überall Tüten, billige Klamotten, Plastikblumen, selbstgedrehte Zigaretten, warme Fanta und Weißbrotlaibe. Not, Armut und Gestank.

Der Strand war fast leer, Altay bekam sofort eine Liege und einen Sonnenschirm. Seine Tageszeitungen und Magazine warf er in den Sand und streckte sich aus. Es roch nach Öl und Salz, das Meer lag ruhig vor ihm, genau wie die Bohrtürme. Der Strandjunge kam mit einer Kanne Tee und Zucker. Er war so mager, dass Altay seine Rippen abzählen konnte. Als der Junge das Trinkgeld entgegennahm, leuchteten seine Augen.

Etwa eine Stunde später ließen sich vor ihm zwei Frauen nieder, eine ältere mit ausladenden Toulouse-Lautrec-Hüften und eine deutlich jüngere, beide in knappen schwarzen Bikinis und mit auffälligem Modeschmuck. Mutter und Tochter, schätzte Altay, ohne irgendeine Ähnlichkeit zwischen den beiden ausmachen zu können. Die Mutter cremte ihre Tochter behutsam ein, ihre Bewegungen hatten etwas explizit Sexuelles, das Altay irritierte. Die Jüngere hatte den makellosen Körper einer Dreizehnjährigen – kein Fett, keine Cellulitis, nicht einmal Hautunreinheiten. Nach einer Weile löste das Mädchen seinen Dutt, sein blauschwarzes Haar war so lang, dass es fast den Sand berührte. Altay nahm eine Zeitung und schlug sie auf. Als er wieder hochblickte, saß neben dem Mädchen ein Mann.

Er sprach mit der Mutter und machte dem Mädchen den Hof. Altay grinste und schloss mit sich selbst eine Wette ab: Er gab dem Mann nicht länger als sieben Minuten, danach musste die Mutter ihn – allein aus Anstand – umbringen. Doch der junge Mann blieb neben dem Mädchen sitzen, scherzte mit ihm, streichelte ihm sanft über den Arm und cremte es ein, wobei er den ganzen Körper knetete. Seine Erektion war nicht zu übersehen. Die Mutter lächelte zufrieden, und erst da verstand Altay, worum es eigentlich ging. Er erhob sich, rannte über den heißen Sand ins Meer und schwamm auf einen der Bohrtürme zu.

Zurück in die Stadt nahm er wieder den Bus. Die Männer standen, während die Sitzplätze den Frauen und älteren Herrschaften überlassen wurden. Es roch nach getrocknetem Schweiß.

Am späten Nachmittag strebten die Menschen in die Innenstadt wie Spermien zu Eizellen: Mädchen mit gefälschten Designer-Handtaschen, Schlafzimmervorhangkleidern und Plastikschmuck schlenderten durch die Straßen, während die Cafés und Restaurants voller juwelenbehängter Damen waren, eingehüllt in Seide und mit großen Sonnenbrillen im toupierten Haar. Auf dem Fontänenplatz stritt laut ein Pärchen, das mollige Mädchen mit hennagefärbtem Haar und bäuerlichen Gesichtszügen erklärte seinem Liebhaber schluchzend, dass es ihn nie, wirklich niemals vor seinen Freunden in Misskredit bringen würde. Die Autos gaben ein Hupkonzert. Der Wind wirbelte den Sand auf.

17

In Georgien erlag Jonoun sofort der russischen Krankheit, sie hatte sich unsterblich in das Land verliebt – mit aller dazugehörigen Naivität und Ignoranz. Soweit Jonoun es von ihrem Autofenster aus sehen konnte, war Tiflis einzigartig in seiner Schönheit. Die ganze Stadt war ausgeleuchtet, und die Hügel glichen den Zweigen eines Tannenbaums kurz vor Weihnachten. Sie fuhren vorbei an Cafés, Nachtclubs und Restaurants. Die Röcke waren nicht so penetrant kurz wie in Baku, und überhaupt waren die Menschen besser gekleidet. Sie fand Georgien so viel westlicher und war von ihrem eigenen Eurozentrismus überrascht.

Am nächsten Morgen wurden sie von Levan, einem entfernten Cousin Leylas, abgeholt. Levan war ein auffallend hübscher junger Mann und der Inbegriff eines glücklichen Provinzlers. Wohlerzogen und charmant, wie er war, dachte er nicht einmal daran, sein Nest zu verlassen. Er wusste, dass er das Glück gehabt hatte, genau dort geboren worden zu sein, wo er hingehörte, wozu dann in der Ferne unglücklich werden? Die meisten in der Stadt kannten und schätzten ihn, wegen seiner unkomplizierten Art und weil er für jeden ein Lächeln und ein paar nette Worte parat hatte. Levan hatte BWL studiert und verbrachte seinen Sommer mit süßem Nichtstun, ab und an sang er in einer Band Beatles- und Robbie-Williams-Cover, vor allem aber war er glücklich – mit sich und seiner Umwelt.

Er holte die beiden Frauen am frühen Morgen in ihrem

Hotel ab und zeigte ihnen die Stadt, mehr Jonoun als Leyla. Leyla hatte sich bei ihm untergehakt und ergänzte manchmal seine Ausführungen. Immer wieder wechselten sie ein paar Worte in einer Sprache, die Jonoun nicht verstand und deren Klang sie nicht einordnen konnte. Erst tippte sie auf Aserbaidschanisch, doch dann fragte sie Leyla überrascht: »Du kannst Georgisch?«

»Meine Mutter ist Georgierin, schon vergessen?«, sagte Leyla.

»Wie könnte man sie vergessen!«, rief Levan aus und stimmte in Leylas Lachen ein.

In den Unterführungen verkauften Frauen alte Zeitschriften und Erdnüsse. Jungs spielten Playstation, und ältere Herren in zerschlissenen Sakkos boten nicht minder zerschlissene Bücher feil. Die Mädchen bekreuzigten sich vor Kirchen, von denen es sehr viele gab.

Leyla bestand darauf, den höchsten Berg zu erklimmen, um das Grab des russischen Diplomaten und Dramatikers Alexander Sergejewitsch Gribojedow zu sehen. Gribojedow war auf der Durchreise, als er 1828 mit dem Husarenregiment in Tiflis ankam, die damals sechzehnjährige georgische Prinzessin Nino Tschawtschawadse erblickte und ihr auf der Stelle einen Heiratsantrag machte. Nur wenig später wurde Gribojedow in Teheran ermordet. Als Nino von seinem Tod erfuhr, erlitt sie eine Fehlgeburt. Sie sollte nie wieder heiraten und ließ die Steinmetze folgende Worte auf seinen Grabstein einmeißeln: »Dein Geist und deine Taten sind im russischen Gedächtnis unsterblich, doch wozu überlebte dich meine Liebe?«

Leyla schritt in kurzen Jeansshorts und Cowboystiefeln energisch voran, Levan und Jonoun hechelten hinterher. Vor ihnen ging ein kleiner Junge an der Hand seiner

Mutter. Plötzlich ließ er seine Spielzeugmaschinenpistole fallen und fing an zu weinen. Die Mutter nahm ihn in die Arme, ließ aber die Pistole liegen. Levan hob sie auf und lief der Mutter hinterher, sie wollte das Spielzeug jedoch nicht wiederhaben. Er blieb ratlos zurück, der Junge, dessen Verzweiflung inzwischen das Ausmaß einer griechischen Tragödie angenommen hatte, weinte noch immer. Dann rannte Levan erneut zur Mutter hin und drückte dem Jungen die Pistole in die Hand. Dabei drehte er sich zu Leyla und Jonoun um, zuckte mit den Schultern und sagte grinsend: »Rabenmutter.«

Vielleicht möchte sie einfach nicht, dass ihr Sohn mit Waffen spielt, dachte Jonoun, sprach es aber nicht aus.

»Sieh mal einer an«, sagte Leyla, als sie mitten in der Innenstadt eine Hejdar-Alijew-Statue erblickten.

»Ich weiß«, lachte Levan. »Es ist der Park der Völkerfreundschaft.« Er nahm die Zigarettenschachtel aus seiner Brusttasche, kramte in der Jeans nach einem Feuerzeug und ließ es mehrmals aufflammen, bis er seinen Kopf vorschob, um die Zigarette anzuzünden. Während er einen tiefen Zug nahm, sagte er: »Hoffentlich wird sein Sohn schwul.«

»Wieso das?«, fragte Jonoun verwundert.

»Weil er mir auf den Sack geht, was soll diese Fresse denn in einem georgischen Park?«

»Ich habe gehört, dass sie letztens seine Statue im Mexico City gefällt haben«, sagte Leyla.

»Was meintest du mit ...«, sagte Jonoun, doch Levan unterbrach sie mit einer entschuldigenden Geste und sagte: »Ach, bei uns kommt es auch langsam in Mode.« Levan seufzte, und als er Leylas und Jonouns Blicke sah, fügte er hinzu: »Ich habe nichts gegen sie, ich war sogar schon mit einigen aus, aber ich würde nie mit einem von ihnen nach Hause gehen.«

»Wer würde denn bitte dich mitnehmen?«, lachte Leyla. Damit war das Thema erledigt.

Am späten Nachmittag brachte Levan sie in die Wohnung seiner Mutter, die seit zwei Jahren verwitwet war. Es gab eine *supra*, das traditionelle georgische Essensgelage. Am Kopfende saß, entgegen der Sitte, Levans Großmutter, eine kleine Frau mit tiefen Furchen im Gesicht. Sie brachte einen Toast nach dem anderen aus, und jeder von ihnen glich eher einer Ansprache als einem Trinkspruch. Levan übersetzte für Jonoun, und Jonoun erinnerte sich nicht, Leyla jemals so entspannt erlebt zu haben. In jeder Stadt war Leyla eine andere, in jeder Stadt bewegte sie sich anders, mal selbstsicher, mal scheu – aber stets mit eleganten, leichten Schritten und der perfekten Körperhaltung einer Ballerina. Jonoun fühlte sich bei ihr geborgen, wollte plötzlich ein Teil von ihr sein, mit ihr verschmelzen. Ja, sie wollte von Leylas Familie adoptiert werden.

18

Salome rauchte eine ihrer dünnen weißen Zigaretten, der Mann saß breitbeinig und zurückgelehnt am Esstisch. Sie unterhielten sich angeregt, wobei Salomes Ton zwischen Ironie und Hohn schwankte. Der Mann sagte nicht viel. Altay blieb im Türrahmen stehen und lauschte angestrengt.

»Ich will, dass diese Leute bestraft werden. Hörst du mich?«, fragte Salome.

»Diese Leute haben nichts Unrechtes getan.«

»Sie haben meine Tochter misshandelt. Auge um Auge.«

»Es wird nicht einfach, das sage ich dir.«

»Du bist für nichts zu gebrauchen«, sagte Salome und drehte sich plötzlich zur Seite: »Altay, komm herein und steh nicht im Türrahmen wie ein grenzdebiler Flüchtling aus Bergkarabach«, schrie Salome.

Altay gehorchte und betrat das Zimmer.

Der Mann lächelte ihn an: »Tja, wie du siehst, sind die kaukasischen Ehefrauen anders. Sie lassen sich nicht ablegen. Meinst du, die Frau vom Chef würde sich jemals so etwas gefallen lassen wie die von Putin?«

Salome griff nach dem vollen Aschenbecher und schmiss ihn in Richtung des Mannes. Dabei schrie sie aus voller Kehle: »Deine folkloristischen Kadaver machen mich krank! Und überhaupt, geh doch zurück zu deiner Ehefrau. Was habe ich schon von dir?«

19

Obwohl es noch früh am Morgen war, stand die Luft bereits. Die Fenster und die Balkontür im anderen Raum waren geöffnet. Jonoun schaltete den Ventilator ein und schaute zu, wie seine Flügel zu rotieren begannen, erst träge, dann schneller. Leyla setzte sich im Bett auf, schob ihre Füße unter den Hintern und drückte die Wirbelsäule durch. Jonoun trank ein großes Glas Leitungswasser zur Hälfte aus und reichte es anschließend Leyla. Diese nahm das Glas entgegen und sagte: »Wir haben ein altes Landhaus.«

»Ein Landhaus?«, fragte Jonoun. Nachdem sie in der vorherigen Nacht vollkommen betrunken ins Bett gesunken waren, war die Distanz der letzten Monate von ihnen abgefallen.

»Meine Großmutter hatte ein kleines Haus in Batumi, am Schwarzen Meer, und ich würde gern herausfinden, ob es noch steht. Levan müsste den Schlüssel haben. Ich habe dort manchmal die Ferien verbracht und kam sonnenverbrannt und fett ins Internat zurück – zum Schrecken meiner Lehrerinnen. Lass uns hinfahren!«, sagte Leyla, während sie sich an die schwülen Sommer in Georgien erinnerte, mit ihrem Großvater, dem alten, hageren Mann, Helden der Sowjetunion, der darauf bestanden hatte, ihr das Schießen beizubringen. Der Großvater, ganz und gar ein Veteran, war stolz darauf, dass sie so eine gute Schützin war, und führte sie den Cousins stets als gutes Beispiel vor. Bis ihr die Jungs eines Abends auflauerten und sie grün und blau schlugen. Sie hätte es nicht wagen sollen, mit ihnen zu konkurrieren.

»Ist es weit?«, fragte Jonoun.

»Hier ist nichts wirklich weit, und es ist die richtige Jahreszeit, in einigen Wochen sitzt ganz Armenien an der Schwarzmeerküste.«

»In Ordnung«, sagte Jonoun.

»Wirklich?«

»Klar.«

Der Weg war lang und führte durch üppige Landstriche, vorbei an Landhäusern, deren Gärten und Zäune nach russischen Literaturklassikern rochen. Sie überholten einen Lastwagen, auf dessen Plane ein ausgeblichener David Beckham eine Pepsi-Flasche anlächelte. Überhaupt stammten die meisten Lastwagen aus Deutschland, die Werbung wurde nicht ausgetauscht, und so bewarben sie auch im Kaukasus deutsche Möbel, Schreiner und Parkettleger.

In diese Landschaft, grün in grün wuchernd, hatten sich die Spuren vom Krieg eingeschrieben: niedergebrannte Häuserskelette und einige Dutzend Kilometer weiter Kolonnen von identischen Häusern, nebeneinander aufgereiht wie auf einer Perlenschnur. Diese Häuser umgab eine Aura des Unglücks. Jonoun bat Leyla, schneller zu fahren.

Sie hielten vor einem Ziegelhaus mit abgeschrägtem Holzbalkendach. Die hellblauen Fensterläden waren verschlossen, die Farbe war an den meisten Stellen abgeblättert, und insgesamt wirkte das Gebäude ziemlich heruntergekommen. Um das Grundstück herum wuchs hohes Gras, müde Pinien spendeten Schatten. Leyla sprang aus dem Auto und rannte ins Haus.

Jonoun folgte ihr langsam. Leyla riss die weißen Laken von den Möbeln, öffnete die Fenster, und augenblicklich nahmen gleißende Sonnenstrahlen den Raum in Besitz. An den Wänden hingen großformatige, stark nachgedunkelte Bilder in schweren Rahmen. Von den einst opulenten Stillleben waren nur noch Umrisse zu erkennen. Das Holz, aus dem das Haus gebaut worden war, war mürbe, und dem Wasserhahn entströmte nur rostbraunes Wasser.

Leyla rief plötzlich aus: »Wir müssen Tante Sweta rufen!«

»Wer ist Sweta?«, erkundigte sich Jonoun.

»Sie kümmert sich um den Haushalt.«

Sie blieben fast eine Woche, schwammen morgens neben rüstigen, braungebrannten Beach-Grannys im Meer, flanierten durch schattige Alleen, an geschwungenen Balkongittern und ewigen Baustellen vorbei, und aßen nachmittags üppige Cremetorten, wobei eigentlich nur Jonoun aß und Leyla an ihrer Torte herumstocherte. In der Stadt selbst gab es nichts zu tun, die Restaurants waren verlassen und lediglich von streunenden Katzen besucht. Neben verfallenden Herrschaftshäusern schwindsüchtiger Russen waren im Zentrum der Stadt einige Fahrgeschäfte aufgestellt. Die Langeweile und Schwerfälligkeit einer Ferienstadt außerhalb der Saison übertrug sich selbst auf das Wetter: Die Luft war schwül. Der Schweiß fraß sich in die Polster, Kleider und Mauern, deren Putz ohnehin bröckelte.

Abends spielten sie Schach. Leylas Haut färbte sich golden und begann zu schimmern, Jonouns bekam ein zartes Suizidrosa. Manchmal setzte sich Sweta zu ihnen, sagte aber nie ein Wort, widmete sich ihren Handarbeiten und sang russische Balladen vom Großen Patriotischen Krieg. Ihre Stimme war heiser und tief. Leyla sang mit.

Manchmal vermischte sich der Gesang mit dem Gackern von Hühnern, die Sweta hielt. Sie war so schmal, dass sie nur aus Altersflecken und Adern zu bestehen schien. Sie wohnte mit einer anderen Frau zusammen, die sie Leyla und Jonoun als ihre Cousine vorgestellt hatte. Diese war klein und rundlich, hatte gutmütige blaue Augen und ein lautes Lachen, das die ganze Straße füllen konnte. Sie war schlecht zu Fuß und verließ deshalb kaum das Haus, aber noch vor einem Jahrzehnt waren die beiden der Mittelpunkt jeder Feier, tanzten, rauchten und trugen Männerkleidung. Niemand nahm Anstoß daran, sie wurden lediglich scherzhaft alte Jungfern genannt. Nun verlief ihr Leben in festen Bahnen, den Sommer über kochten sie Früchte und Gemüse ein, im Winter ernährten sie sich von den Vorräten. Ab und an verrichteten sie Näharbeiten und kümmerten sich um das Haus von Leylas Familie.

Einmal wollte Leyla die beiden besuchen, die Frauen waren nicht zu Hause, und Leyla streifte mit schlechtem Gewissen durch ihre Wohnung. Sie war klein und übervoll mit Zeugnissen des gemeinsamen Lebens: Mitbringsel von ihren Reisen durch die gesamte UdSSR, die Wände waren mit Bücherregalen vollgestellt, und vor den Buchrücken standen Fotografien, auf denen die beiden Frauen stets in zärtlicher Umarmung abgebildet waren. Die Dinge waren eine Bestätigung für ihr gemeinsames Leben. Im Schlafzimmer hing ein Dutzend Ikonen neben einem in Öl gemalten Porträt von Lenin. Es gab natürlich nur ein Bett. Jonoun war von der Lüge der alten Frauen fasziniert, das unschuldige Nebeneinander der Jungfrauen Maria und Lenin tat sein Übriges.

Das Schwarze Meer bewegte sich träge vor und zurück. Es war ein gewöhnlicher, abwechslungsloser Sommertag. Die Insekten summten. Die Haut klebte.

Im Garten stand zwischen den Pinien und Obstbäumen ein überdimensionales Bett aus Zentralasien – eine einfache Holzkonstruktion, ausgelegt mit einem Teppich –, das locker vier oder fünf Leuten Platz bot. Leyla kletterte in die Mitte des Takht, nachdem sie eine Kanne Tee, ein Stück Kuchen und einen Stapel Bücher und Zeitungen danebengestellt hatte. Die meisten Zeitungen waren veraltet, doch Leyla mochte es, alte Artikel zu lesen, sie hatte dann das Gefühl, die Zeit kontrollieren zu können.

Neben ihr hüpften Rotkehlchen über den Rasen. Jonoun machte einen Ausflug in die Stadt, und Leyla war froh, eine Weile alleine sein zu können. Sie goss sich Tee ein, schlug ihren Roman auf, las die ersten Seiten und dachte daran, wie schön doch alles war. Da tauchte Jonoun auf.

»Schon wieder zurück?«, fragte Leyla.

»Es war zu heiß«, antwortete Jonoun und streifte ihre goldenen Sandalen ab. Mit ihren nackten Füßen lief sie durch das hohe Gras.

»Ach so«, Leyla versuchte, ihre Enttäuschung zu verbergen. Zwei Schmeißfliegen schwirrten um den Kuchenteller. Jonoun setzte sich zu Leyla, sagte aber nichts. Leyla griff nach ihrem Buch, schob Jonoun den Kuchenteller zu und las weiter.

»Ich beneide dich manchmal«, sagte Jonoun.

Leyla hob amüsiert ihre Augenbrauen, während Jonoun weitersprach: »Nicht manchmal, sondern die ganze Zeit eigentlich – ich bin neidisch auf das hier«, sie zeigte aufs Haus, »auf deine Familie.«

»Du kannst sie haben«, sagte Leyla lachend.

»Verstehst du eigentlich, woher ich komme? Während deine Mutter sich um die Ballettschule und den Französischunterricht gekümmert hat, wurde meine in die Psychiatrie eingeliefert. In den letzten zehn Jahren hat sie drei Häuser angezündet. Eines, während ich noch drin war.«

»Das wusste ich nicht«, sagte Leyla leiser.

»Vielleicht hatte ich deshalb so große Angst vor Altay, vielleicht wollte ich nicht, dass er mir die Krankheit meiner Mutter attestiert.«

»Er hat selbst so viele Probleme, dass er gar nicht weiß, wohin mit ihnen.«

Jonoun schaute sie lange und zweifelnd an, und Leyla fragte sich, wie sie sich so sehr in dieser Frau hatte täuschen können. Der Garten roch betörend nach Erdbeeren, Eukalyptus und feuchter Erde.

»Wusstest du, dass Stalin aus Georgien ein sowjetisches Florida machen wollte?«, fragte Leyla.

20

Am Abend aß Altay mit Farid in einem Restaurant in der Altstadt von Baku. Die Wände waren dunkel vertäfelt, die Stühle mit rotem Samt bezogen, und an der Decke hing ein riesiger Kronleuchter. Die Kellner bewegten sich lautlos. Auch die Stimmung war gediegen. In der hinteren Ecke dinierte eine Gruppe Iranerinnen, bekleidet mit den kürzesten Röcken, die Altay jemals gesehen hatte, und am Nebentisch betrank sich sehr kultiviert eine Gruppe britischer Geschäftsmänner. Ihre aserbaidschanischen Handlungspartner versuchten auf eine nicht minder distinguierte Weise Sexarbeiterinnen zusammenzutelefonieren.

Altay und Farid bemühten sich, ebenfalls wie Geschäftspartner zu wirken. In den letzten beiden Wochen hatten sie sich jeden Tag gesehen, und Altay war übervoll mit Glück.

»Ich würde gern mit dir zusammenbleiben«, sagte Altay.

Farid nahm seine Hand und drückte sie.

»Ich habe nichts dagegen einzuwenden, Kamerad«, antwortete Farid zärtlich.

»Dann kommst du also mit mir mit?«

»Wie bitte?«, fragte Farid. Er hätte sich fast an seinem Wein verschluckt.

»Entschuldige«, sagte Altay leise. »Ich dachte nur …«

Farid schob den Goldrandteller mit einem Ruck von

sich weg und fragte: »Wieso willst du unbedingt dort bleiben?«

»Was soll das denn heißen?«, fragte Altay barsch zurück.

»Wir könnten auch hierbleiben.«

»Hier?«

»Ja, hier.«

»Ich habe dieses Land aus gutem Grund verlassen.«

»Vielleicht war genau das der Fehler«, Farids Stimme wurde lauter und schneidender.

»Ich will mich nicht verstecken.«

»Als ob du dort so frei wärst.«

Altay hob seine rechte Augenbraue.

Farid fuhr lächelnd fort: »Dort wirst du doch auch nur unter bestimmten Umständen akzeptiert. Was wärst du bloß für ein Schwuler, wenn du dich nicht gut anziehen, dich für Innendesign, Avantgardemusik, Kochen und Lifestyle interessieren würdest?«

»Und du kannst damit gar nichts anfangen?«

»Ich bin schließlich auch ein Mann«, Farid lachte.

»Ich kann hier nicht bleiben«, sagte Altay leise, aber bestimmt.

»Wer bringt euch überhaupt das ganze schwule Zeug bei?«

Altay nahm einen großen Schluck Wein, während Farid weitersprach: »Was ich damit sagen möchte: Europa ist in Wahrheit für uns auch nicht viel sicherer.«

»Das ist doch keine Argument!«, rief Altay aus.

»Und ob, lass mich ausreden. Der Westen braucht den Diskurs über Homosexualität, um sich der eigenen moralischen Überlegenheit zu vergewissern.«

Altay zuckte mit den Schultern: »Komm schon, wir sind schließlich nicht David und Jonathan.«

Farid schaute ihn plötzlich siegessicher an und sprach unbeirrt weiter: »Und überhaupt, ihr seid diejenigen, die uns das Ganze erst eingebrockt haben – eure europäische Boheme, Oscar Wilde, André Gide, Jean Genet, Edward M. Foster – sie alle sind in den Orient gepilgert, um sich hier zu vergnügen.«

»Wohl kaum hierher«, entgegnete Altay.

»Clever«, bemerkte Farid und küsste Altay auf den Mund. Dann sagte er: »Ihr kämpft für die Ehe und wollt zum Militär. Schön für euch. Wirklich, ich freue mich für dich. Vor dreißig Jahren wärt ihr von eurer eigenen Bewegung verachtet worden, und nun seid ihr nichts anderes als Spießer. Als die Engländer …«

»Die Engländer sind inzwischen vollkommen überholt«, versuchte Altay einzuwenden, doch Farid entwickelte seinen Gedanken unbeirrt weiter. »Dennoch, als die Engländer«, er schaute Altay spöttisch an und machte eine ausladende Geste in Richtung des britischen Tisches, »als sie unsere Lyrik übersetzt haben, wurden die männlichen Objekte der Begierde kurzerhand feminisiert, wusstest du das? Bei euch wäre ich nichts als ein Schwuler, vielleicht noch der Sohn eines korrupten Politikers. Was würde ich eigentlich fordern, wenn ich bei der Gay Pride mitmarschieren würde?«

»Hier wäre eine Gay Pride nicht mal denkbar!«

»Gott sei Dank! Ich laufe doch nicht in pinken Höschen herum, zur Belustigung von heteronormativen Touristen.« Farid kniff seine Lippen zusammen, eine Geste, die er oft gebrauchte.

Altay lachte. Farid ebenfalls.

Erst jetzt bemerkten sie, dass die Briten aufgehört hatten zu trinken und sie anstarrten. Als sie in der Nacht miteinander schliefen, flüsterte Farid in Altays Ohr: »Mach dir keine Sorgen, Altay-jan. Die Kondome sind *made in Germany*.«

21

Der Grenzübergang von Georgien nach Armenien war vor allem lang. Leyla und Jonoun, seit den frühen Morgenstunden unterwegs, fühlten sich müde und hungrig. Die Stimmung zwischen ihnen war gereizt, und ihre Haut klebte an den Autositzen. Leyla erinnerte sich vage daran, einen armenischen Großvater zu haben, und wollte sein Grab sehen. Abgesehen davon wussten beide nicht, weshalb sie immer weiterfuhren, doch inzwischen war das Unterwegssein zur existentiellen Notwendigkeit geworden.

Kurz vor dem Grenzstreifen zwischen den beiden Ländern musste Leyla aussteigen und Jonoun ans Steuer lassen. Der Weg war mindestens einen Kilometer lang, schmal, asphaltiert und von hohen Zäunen umgeben. Es gab ein kleines Klohäuschen und sogar einen Duty-free-Shop. Leyla ging hinein, die weißen Fliesen waren frisch gewischt, der Putzeimer stand noch neben dem Eingang, und die Verkäuferin rauchte vor der Tür. Leyla murmelte eine Begrüßung. Das war alles, was sie auf Armenisch sagen konnte, und selbst das hatte sie sich kurz vorher im Auto angeeignet.

Die Verkäuferin lachte und entblößte eine goldene Zahnreihe. Ihr Kopftuch war verrutscht, und auf dem Leopardenmuster ihres zu engen Tops glänzte ein Kreuz.

Irritiert ging Leyla hinein, verkauft wurde nicht viel – mehrere Sträuße aus Plastikblumen, Zigaretten, ein paar vergilbte Zeitschriften, Kugelschreiber, Feuerzeuge, gefälschte Parfumflacons – *Chanel No 5* und *Beyoncé*. Leyla bezahlte ein Päckchen Zigaretten und trat rasch hinaus. Der Grenzbeamte musterte lange Leylas deutschen Pass, dann nahm er mit ernstem Gesichtsausdruck die zehn Dollar Gebühr entgegen und klebte ein buntes Visum hinein. Das Gleiche tat er mit Jonouns blauem, amerikanischem Reisepass. Nun waren sie tatsächlich in Armenien.

Die Szenerie veränderte sich gleich nach dem Grenzübergang. Im dichten Nebel fuhren sie durch eine Landschaft, die in der Literatur ausschließlich als biblisch umschrieben wird, passierten rauschende Bäche, ausgetrocknete Flussbetten und karge Dörfer von epischer Schönheit.

Jerewan hingegen entpuppte sich als eine deprimierende Stadt. An der Einfahrt konkurrierten eine alte Kognakfabrik und der Ararat in all seiner mystischen Pracht miteinander.

Sie checkten in ein Hotel ein, das »17th Floor« hieß und im 14. Stock lag. Die Rezeptionistin war nicht älter als fünfzehn, sprach Englisch mit einem unüberhörbaren New Yorker Akzent und kaute Kaugummi, der nach Erdbeeren roch. Jonoun fühlte sich sofort zu Hause und plauderte ein wenig mit ihr, während Leyla das Gepäck nach oben trug.

Als sie in ein Handtuch gewickelt und mit weißen Hotelpantoffeln an den Füßen aus dem Bad kam, lag Leyla auf dem Rücken und schlief. Ihr Brustkorb bewegte sich auf und ab. Jonoun betrachtete sie und fragte sich, wie jemand so dünn, so fragil sein konnte. Sie kannte diesen Körper mittlerweile wie ihren eigenen, die dunklen Locken, die weiche, elfenbeinfarbene Haut, die klar definierten Muskeln, die feinen Besenreiser am Oberschenkel, welche Leyla zu verbergen versuchte, das dunkle Schamhaar, immer in Schach gehalten. Jonoun legte sich neben Leyla, die von der Bewegung der Matratze wach wurde. Sie streckte ihre Hand nach Jonoun aus und rollte sich auf sie, Jonoun schloss die Augen, suchte mit ihren Lippen nach Leylas und dachte, dass sie diese Frau womöglich wirklich liebte.

Am Abend, nach einem zweistündigen Stromausfall, der sie daran gehindert hatte, das Hotel zu verlassen, da der Lift nicht funktionierte und die Treppenhäuser abgeschlossen waren, gingen Jonoun und Leyla essen. Auf den kaputten Straßen streunten Hunde, und Autos mit tiefschwarzen Fensterscheiben schlichen an ihnen vorbei.

Im Restaurant saßen nur Ausländer und eine lärmende Gesellschaft von Russen, die lauthals Wodka tranken und offensichtlich auf Geschäftsreise waren. Die Augen des Wirts waren von einer ungewöhnlich grünen Farbe. Er war jung und müde. Eine nicht mehr ganz so junge Amerikanerin saß alleine am Tisch und verspeiste genüsslich einen Gang nach dem anderen. Leyla dachte, dass sie auch lieber allein gewesen wäre. Gefühle sind eben keine Fakten.

Irgendwann kam der Wirt zu ihnen. Er stellte eine Flasche Kognak auf den Tisch und fragte, woher sie kämen. Leyla rührte den Alkohol nicht an.

Ohne ihre Antwort abzuwarten, fing er zu erzählen an: »Ich bin oft in Europa und in den USA, meine halbe Familie wohnt dort. Aber ich verstehe Europa nicht. Alles dort ist so rational. Wenn dich jemand anlächelt, will er dir was verkaufen. Hier ist es anders. Wenn jemand lächelt, meint er es auch so. Freundlichkeiten müssen verdient sein. In

Europa würden mir die Gespräche fehlen. Unterhaltet ihr euch überhaupt miteinander?« Er machte nicht den Eindruck, als würde er eine Antwort erwarten.

Nachdem sie den Wirt mit seinen kulturphilosophischen Problemen allein gelassen hatten, spazierten sie durch die Innenstadt. Hinter jedem pittoresken Detail lauerte die Depression. Jerewan war keine Stadt für Touristen.

Leyla fragte sich, wozu die ganze Reise gut gewesen sein sollte. Jonoun liebte Experimente, und sie liebte das Gefühl, verliebt zu sein, vor allem, da sie dieses Gefühl erst so spät entdeckt hatte. Liebe war für sie ohnehin nur ein temporäres Konzept. Es hielt sie nicht lange an einem Ort und vor allem nicht bei einem Menschen.

Zwei Jeeps rasten an ihnen vorbei. Auch diese hatten verdunkelte Fensterscheiben. Sie hielten vor dem nächsten Hauseingang, aus dem gerade ein hochgewachsener Mann mit graumeliertem Haar heraustrat, gefolgt von drei breitgebauten, kahlköpfigen Bodyguards. Aus den beiden Autos sprangen zwei Männer heraus und schossen mit MGs auf die Gruppe. Jonoun zog Leyla zur nächsten Hauswand, doch die Schüsse gingen nicht auf die Gruppe nieder, sondern auf die kleine Fläche direkt vor ihren Füßen. Dann hüpften die Attentäter wieder in ihre Jeeps und fuhren mit quietschenden Reifen davon. Alles geschah in einer rasenden Geschwindigkeit.

Am nächsten Tag blieben sie im Hotelzimmer, rauchten bei offenem Fenster und sahen hinaus auf den Ararat, der die ganze Stadt überragte. Ein magisches Gebilde, zum Greifen nahe und dennoch unerreichbar.

»Lass uns zurückfahren«, sagte Leyla.

»Wieso?«

Leyla zuckte mit den Schultern und zündete sich noch eine Zigarette an.

»Meinetwegen«, sagte Jonoun. »Du sitzt eh am Steuer.«

22

Altay tauchte erst Tage später in Salomes Haus auf. Salome saß am Küchentisch und feilte ihre Nägel.

»Wo bist du gewesen?«, fragte sie ihn.

»Was ist mit dir passiert?«, fragte er im Gegenzug erschrocken.

»Ausgerutscht«, antwortete Salome und widmete sich wieder ihrer Maniküre. Auf ihrer rechten Wange war ein violetter Bluterguss, auf der linken und am Kinn waren kleine Hämatome zu sehen.

Altay beugte sich über Salomes Gesicht und fragte sanft: »Darf ich?«, woraufhin Salome nickte und er vorsichtig ihr Gesicht untersuchte.

»Wer war das?«

»Na wer wohl?«

»Ist er weg?«

»Natürlich.«

Salome seufzte, während sie die aufsteigenden Kohlensäurebläschen im Wasserglas beobachtete. Altay schwieg und ließ ihr Zeit.

»Ich verstehe die neue Welt nicht«, sagte Salome langsam. »In meiner Jugend kannte man sich in der Stadt, zumindest in *unseren* Kreisen. So etwas kam äußerst selten vor, und wenn, dann nicht bei uns. Man kannte sich durch die Herkunft, die Eltern, die Musikschulen und das Ballett, die Institute und die Ehemänner. Aber alle sind inzwischen weg, es sind nur noch die Unterschichtenmillionäre und die Indianer übrig, die durch die Innenstadt flanieren – sie stellen ihren Reichtum in seiner ganzen Armseligkeit zur Schau.«

»So wie er?«, fragte Altay.

»Vor allem so wie er«, bestätigte Salome und lächelte zum ersten Mal.

23

Nazim hatte Altay gebeten, ihn auf den Basar zu begleiten. Obwohl es in seinem Haus für jede nur erdenkliche Aufgabe mindestens einen Angestellten gab, machte er seine Einkäufe jeden Morgen selbst. Er brachte die Lebensmittel nicht in sein Haus, sondern ins Atelier, in dem seine Wäsche zwischen den Leinwänden trocknete. So hatte Altay verstanden, dass Nazim in seinem Atelier wohnte.

Auf dem Basar stapelten sich die Waren: Lebende Hühner wurden neben Bergen von Tomaten, Gurken, Kirschen, frisch gebackenem Brot und Eiern feilgeboten. Männer mit sandfarbenen Jacketts und abgekämpften Gesichtszügen flüsterten: »Kaviar, ganz billig, Kaviar, ganz billig, Kaviar, Kaviar, ganz billig.« Nazim ging zielstrebig in die überdachte Fleischhalle. Diese war mit weißen Kacheln ausgelegt, von denen in regelmäßigen Abständen mit einem Wasserschlauch das Blut weggespült wurde.

Als Altay den Geruch von geronnenem Blut nicht länger ertrug, ging er hinaus und zündete sich eine Zigarette an. Sein Blick schweifte über die Händler und ihre Waren: so viele Tiere in den unterschiedlichsten Daseinsstadien, im Käfig gackernd, gerupft und ausgenommen, am Haken hängend und von Fliegen belagert.

Nazim kam mit einer Plastiktüte unter dem Arm heraus, hakte sich bei Altay unter und lief mit ihm die engen Gassen des Marktes ab. Er schaute sich die Nahrungsmittel genau an, probierte, feilschte ein wenig des reinen Vergnügens willen und pfiff fröhlich vor sich hin. Schließlich blieben sie vor einem Stand mit Wassermelonen stehen, Nazim klopfte die Schale einer Wassermelone ab.

»Die ist krumm«, gab Altay zu bedenken.

»Na und?«, rief der Verkäufer empört aus. »Ich bin auch krumm. Und dunkel. Aber mein Herz ist rein.«

»Ich weiß nicht«, murmelte Nazim.

»Die ist sehr gut, das verspreche ich dir«, gelobte der Verkäufer ernst.

»Was kostet das Kilo?«, fragte Nazim.

Der Verkäufer nannte eine Zahl. Nazim pfiff. Der Verkäufer bekannte sich zu einem niedrigeren Preis, woraufhin Nazim ernst den Kopf schüttelte. Der Verkäufer ging um ein paar Cent weiter runter und murmelte: »Wassermelone ohne Geld ist wie Frau ohne Mann und umgekehrt.«

»Sind Sie verheiratet?«, fragte Altay.

»Natürlich! Sieben Kinder«, verkündete der Verkäufer stolz. »Ich mache es zweimal am Tag, einmal morgens und einmal abends«, sagte er und klopfte auf eine Wassermelone, um zu verdeutlichen, was er meinte.

»Wenn alles nur so einfach wäre«, sagte Altay und ging weiter.

Er setzte sich in eine Chayhane, Nazim folgte ihm und plazierte die Einkäufe im Schatten eines Baumes. Es war heiß, und bis auf drei schwitzende Kellner war das Lokal leer. Nazim winkte einen von ihnen heran.

»Kann ich eine Cola haben?«, fragte Altay, als der Kellner eine Teekanne und eine Zuckerdose auf den Tisch stellte.

»Ausländer?«, fragte der Kellner. Zwischen seinen Lippen hing eine nicht angezündete Zigarette.

»Bakuiner«, sagte Nazim gereizt, und als der Kellner sich wieder entfernt hatte, fügte er hinzu: »Die Stadt geht zugrunde.«

Altay wischte sich mit einem Taschentuch den Schweiß von der Stirn.

»Kennst du die Geschichte der Ghulamiyyat?«, fragte Nazim.

Altay schüttelte den Kopf.

»Die Ghulamiyyat waren junge Frauen im Bagdad des neunten Jahrhunderts, sie kleideten sich wie Männer, gaben sich Männernamen und trugen keinerlei Schmuck, sondern Schnurrbärte aus Moschus. Ihre Zeit verbrachten sie mit Schachspielen, Pferde- und Hunderennen.«

Altay schaute Nazim entgeistert an. Er erinnerte sich plötzlich daran, dass Leyla Nazims esoterische Ader erwähnt hatte. Nazim sprach unbeirrt weiter: »Am Hofe des Sultans Harun al-Rashid waren bis zu viertausend solcher Frauen. Seine Ehefrau Zubayada wusste, dass ihr Sohn Männer bevorzugte, also wies sie die jungen Frauen an, sich als Männer zu verkleiden.«

»Eine schöne Geschichte, aber wieso erzählst du sie mir?«, fragte Altay.

»Damit du dafür sorgst, dass meine Tochter schnell wieder nach Hause kommt, verstanden?«

In diesem Moment klingelte Altays Handy – es war Salome. Er machte eine entschuldigende Geste und hob ab. Salome fragte Altay, wo er sei. Er sagte ihr wahrheitsgemäß, dass er mit Nazim Tee trinke und später mit ihm in seinem Atelier zu Mittag essen würde. Sie sagte, dass auch sie hungrig sei, und Altay dachte, es handle sich um einen schlechten Scherz, denn Salome hatte Angst vor Lebensmitteln. Er schlug ihr trotzdem vor, mit ihnen zu essen. Salome sagte zu, und Altay glaubte zuerst, er hätte sich verhört, doch dann fragte Salome, ob die alte Adresse noch stimme, und dann legte sie auf. Altay wurde bleich, drehte sich zu Nazim um und sagte, Salome wolle kommen.

Nazim stellte sein Glas auf den Tisch, denn seine Hände zitterten. Schließlich sagte er langsam: »Ich will sie nicht warten lassen.«

Sie zahlten und gingen schnellen Schrittes zum Taxistand. Während der Fahrt schwiegen sie. Durch Bakus Straßen fegte ein Sandsturm, fraß sich durch alle Kleiderschichten, blieb an der Haut kleben und verteilte sich in den Wohnungen und Autos.

Im Atelier wurde der Tisch für drei gedeckt. Zwanzig Minuten später ertönte die Klingel. Salome kam langsam die Treppe herauf. Sie trug ein schlichtes weißes Kleid und kaum Make-up.

Altay öffnete das Tor, Nazim stellte sich hinter ihn, als wollte er sich verstecken.

Sie kam herein, küsste Altay auf die Wangen und schaute Nazim an. Nazim machte einen Schritt auf sie zu und streckte seinen Arm aus. Salome klammerte sich mit beiden Händen daran. Nazim sagte: »Schau, wie schön du bist. Altay, ist sie nicht wunderschön?«, und Altay fehlten die Worte.

»Wollen wir zu Tisch?«, fragte Salome.

Altay fühlte sich unbehaglich. Die Situation war zu intim, nicht für seine Augen bestimmt. Er traute sich dennoch nicht zu gehen.

Man reichte einander Brot, Salat und Fisch, schenkte sich gegenseitig Wein ein, und allen Gesten wohnte die Vorahnung kommender Zärtlichkeit inne.

Altay ging hinaus, um eine Zigarette zu rauchen. Der Sandsturm hatte sich inzwischen gelegt. Selbst der Rauch seiner Zigarette stieg nicht auf, sondern blieb neben der Zigarette stehen. Er fühlte sich leer und einsam und wollte Farids Stimme hören. Er wählte langsam seine Nummer, die er auswendig gelernt hatte.

24

Altay wurde neben Farid wach, sie lagen aneinandergeschmiegt, Farids Beine über Altays.

Sie verbrachten den ganzen Tag miteinander, hörten Jazz und redeten. Altay briet Stör und machte Salat. Sie aßen auf Farids Dachterrasse, zogen eine Line Koks und fuhren los.

Farid wollte Altay *Yanar Dag,* den brennenden Berg, zeigen, eine außerhalb von Baku gelegene Erdbrandstätte, aus der Flammen aufstiegen. Kleine wie große. Als sie am Berg angekommen waren, starrten sie in die Flammen, in einem Anfall wehmütiger Sehnsucht nach Liebe, allerdings keiner gemeinsamen. Eine schwangere Katze rieb sich an Altays Bein, und er hatte das Gefühl, er würde ins Feuer laufen, wenn sie dort noch länger stehenblieben.

Auf dem Rückweg nach Baku hielt Farid an einer Aussichtsplattform, und sie schauten auf das dunkle, spiegelglatte Meer und die hell leuchtenden Sterne. Altay griff in Farids Hose. Plötzlich klopfte ein Polizist an die Scheibe. Mit einer Taschenlampe leuchtete er in das Wageninnere.

Er verlangte Altays und Farids Ausweise und steckte sie ein, ohne auch nur einen Blick in die Dokumente geworfen zu haben.

»Ihr kommt mit«, sagte der Polizist. Zwischen seinen Lippen steckte ein Zigarettenstummel, und das Haar sah fettig aus.

»Wohin denn bitte?«, fragte Farid sichtlich genervt und in schlechtem Aserbaidschanisch.

»Spiel hier nicht das reiche Muttersöhnchen!«, sagte der Polizist.

»Wissen Sie, wer ich bin?«

»Ihr Schweine kommt mit!«

»Ich kann hier doch nicht mein Auto stehenlassen, es wird sofort geklaut!«, protestierte Farid.

»Das sollte deine kleinste Sorge sein, glaub mir!«

»Na gut, Sie werden es sicherlich meinem Vater erklären können.«

»Der soll aus dir erst mal einen Mann machen!«

»Und was soll das kosten?«, fragte Farid lachend.

Der Polizist nannte einen Preis, Farid schüttelte den Kopf, woraufhin er und Altay auf die Rückbank des Polizeiwagens verfrachtet wurden.

Unterwegs erzählte der zweite Polizist, dass er vor ein paar Wochen eine Tochter bekommen habe – und zum Gottesdank drei Schafe am Heiligen Berg opfern wolle. Er und seine Frau hatten die Schafe in einem Dorf in der Nähe des Pilgerorts gekauft, aber in seinem Dienstwagen war für sie nicht genug Platz, also bestellten sie ein Taxi. Da die Schafe nicht alle in den Kofferraum passten, schlug der Taxifahrer vor, ein Schaf auf dem Beifahrersitz anzuschnallen. Das taten sie dann auch und fuhren los, doch das Beifahrerschaf geriet in Panik und riss sich los, woraufhin auch die beiden Tiere im Kofferraum durchdrehten und schließlich das Auto zum Umkippen brachten. Es überschlug sich und landete im Graben. Niemand wurde verletzt, und die Schafe wurden wie geplant geschlachtet.

Auf der Wache studierte Altay die machtbesessenen, aufgedunsenen Gesichter der Polizisten. Es handelte sich um Menschen, die glaubten, außerhalb des Systems zu stehen und niemandem Rechenschaft schuldig zu sein. Ihnen war alles erlaubt, und sie hatten Leyla gehabt.

Als einer von ihnen endlich Farids Ausweis prüfte, fing seine Hand an zu zittern, und er wischte sich den Schweiß mit einem nicht mehr ganz sauberen Taschentuch von der Stirn.

Augenblicklich reichte er die Dokumente zurück und murmelte: »Ist ja nichts passiert.«

Farid schaute ihn amüsiert an.

»Sie saßen ja bloß im Auto und haben Ihre Schwänze verglichen, nicht wahr?«, sagte der Polizist kleinlaut.

»Nein«, antwortete Altay.

»Doch, Sie saßen in Ihrem Auto, hatten schon einiges getrunken und verglichen Ihre Schwänze«, schlug der Polizist vor.

»Nein«, sagte Altay.

»Aber was soll ich bloß schreiben?«, fragte der Polizist.

»Was immer Sie möchten«, sagte Farid bestimmend und schlug seine Beine übereinander.

»Bitte gehen Sie«, sagte der Polizist leise, »und erzählen Sie Ihrem Vater nichts. Ich habe eine kleine Tochter.«

25

Das Kaspische Meer war zwar in der Nähe, aber nirgends zu sehen. Sie waren an der Grenze zum Iran und passierten uralte Lehmmauern, hinfällige Strommasten, ausgemergelte Kühe. Die Fauna war tropisch, verstaubt. Der Boden ausgedörrt. Die Luft stand.

Das Navigationssystem schwieg schon seit geraumer Zeit, und Leyla orientierte sich mit Hilfe einer sowjetischen Landkarte.

Nach einer Weile blieben sie vor einem einsamen Gebäudekomplex stehen. Über dem Eingang hing zwar ein großes Schild mit der Aufschrift HOTEL, aber die Architektur erinnerte eher an einen Schlachthof als an eine Ferienanlage. Die Empfangsdame bügelte im Hof. Sie trug einen ausgewaschenen Hauskittel, dessen Blumenmuster sich über ihr weiches Fett spannte. Eine träge grüne Schmeißfliege surrte um sie herum.

Jonoun vertiefte sich in die Ornamente der Teppiche, während Leyla mit der Wirtin verhandelte. Schließlich pfiff die Wirtin, und ein etwa zehnjähriger Junge tauchte auf, um das Gepäck ins Zimmer zu bringen. Jonoun ließ ihre Tasche nicht los, und der Junge verschwand mit einem sichtlich beleidigten Gesichtsausdruck.

Gegenüber von ihrem Hotel war eine Militärbasis. Ihr Schlafzimmer befand sich vis-à-vis vom Männerschlafsaal.

Sie beobachteten die Jungs, die schwitzend, mit nackten Oberkörpern, ihre Gewehre auseinandernahmen, um sie nur Augenblicke später wieder zusammenzubauen. Jonoun versuchte, die Jungenkörper zu begehren, aber es gelang ihr nicht.

Jonoun und Leyla duschten zusammen, zogen sich an und verließen den Raum. Seit Stunden, wenn nicht seit Tagen, hatten sie nicht mehr miteinander geredet, denn es gab nichts zu sagen, und so schwiegen sie. Die einzigen Sehenswürdigkeiten dieser Stadt waren ein Bahnhof, der nach der absoluten Endstation ausschaute, und ein kleiner Park, der Alijews Glorie gewidmet war. Die Anlage war nach dem Muster der französischen Gärten angelegt, im Gegensatz zur üppig wuchernden Natur außerhalb des Parks herrschte hier Ordnung – gemähter Rasen, penibel aufgestellte Sitzbänke und asphaltierte Wege, die auf eine überlebensgroße Statue zuliefen. Bevor die Demokratie eingeführt wurde, gehörte die Statue Lenin, nun thronte das Gesicht des neuen Chefs auf dessen Körper. Die Proportionen stimmten nicht, der Kopf war zu groß. Direkt vor der Statue spielten Mädchen Gummitwist. Alles andere zerfloss in der harmonischen Langsamkeit der Provinz.

Ein paar Minuten später gesellte sich ein Polizist zu ihnen, stellte seine Dienste zur Verfügung und pries seine Heimatstadt an, um sich dann nach dem Hotel und der Zimmernummer der beiden Frauen zu erkundigen. Als sie ihn losgeworden waren, kauften sie sich in einem verlassenen Kiosk ein Eis. Den zerknitterten Geldschein legten sie neben die Kasse.

Am Bahnhof gab es drei Gleise, die Schienen waren mit Unkraut überwuchert. Rechts und links der Gleise saßen

Männer in der Hocke und schienen nicht einmal mehr auf etwas zu warten. Jeden zweiten Abend kam ein wenig Leben in die Szenerie, ein Zug rollte langsam ein, der Bahnhof füllte sich mit Menschen. Die Reisenden hängten ihre Oberkörper aus den Waggonfenstern, und die Einheimischen streckten ihnen Waren entgegen – Früchte, Nüsse, gebratene Hähnchenhälften und gekochte Maiskolben.

Die Hotelbesitzerin trug noch immer ihr Hauskleid und servierte ihnen ein trauriges Abendmahl, das aus gebratenem Hühnchen, Tomaten, Brot und Tee bestand. Über ihnen brannten bunte Lichterketten, die Moskitos anzogen. Am Nebentisch spielten Polizisten lautstark Karten und tranken. Zwischen ihrem dichten Brusthaar schimmerten Schweißperlen. Die Mücken machten jede Nahrungsaufnahme unmöglich. Im Männerwohnheim waren alle Säle dunkel.

Am nächsten Morgen gingen sie zum Strand, das Meer wirkte fahl und grau. Die Wirtin hatte ihnen zum Frühstück wieder Tee, Brot, Tomaten und kaltes Hühnchen vorgesetzt. Die Straßen rochen nach geschmolzenem Asphalt. Jonoun klickte sich durch die Nachrichtenportale der Online-Zeitungen; die Neuigkeiten aus der Türkei verfolgte sie mit großem Interesse und sehnte sich nach Freiheit, echter Freiheit ohne Beziehungen. Am Anfang hatte sie jeden Augenblick mit Leyla genossen, hatte sich ihr unterlegen und unerfahren gefühlt. Es war die immer wiederkehrende Sensation der nackten Haut, ihrer Wärme und Festigkeit, das Eintauchen in ein anderes Leben, das Verschwinden der eigenen Körpergrenzen. Jonoun wollte Leyla auswendig lernen, so sein wie sie, mit jeder Pore, sich in sie verlieben, mit ihr baden und sich selbst vom eigenen Körper reinwaschen, mit Leyla schlafen, tanzen, lachen, essen. Doch dann hatte ebendieses Verlangen nachgelassen, Jonoun wurde unsicher, die Notwendigkeit dieser Liebe erlosch, sie kehrte zu ihrem alten, nicht vorhandenen Leben zurück und wurde mit jedem Tag unglücklicher. Als sie nicht mehr wusste, wohin mit sich selbst, war Altay gekommen und hatte sie mitgenommen. In Baku verliebte Jonoun sich wieder, nicht in Leyla, sondern in ihre Familie. Leyla streichelte ihr über die Schulter. Jonoun erschauderte.

Der Strand war mit Kieselsteinen bedeckt, zwischen denen Glasscherben, Plastiktüten und zerknüllte Zigarettenpackungen lagen. Sie waren am Rande der Zivilisation angelangt. Leyla lag auf dem Bauch, Jonoun folgte mit ihren Fingern den Kerben ihrer Wirbelsäule, doch Leyla schüttelte ihre Hand ab.

Eine Gruppe Kinder kam auf sie zu und umkreiste sie neugierig. Schließlich trat ein kleines Mädchen vor und fragte in gebrochenem Russisch: »Wie heißt du?«

»Leyla«, antwortete Leyla.

»Und sie?«, fragte das Mädchen.

»Das ist Jonoun«, sagte Leyla, und Jonoun lächelte, weil sie ihren Namen verstanden hatte. »Und du?«, fragte sie das Mädchen.

»Samira.«

Samira suchte sichtbar nach Worten und fragte schließlich: »Woher kommt ihr?«

Die anderen Kinder verharrten reglos.

»Baku«, antwortete Leyla.

Die Kinder waren sichtlich beeindruckt.

»Ich habe eine Tante dort!«, erinnerte sich eines.

»Das ist gut«, sagte Leyla.

»Ich war noch nie dort«, sagte Samira.

»Was ist schöner, Baku oder Lenkaran?«, fragte ein Junge, der eine zerschlissene Shorts und eine blaue Mickymaus-Kappe trug.

»Baku«, sagte Leyla.

Da weder Leyla noch Jonoun etwas hinzufügte, verloren die Kinder das Interesse und gingen fort, um mit einem abgewetzten Ball zu spielen. Leyla streckte sich aus.

»Wir könnten weiter nach Dagestan«, schlug Jonoun zögerlich vor.

»Was sollen wir denn da?«

Jonoun zuckte mit den Schultern.

»Das hat doch alles keinen Sinn«, sagte Leyla.

»Und ob«, sagte Jonoun, doch in ihrem Protest schwang eine falsche, unglaubwürdige Note mit.

»Weshalb dann ausgerechnet Dagestan?«

»Weil es einzigartig ist und die Gelegenheit vielleicht nie wiederkommt: all die Sprachen, das Awarische, Lesginische, Kumykische – und dann Mahatschkala.«

»Ich kenne das alles«, sagte Leyla.

»Natürlich kennst du es«, wiederholte Jonoun leise.

Leyla nahm Jonouns Hände in ihre und sagte: »Jonoun, es reicht.«

»Ich weiß«, sagte Jonoun und streichelte ihre Wange.

Leyla küsste sie sanft. Jonoun weinte, die Metamorphose ihrer Gefühle vollzog sich Schlag auf Schlag.

»Los, wir gehen schwimmen«, sagte Jonoun nach einer Weile und zog sich aus. Sie rannte splitterfasernackt ins Meer. Leyla folgte ihr, sie lachten, schlugen um sich und warfen sich in die Wellen.

Als sie wieder in ihrem Hotelzimmer waren, wartete dort bereits ein korpulenter Mann im dunklen Anzug auf sie. Er musste seine Stirn mehrmals mit einem Stofftaschentuch trocken wischen.

26

Farid war der älteste uneheliche Sohn des Oppositionsführers, wobei Oppositionsführer eine denkbar ungeeignete Umschreibung für seine Position war. Farids Vater saß einer Partei vor, die keine reale Macht hatte und deren Spitze längt von der Regierung aufgekauft worden war. Sie konnte sich auf ein festes Gehalt und relative Bewegungsfreiheit verlassen, sofern sie sich nicht in die Realpolitik einmischte und gegenüber den westlichen Medien den Anschein einer Zivilgesellschaft gab. Nicht dass die Regierung etwas von der Zivilgesellschaft oder gar der Demokratie hielt, aber man wusste, was zum guten Ton gehörte.

Als Altay aus Salomes Haus lief, wartete auf ihn eine schwarze Limousine. Wie beim NKWD, dachte er und beschleunigte seinen Schritt.

Der Fahrer lehnte am Heck und rauchte betont lässig. Als er Altay erblickte, lächelte er und sagte freundlich, Altay solle einsteigen.

»Und was, wenn ich es nicht tue?«, fragte Altay.

»Diese Option besteht nicht«, sagte der Fahrer nicht minder freundlich und trat seine Zigarette aus. Trotz der Hitze trug er einen grauen Anzug und war durchaus gut aussehend: Er hatte markante Gesichtszüge und einen gewissen *Gone With the Wind*-Touch. Altay folgte seiner Anweisung.

Drinnen lief die Klimaanlage auf Hochtouren, und aus den Boxen kam ein *Destiny's Child*-Song.

»Pop kommt in der Dritten Welt immer mit Verspätung an, was?«, stellte Altay fest. Der Fahrer bot ihm einen Orangensaft an, als Altay ablehnte, bekam er einen Kaugummi, jedoch keine Antwort auf seine popkulturelle Frage.

Die Limousine hielt vorm Außenministerium. Altay stieg aus und wurde von einer jungen Sekretärin in Empfang genommen. Der Metalldetektor am Eingang piepste, doch das Mädchen lächelte lediglich versonnen. Die bewaffneten Wachen schien der Alarm ebenfalls nicht zu stören. Eine Empfangsdame in einem sehr knappen Lederrock lotste Altay durch das Gewirr der Gänge, die nach Scheuermittel rochen. Schließlich blieb sie vor einer schweren Eisentür stehen und klopfte an. Ohne eine Antwort abzuwarten, traten sie ein. Sie zeigte auf das Sofa und verschwand wieder hinter der Tür. Altay war nun alleine und suchte nach einer Möglichkeit, seinen Kaugummi loszuwerden. Der Raum war groß, die schweren Samtvorhänge zurückgezogen und ordentlich auf den Seiten drapiert. In der Mitte befand sich eine riesige Couchgarnitur aus rotem Samt, auf der Altay inzwischen Platz genommen hatte, und ein Beistelltisch, auf dem Schalen voller Nüsse und Pralinen standen. An der Wand hing ein großformatiges Porträt des Staatspräsidenten, gegenüber von einem riesigen Bücherregal, das eine ganze Wand bedeckte. Altay rollte den Kaugummi zu einer Kugel und klebte ihn unters Sofa.

Eine halbe Stunde später schob sich mit einem lauten Knarren das Bücherregal zur Seite und ein untersetzter

Mann erschien im Zimmer. Es handelte sich um Farids Vater.

Der Oppositionsführer war kleiner, als Altay ihn sich vorgestellt hatte. Sein Hemd spannte über seinem imposanten Bauch. Entlang seiner Nasenwurzel schlängelten sich feine rote Äderchen. Sein Gesicht ähnelte nur entfernt Farids. Der Mund war streng. Alles in allem umgab ihn das Flair eines untergegangenen Oligarchen.

Er drückte Altays Hand, setzte sich breitbeinig aufs Sofa und machte ihm ein Zeichen, sich ebenfalls wieder zu setzen. »Na dann, erzählen Sie mal«, sagte er.

»Wie bitte?«, fragte Altay erstaunt.

»Kommen Sie, wir haben nicht den ganzen Tag Zeit. Ich will wissen, was Sie mit meinem Sohn vorhaben.«

Altay schaute ihn fassungslos an. Der Mann ihm gegenüber lächelte: »Farid ist mein einziger Sohn, und sein Wohl liegt mir am Herzen, verstehen Sie mich?«

»Nicht unbedingt«, gab Altay zu.

»Nun ja, wie soll ich es formulieren?« Er machte eine kurze theatralische Pause, schlug ein Bein übers andere: »Sie sind zu auffällig.«

»Wie bitte?«, fragte Altay.

»Sie müssen diskreter vorgehen, ich sage ja nicht, dass Sie verschwinden sollen, das werden Sie mit der Zeit schon von selbst. Aber nehmen Sie sich in Acht.«

»Ist das eine Drohung?«

»Spielen Sie nicht den Neunmalklugen. Sie haben eine wunderschöne Frau, die leider ebenfalls sehr viel Aufsicht braucht. Ich habe das Gefühl, dass Ihnen im Moment die Dinge ein wenig entgleiten. Und ich möchte Sie nur vor weiteren Dummheiten beschützen.«

»Sie möchten mich vor Dummheiten beschützen?«

»Sie haben so wahnsinnig eitle Hoffnungen!«

»Was wollen Sie von mir?« Altay stand auf. Farids Vater deutete wieder auf das Sofa. Altay gehorchte und setzte sich hin. Eine Fliege summte im Zimmer herum, ließ sich für einen kurzen Augenblick auf dem Tisch nieder und wurde von der flachen Hand des Oppositionsführers erschlagen.

»Nun, ich glaube, wir verstehen uns schon. Sie müssen mich entschuldigen, ich werde vom Präsidenten erwartet.«

»Richten Sie ihm einen Gruß aus«, sagte Altay und stand auf.

Der Oppositionsführer fixierte ihn mit den Augen.

»Sie sind nicht der Erste«, sagte er mit gesenkter Stimme: »Reza – so hieß der ehemalige Freund meines Sohnes.«

»Ich habe nicht angenommen, dass ich Farids erster Mann bin. Glauben Sie mir, Ihr Sohn ist recht fortgeschritten«, bemerkte Altay gehässig.

Farids Vater machte eine Handbewegung, die jede weitere Ausführung verbot: »Fragen Sie meinen Sohn nach Reza, und passen Sie gut auf Ihre Frau auf.«

Der Oppositionelle verschwand durch dieselbe Tür im Bücherschrank, durch die er gekommen war, und Altay blieb alleine im Raum zurück. Er atmete tief durch und verließ das Ministerium so schnell er konnte.

27

Der fettleibige Regierungsmitarbeiter in ihrem Schlafzimmer lächelte breit. Vor ihm lagen Kleider und Schmuckschatullen voller Perlen ausgebreitet.

»Ich habe Ihnen Perlen mitgebracht«, sagte er. Sein Bauchfett legte sich in Ringen auf seinen Oberschenkeln ab.

»Wieso Perlen?«

»Perlen symbolisieren Tränen und sind nicht für die Ewigkeit. Ein kleiner Gruß an Ihren Ehemann, wenn Sie verstehen, was ich meine«, sagte er, grinste und wischte sich wieder über die Stirn.

Leyla und Jonoun starrten ihn fassungslos an.

»Was soll das heißen?«, fragte Leyla.

»Fahren Sie nach Hause«, sagte er und lächelte väterlich: »Nazim Ibragimow ist ein sehr wichtiger Mann, seine Ehefrau ist noch wichtiger als er. Viel wichtiger. Sie, meine Liebe, verstehen sich zwar auf Glamour, doch das hier ist nicht Hollywood.« Er streckte seinen Arm aus und zeigte auf das ärmliche Zimmer. Sein Grinsen wurde immer breiter. Jonoun bemerkte, dass zwei seiner Backenzähne aus Gold waren.

Leyla schwieg, und Jonoun wusste nicht, worum es eigentlich ging, doch sie spürte, dass die Situation immer unhaltbarer wurde. Auf Aserbaidschanisch kannte sie nur die Worte »Salam Alejkum« und »Inshallah«. Da es unsinnig gewesen wäre, den Mann zu begrüßen, murmelte sie »Inshallah«, jedoch lauter, als sie es vorgehabt hatte.

»Ich gehe dann mal«, sagte der Mann, und zu Leyla: »Grüßen Sie Ihren Mann.«

28

»Wir gehen auf eine Party«, sagte Farid.
»Was für eine Party?«, fragte Altay, während er ihm sanft den Rücken küsste. Altay lag über Farids Rücken gebeugt im Bett und hatte große Lust, den ganzen Abend so zu verbringen. Doch Farid war bereits aufgesprungen.
»Wird dir gefallen.«
»Ach ja?«
»Indianerehrenwort.« Farid grinste.
»Apropos Indianer«, sagte Altay.
Farid zog die rechte Augenbraue hoch.
»Ich habe heute deinen Vater kennengelernt.«
»Hat er dich bedroht?«
»Nein, eigentlich nicht.«
»Seltsam«, sagte Farid.
Altay zuckte mit den Schultern.
»Hat er dir wenigstens Geld angeboten?«, fragte Farid in einem Ton, der wahrscheinlich nonchalant klingen sollte, aber bloß besorgt wirkte.
Altay schüttelte den Kopf.
Farid selbst hatte einen laxen Umgang mit Geld, er arbeitete für eine Agentur, die das Image von fragwürdigen Staaten wie Aserbaidschan, den Arabischen Emiraten, der Schweiz oder Kärnten verbesserte und pflegte. Sein Büro betreute zahlreiche Stiftungen und Briefkastenfirmen und organisierte politische Safaris für Journalisten und Börsia-

ner. In Aserbaidschan bestand der Verdienst der Agentur darin, an den staatlichen Universitäten eine sozialwissenschaftliche Disziplin etabliert zu haben, die sich einzig mit dem Leben und dem Wirken des verstorbenen Staatsoberhauptes Alijew befasste. Eine intensive, berauschende und zugleich bodenständige Art der Verherrlichung.

Farids gegenwärtiger Auftrag bestand darin, eine britische Adelige für den Präsidentennachwuchs zu finden. Die Einheirat in den europäischen Hochadel war das Einzige, was dem Kalifat am Kaspischen Meer fehlte.

Die Party fand auf einer Jacht statt. Als sie ankamen, wurden sie von zwei Jungs in weißen Marineuniformen begrüßt. Es waren Russen mit bleichen, jungen Gesichtern und riesigen Segelohren.

»Richtige Kadetten, aus St. Petersburg«, flüsterte ein älterer übergewichtiger Mann Altay zu. Er hatte eine starke Alkoholfahne und schwankte ebenso sanft wie das Boot unter ihnen. Den beiden Jungs war ihr neuer Job sichtbar unangenehm, was sie mit vaterländischem Heroismus zu überspielen versuchten. Wahrscheinlich waren sie der Wetteinsatz des Fregattenkapitäns beim letzten Pokerspiel.

»Ist es hier sicher?«, fragte Altay Farid verwundert und erinnerte sich wieder an all die Soldaten, blonde, einfache Jungs mit großen Schädeln und blauen Augen, die er in Moskau versucht hatte zu behandeln, da sie gefoltert und misshandelt worden waren, nicht etwa vom fiktiven tschetschenischen Feind, sondern von ihren eigenen Vorgesetzten. Ihre Mütter waren verlebte Frauen, die aussahen wie deutsche Rentnerinnen und dabei gerade erst vierzig geworden waren. Sie stellten keine Fragen, erzählten nichts, brachten Essen für die Söhne und hart Erspartes für die Ärzte. Nur ihre Augen erzählten von Abgründen.

»Natürlich«, sagte Farid und lächelte so breit, dass man nicht umhinkam, sein strahlend weißes Gebiss zu bewundern: »In der Hauptstadt war Homosexualität eine Frage der Schicht.« Er schaute Altay an und sprach weiter: »Das versuche ich dir ja zu erklären, es geht nicht um Homophobie a priori. Es geht um Macht. Hier wird jeder unterdrückt, der schwächer ist. Wir leben in einem autoritären System.«

Nachdem die Jacht abgelegt hatte, kam auch die Party in Schwung. Die meisten Gäste befanden sich auf dem Oberdeck. Ein paar Bären standen dicht beieinander und klopften sich gegenseitig auf ihre behaarten Oberkörper. Andere verglichen die Fotografien ihrer Ehefrauen.

Unter dem Deck waren mehrere Kajüten, in einer fand Gruppensex statt, in einer anderen standen sechs Männer um ein Tablett mit weißen Lines. Die längste verschwand gerade im linken Nasenloch des Gastgebers, ihr folgte sofort eine zweite.

Der Gastgeber, ein großer Mann mit blutunterlaufenen Augen und buschigen, zusammengewachsenen Augenbrauen, richtete sich auf und gab Altay die Hand. Währenddessen sagte er: »Koks ist eigentlich eine Frauendroge. Aber wir sind ja heute unter uns, meine Mädchen. Hi, ich bin Ali.«

Altay bedankte sich für die Einladung, Farid lächelte und zog ebenfalls eine Line. Altay lehnte ab.

»Wir machen später noch einen Gruppen-Cumshot, habt ihr Lust?«, fragte ihr Gastgeber.

»Wir überlegen es uns noch«, antwortete Farid.

»Na gut.« Ali klopfte ihm auf die Schulter.

Farid und Altay hatten sich bereits umgedreht und verließen das Zimmer, als Ali Farid hinterherrief: »Reza ist im Zimmer nebenan.« Selbst im rötlichen Licht der Kokskajüte konnte Altay erkennen, dass Farid bleich geworden war.

»Wer ist Reza?«, fragte Altay kalt und argwöhnisch, als sie bereits am Heck standen. Vor ihnen glitzerten die Lichter von Baku.

»Nicht so wichtig«, sagte Farid.

»Wenn du meinst.« Altay zuckte mit den Schultern.

Ein paar Minuten später schwankte ein kleiner Mann auf sie zu. Er versuchte Farid zu umarmen, doch Farid wehrte ihn ab. Der Fremde hatte eine starke Alkoholfahne, und seine Pupillen waren starr.

»Was, erkennst du mich etwa nicht?«, fragte er und schwankte wieder auf Farid zu.

Farid schwieg, doch seine Augen funkelten vor Wut.

»Mensch, Farid!«, der andere streckte seine Hand nach ihm aus.

»Kennt ihr euch?«, fragte Altay und bemerkte, dass sein Geliebter am ganzen Körper zitterte.

»Fass mich nicht an«, sagte Farid, stieß den anderen zur Seite und stürmte unter Deck.

»Damit wäre meine Frage wohl beantwortet«, bemerkte Altay trocken.

»Wer bist du überhaupt?«, fragte der andere.

Altay stellte sich vor und streckte seinem Gegenüber die Hand hin. Dieser ignorierte ihn.

»In Ordnung.« Altay grinste. »Wie lange wart ihr zusammen?«

»Fünf Jahre«, knurrte der andere.

»Und was ist dann passiert?«
»Ich habe geheiratet.«
»Wen?«, fragte Altay verwundert.
Der andere bedachte Altay mit einem vernichtenden Blick und zog von dannen.

Auf Altays Handy waren vier Anrufe von Leyla. Er beschloss, sie einstweilen zu ignorieren und stattdessen nach Farid zu suchen. Das Boot legte wieder an. Farid stürmte als Erster hinaus. Reza rannte ihm nach, und Altay folgte den beiden in einem kleinen Sicherheitsabstand. Reza und Farid stritten heftig. Eine Minute später lief Reza davon, und Farid blieb alleine zurück.
»Ich bringe dich nach Hause«, sagte Altay und legte seine Hand auf Farids Unterarm.
»Fass mich nicht an«, schrie Farid und sackte weinend zusammen. Altay ließ ihn kurz auf dem Asphalt sitzen, packte ihn dann am Unterarm und half ihm hoch. Dieses Mal wehrte er sich nicht.

Im Morgengrauen waren sie wieder in Farids Wohnung. Dieser übergab sich auf der Toilette. Als aus seinem Magen nur noch Galle hochkam, brachte Altay ihn ins Bett, verabreichte ihm ein starkes Schlafmittel und Benzodiazepine, nur um sicherzugehen. Farid murmelte Worte der Dankbarkeit, doch da er lallte, waren sie nur schwer verständlich. Altay blieb so lange am Bettrand sitzen, bis Farids Atmung regelmäßig wurde und sein Körper sich entspannte. Farid hatte ihm den nackten Rücken zugewandt, der zugleich muskulös und zierlich war. Altay streichelte ihn und dachte an nichts. Die Zeit schien stehengeblieben zu sein.

Im Badezimmerschrank fand er nichts Besonderes: Aspirin, Paracetamol, Kondome und Gleitcreme. Farids Bücher waren ordentlich sortiert, die Plattensammlung bestand überwiegend aus Jazz mit aserbaidschanischem Einschlag, der Schreibtisch war ebenfalls aufgeräumt, neben dem Laptop lagen zwei Stapel mit Arbeitsunterlagen. Altay durchsuchte zuerst die Schreibtischschubladen, entdeckte aber nichts Besonderes. Anschließend durchsuchte er systematisch den Rest der Wohnung. Im Wäscheschrank, halbherzig unter Frotteehandtüchern versteckt, fand er schließlich, was er gesucht hatte: einen Stapel Fotografien, ein paar ausgedruckte E-Mails, Notizzettel, Eintrittskarten, Flugtickets, die Erinnerungen an ein Leben als Paar. Altay betrachtete eingehend die Fotos, las sämtliche E-Mails, durchsuchte auch Farids Handy und Computer.

Farid schlief bis in den Nachmittag hinein. Die Mittagshitze hatte bereits ein wenig nachgelassen, als er in seinen Shorts ins Wohnzimmer kroch. Altay machte ihm einen Espresso und reichte dazu zwei Aspirintabletten. Farid legte seinen Kopf auf Altays Schoß, und während Altay zärtlich durch sein Haar streichelte, fragte er ihn: »Wer war der Mann auf dem Boot?«

»Keine Ahnung«, antwortete Farid und zündete sich eine Zigarette an. Er war Kettenraucher, und Altay amüsierte sich immer über seine Methode, sich die Zähne zu putzen – in der Rechten hielt er die Zahnbürste und schrubbte sich die Zähne, in der Linken einen Zigarettenstummel, den er nach dem Zähneputzen sofort weiterrauchte.

Altay legte den Stapel mit den Beweisdokumenten neben Farid, dieser nahm sie in die Hand und betrachtete eindringlich die Fotografien.

Als er hochblickte, war ein Lächeln auf seinem Gesicht. Altay lächelte zurück und legte seinen Arm um ihn.

Schließlich sagte Farid: »Wir waren vier Jahre zusammen. Er war die Liebe meines Lebens. Selbst wenn er nur eine einzige Nacht bei mir verbringen wollte, gab es Ärger mit seinen Eltern. Sie dachten immer, er würde gerade ein Mädchen entehren oder sich mit Prostituierten herumtreiben.«

Farid erzählte bis zum Sonnenuntergang, seine Geschichte war noch niemals jemandem erzählt worden und sprudelte nun aus ihm heraus. In der Ferne zog ein Sturm herauf. Auf der Meeresoberfläche türmten sich zum ersten Mal seit Altays Ankunft hohe Wellen, nun glich das Meer endlich einem wirklichen Meer, einer Turner- statt einer Hockney-Landschaft.

Altay verbrachte den restlichen Tag in Farids Wohnung – gemeinsam schauten sie sich die Übertragung der Trauerfeier für Alijew senior an und aßen Popcorn, wobei Farid notierte, wer anwesend war und wer nicht. Ausländische Diplomaten waren verpflichtet, einen Strauß roter Nelken an Alijews Grab niederzulegen. Aber auch Geschäftsmänner, Politiker, Lehrer, Professoren, Künstler und Verkäufer wussten, was für sie gut war. Die präsidiale Familie berauschte sich an der Huldigung, die ihr zuteilwurde. Die Trauerfeier zog sich über mehrere Tage hin und wurde live gesendet – eine der Kameras befand sich über der rechten Schulter der überlebensgroßen, nordkoreanisch inspirierten Alijew-Statue. In den Gesichtern der Masse war ikonographisches Leiden, jeder kopierte eine tragische Filmfigur, um seiner Trauer möglichst authentisch Ausdruck zu verleihen – und tatsächlich warfen die meisten nach der mehr oder minder gelungenen Performance einen schnellen, wehmütigen Blick in die Kamera, damit ihre Kinder, Eltern oder Ehefrauen sie im Fernsehen bewundern konnten. Das Genie des Verstorbenen bestand indessen darin, ein System erschaffen zu haben, das nicht einmal nach seinem Ableben zusammenzubrechen drohte.

29

Zum Flughafen wurden sie von allen vier Elternteilen gebracht. Jonoun war bereits im Morgengrauen nach Istanbul geflogen. Leyla und sie hatten nicht gewusst, wie sie sich hätten verabschieden können, und so hatten sie es einfach seinlassen.

Am nächsten Tag würden die Präsidentschaftswahlen stattfinden – das Ergebnis war allerdings irrtümlich bereits am frühen Morgen bekanntgegeben worden. Der Chef würde im Amt bestätigt werden.

Nazim und Salome redeten inzwischen wieder nicht mehr miteinander. Altays Vater hatte *Business Class* und *Fast Track* gebucht, ihre Koffer wurden von einem kleinen, leicht gebückten Mann auf einen Schiebewagen geladen und rasch in Richtung des Gates geschoben.

Altay wurde von seinen Eltern umarmt, Leyla geküsst, und Altays Mutter drückte ihr ein kleines Päckchen in die Hand. Salomes Gesicht war undurchdringlich und hinter einer dunklen Sonnenbrille versteckt. Nazim hielt sich von der Gruppe ein wenig abseits und sah immer wieder verstohlen auf sein Mobiltelefon. Nachdem Salomes Exgeliebter ermordet worden war, blieb ihm nichts anderes übrig, als seine zweite Frau um Vergebung für seinen Verrat zu bitten.

Der Abschied fiel kühl aus, alle waren sich dessen bewusst, versuchten sich zusammenzureißen und wenigstens zu lächeln, wenn schon keine Tränen fließen wollten, doch nichts gelang.

Nachdem Altay und Leyla die Passkontrolle endlich passiert hatten, gaben sich beide Elternparteien die Hand und gingen erleichtert auseinander.

»Wie wird es mit euch weitergehen?«, fragte Leyla und hakte sich bei Altay unter. Sie gingen die Gangway ins Flugzeug hinauf. Leyla trug ein Kopftuch und eine große Sonnenbrille, ganz im Look einer Hollywood-Diva.
»Wahrscheinlich gar nicht«, sagte Altay.
»Das wäre schade. Er ist extrem gut aussehend.«
Leyla hob ihre Augenbrauen, das Kopftuch flatterte im Wind des Propellers. Der Lärm ließ ihre Unterhaltung verstummen. Sie stiegen ins Flugzeug und ließen sich in die breiten Sitze der Businessclass fallen. Altay nestelte an der Klimaanlage und fragte, ob sie Leyla stören würde. Sie verneinte. Er schaltete sie dennoch aus. Die Flugbegleiterin reichte Gläser mit lauwarmem Sekt. Altay lehnte ab. Leyla ebenfalls.
»Wieso endet jede Verliebtheit in maßloser Enttäuschung?«, fragte Altay Leyla.
»Wir träumten von einer unmöglichen Liebesbeziehung. Alle drei.«
»Wir sind gescheitert.«
»Ich weiß nicht. Immerhin hast du etwas gespürt.«
Altay fasste sie am Ellbogen und zog sie zärtlich an sich. Leyla lächelte ihn an und fragte: »Wenn es ein Mädchen wird, nennen wir sie Anna?«
Altay küsste ihren Hals, Leyla griff nach ihrer Tasche, nahm eine Tablette heraus und bat die Flugbegleiterin um Champagner.

Quellen

- *Farid ud-Din Attar:* »Die Konferenz der Vögel«, aus dem Persischen von Katja Föllmer, Marix Verlag, 2008
- *Suzanne Brøgger:* »… sondern erlöse uns von der Liebe«, aus dem Dänischen von Eva Reinhardt und Karin Stärk, Rowohlt Taschenbuch Verlag, 1982
- *Juan Goytisolo:* »Reise zum Vogel Simurgh«, aus dem Spanischen von Thomas Brovot, Suhrkamp Verlag, 2012
- *Nizami:* »Die Geschichte der Liebe von Leila und Madschnun«, aus dem Persischen von Rudolf Gelpke, Unionsverlag 2001, sowie: Низами Гянджеви. Собрание сочинений в 3 томах, Азернешр
- *Maja Langsdorff:* »Ballett – und dann? Lebensbilder von Tänzern, die nicht mehr tanzen«, Books on Demand, 2005

Olga Grjasnowa
Der Russe ist einer, der Birken liebt
Roman
288 Seiten, 2012

Mit kühler Ironie und beeindruckender Prägnanz erzählt Olga Grjasnowa die Geschichte einer höchst eigenwilligen jungen Frau, die keine Grenzen kennt. Mascha ist Jüdin, Aserbaidschanerin, Russin und Deutsche. Ihre Welt ist eine, in der alle Kulturen und alle Traditionen zusammenkommen. Sie ist immer verliebt, immer auf dem Sprung, immer auf der Flucht. Sie könnte überall leben. Doch eine Heimat braucht sie nicht.

»Hier kommt die Welt zu Ihnen, wie sie noch nie zu Ihnen gekommen ist in einem Roman. Mit Macht, mit Witz, mit Weisheit, mit Scharfsicht und Scharfsinn, mit Tempo und Trauer.«
Elmar Krekeler, *Die Welt*

»Olga Grjasnowa trifft aus dem Stand den Nerv ihrer Generation. Zeitgeschichtlich wacher und eigensinniger als dieser Roman war lange kein deutsches Debüt.«   Ursula März, *Die Zeit*

»Ein faszinierender Roman, ein sprunghaftes Stationendrama rund um die Heldin mit dem Tschechow-Namen (...) kraftvoll, dialogstark, anmutig.«   Meike Fessmann, *Süddeutsche Zeitung*

»Grjasnowa besitzt den Mut, eine Heldin vor uns hinzustellen, die in einer Gesellschaft, die inzwischen vor allem Gefügigkeit und Stromlinienförmigkeit prämiert, mit einer geradezu herausfordernden Eigensinnigkeit daherkommt. Mit diesem Buch gibt eine Erzählerin ihr Entréebillet für die deutsche Literatur ab, von der man sich noch viel erhoffen kann.«   Tilman Krause, *Die Welt*

Thomas Glavinic
Das größere Wunder
Roman
528 Seiten, 2013

Jonas nimmt an einer Expedition zum Gipfel des Mount Everest teil. Während des qualvollen Aufstiegs hängt er seinen Erinnerungen nach. An seine wilde Kindheit, an das grausame Schicksal seines Bruders Mike, an seine endlosen Reisen nach Havanna, Tokio, Jerusalem und Oslo. Thomas Glavinics neuer Roman ist eine Expedition ins Ungewisse – und ein großes Buch über die Liebe.

»Ein Schlüsselwerk seines Schaffens … ein großes Buch über die Angst und die Einsamkeit, über die Liebe und die Freiheit.«
Tobias Becker, *Spiegel Online*

»Dieser Schmöker von Thomas Glavinic ist wie ein herrliches Kinderzimmer, ach was, ein Abenteuerland.«
Ulrich Seidler, *Frankfurter Rundschau*

»Glavinics neuer Roman setzt sich so radikal über Geschmacksfragen, Mögliches und Unwahrscheinliches hinweg, dass man bereit ist, ihm bis auf den unwirtlichen Berggipfel zu folgen.«
Jörg Magenau, *Süddeutsche Zeitung*

»Nur wenige Autoren vermögen es, die Abgründe, die unter der Oberfläche des Alltäglichen lauern, so brilliant einzufangen. Thomas Glavinic, ein großer Meister der vibrierenden Spannung und ein radikaler Chronist der menschlichen Existenz, ist ein würdiger Nachfolger von Praticia Highsmith und Frank Kafka.«
John Burnside